孟繁华 主编

U0453580

年百部
扁正典

前科 温故一九四二 白话 凤凰琴
陈建功 刘震云 徐坤 刘醒龙

北方联合出版传媒（集团）股份有限公司
春风文艺出版社
·沈阳·

图书在版编目（CIP）数据

凤凰琴 / 刘醒龙著. 白话 / 徐坤著. 温故一九四二 /
刘震云著. —沈阳：春风文艺出版社，2018.7
（2022.1重印）
（百年百部中篇正典 / 孟繁华主编）
本书与"前科"合订
ISBN 978 – 7 – 5313 – 5455 – 0

Ⅰ. ①凤… ②白… ③温… Ⅱ. ①刘… ②徐… ③刘
… Ⅲ. ①中篇小说 — 小说集 — 中国 — 当代 Ⅳ.
①I247.5

中国版本图书馆CIP数据核字（2018）第086520号

北方联合出版传媒（集团）股份有限公司
春风文艺出版社出版发行
http://www.chunfengwenyi.com
沈阳市和平区十一纬路25号　邮编：110003
北京一鑫印务有限责任公司印刷

选题策划：单瑛琪	责任编辑：韩　喆
封面设计：琥珀视觉	责任校对：陈　杰
印制统筹：刘　成	幅面尺寸：145mm × 210mm
字　　数：187千字	印　　张：7.75
版　　次：2018年7月第1版	印　　次：2022年1月第4次
书　　号：ISBN 978-7-5313-5455-0	
定　　价：39.00元	

版权专有　侵权必究　举报电话：024-23284391
如有质量问题，请拨打电话：024-23284384

百年中国文学的高端成就

——《百年百部中篇正典》序

孟繁华

从文体方面考察，百年来文学的高端成就是中篇小说。一方面这与百年文学传统有关。新文学的发轫，无论是1890年陈季同用法文创作的《黄衫客传奇》的发表，还是鲁迅1921年发表的《阿Q正传》，都是中篇小说，这是百年白话文学的一个传统。另一方面，进入新时期，在大型刊物推动下的中篇小说一直保持在一个相当高的水平上。因此，中篇小说是百年来中国文学最重要的文体。中篇小说创作积累了极为丰富的经验，它的容量和传达的社会与文学信息，使它具有极大的可读性；当社会转型、消费文化兴起之后，大型文学期刊顽强的文学坚持，使中篇小说生产与流播受到的冲击降低到最低限度。文体自身的优势和载体的相对稳定，以及作者、读者群体的相对稳定，都决定了中篇小说在消费主义时代能够获得绝处逢生的机缘。这也让中篇小说能够不追时尚、不赶风潮，以"守成"的文化姿态坚守最后的文学性成为可能。在这个意义上，中篇小说很像是一个当代文学的"活化石"。在这个前提下，中篇小说一直没有改变它文学性的基本性质。因此，百年来，中篇小说成为各种文学文体的中坚力量并塑造了自己纯粹的文学品质。中篇小说因此构成百年文学的奇特景观，使文学即便在惊慌失措的"文化乱世"中也取得了令人瞩目的艺术成就，这在百年中国的文化语境中不能不说是一个奇迹。作家在诚实地寻找文学性的同时，也没有影响他们对现实事务介入的诚恳和热情。无论如何，百年中篇小说代表了百年中国文学的高端水平，它所表达的不同阶段的理想、追求、焦虑、矛盾、彷徨和不确定性，都密切地联系着百年中国的社会生活和心理经验。于是，一个文体就这样和百年中国建立了如影随形的镜像关系。它的全部经验已经成为我们最重要的文学财富。

编选百年中篇小说选本，是我多年的一个愿望。我曾为此做了多年准备。这个选本2012年已经编好，其间辗转多家出版社，有的甚至申报了国家重点出版基金，但都未能实现。现在，春风文艺出版社接受并付诸出版，我的兴奋和感动可想而知。我要感谢单瑛琪社长和责任编辑姚宏越先生，与他们的合作是如此顺利和愉快。

入选的作品，在我看来无疑是百年中国最优秀的中篇小说。但"诗无达诂"，文学史家或选家一定有不同看法，这是非常正常的。感谢入选作家为中国文学付出的努力和带来的光荣。需要说明的是，由于版权和其他原因，部分重要或著名的中篇小说没有进入这个选本，这是非常遗憾的。可以弥补和自慰的是，这些作品在其他选本或该作家的文集中都可以读到。在做出说明的同时，我也理应向读者表达我的歉意。编选方面的各种问题和不足，也诚恳地希望听到批评指正。

是为序。

2017年10月20日于北京

目　录

凤 凰 琴

刘醒龙

阳历九月，太阳依然没有回忆起自己冬日的柔和美丽，从一出山起就露出一副让人急得浑身冒汗的红彤彤面孔，一直傲慢地悬在人的头顶上，终于等到它又落山了时，它仍要伸出半轮舌头将天边舔得一片猩红。这样，被烤蔫了的垸子才从迷糊中清醒过来。一只狗黑溜溜地从竹林里撵出一群鸡，一团团黄东西惊得满垸咯咯叫，暮归的老牛不满地哼了一声，各家各户的烟囱赶紧吐出一团黑烟。黑烟翻滚得很快，转眼就上了山腰，而这时的烟囱开始徐徐缓缓地飘洒出一带青云。

天黑下来时，张英才坐在垸边的大樟树下看完手里拿的那本小说上的最后一页。这本小说名叫《小城里的年轻人》，是县文化馆的一名干部写的。他很喜欢它。七月初高中毕业回家时，他把它从学校图书室里偷出来了。那次偷书是较大的行动，共有六个人参加，都是些高考预选时筛下来的。别人尽挑家电修理、机械修理、养殖种植等方面的书，他只挑了这一本，然后就到外面去望风放哨。张英才不记得自己已看过几遍，听说舅舅要来，他就捧着这书天天到垸边去等。一边等一边看，两三天就是一遍，越看越觉得死在城里也比活在农村好。近半个月，他至少两次看见一个很像舅舅的男人在远远地走着，每每到前面的岔路口便变了方向，走到邻垸去了。今天是第三次，太阳下山之前，他又见到那个像是舅舅的人在那岔路口上，和他的目光分手了。张英才闭上眼睛，往心里叹气。天一暗，野蚊子都出动起来，有几只很敏捷地扑到他的脸上，叮得他肉一跳，一巴掌扇去将自己打得生疼。他爬起来，拿上书往家里踱去。

进门时，母亲望着他说："我正准备唤你挑水呢。"

张英才将书一撂说："早上挑的，就用完了？"

母亲说："还不是你讲究多，嫌塘里的水脏，不让去洗菜，要在家里用井水洗。"

张英才无话了，只好去挑水，挑了两担水缸才装一小半，他就歇着和母亲说话："我看到舅舅到隔壁垸里去了。"

母亲一怔："你莫瞎说。"

张英才说："以前我没作声。我看见他三次了。"

母亲怔得更厉害了，说："看见也当没看见，不要和别人说，也不要和你父说。"

张英才说："妈你慌什么，舅舅思想这样好不会做坏事的。"

母亲苦笑一声："可惜你舅妈太不贤德。不然，我早就上他家去了，免得让你天天在那里苦盼死等。"

张英才说："她还不是仗着叔叔在外面当大官。"

母亲说："也怪你舅舅不坚决，他若是娶了隔壁垸的蓝二婶，也不至于像现在这样在女人面前抬不起头来。人还是不高攀别人为好。"

张英才很敏感："你是叫我别走舅舅的后门?"

母亲忙说："你这伢儿怎么净乱猜,猜到舅舅头上去了。"

张英才咬咬牙说："我可不怕攀高站不稳。我把丑话说在先,你不让舅舅帮我找个工作,我连根草也不帮家里动一动。"说着他操起扁担,挑着水桶出门去,在门口,脚下一绊险些摔倒,他骂了一声:"狗日的!"

母亲生气了："天上雷公,地下母舅,你敢骂谁?"

张英才说："谁我都敢骂,不信你等着听。"果然挑水回来时他又骂了一声。

母亲上来轻轻打了他一耳光,自己却先哭了起来,嘴里声称:"等你父回来了,让他收拾你。"

张英才因此没吃晚饭,父亲回来时他已睡了。躺在床上听见父亲在问为什么,母亲说刚才他突然头疼起来了。

父亲说："屁,是读书读懒了身子。"说着气就来了:"十七八的男人,屁用也没有,去年预选差三分,复读一年反倒读蚀了本,今年倒差四分。"

张英才蒙上被子不听,还用手指塞住耳朵。

后来母亲进房来,放了一碗鸡蛋在他床前,小声说:"不管怎样饭还是要吃的,跟别人过不去还可以,跟自己过不去那就比苕还苕了。"又说:"你也真是的,读了一年也不见长进,哪怕是比去年少差一分,在你父面前也好交代些呀?"

闷了一会儿,张英才就出了一身汗,他撩开被子见母亲走了,就下床,闩上门,趴到桌子上给一位女同学写信,他写道:我正在看一本《小城里的年轻人》,里面有篇叫《第九个售货亭》，写得棒极了！而你就像里面那个叫玉洁的姑娘，你和她的心灵一样美。写了一通后，他忽然觉得没话写了，想想后，又写道：我舅舅在乡文教站当站长，他帮我找了一份很适合我个性的工作，过两天就去报到上班，这个单位大学生很多。至于是什么单位，现在不告诉你，等上班后再写信给你，管保你见了信封上的地址会大吃一惊。写完后，他读了一遍，不觉一阵脸发烧，提笔准备将后面这段假话划掉，犹豫半天，还是留下了。回转身他去吃鸡蛋，一边吃一边对自己说："天下女伢儿都爱听假话。"鸡蛋吃到一半，他忽然想起自己一分钱也没有，明天去寄信买邮票这样的小事，还得伸手朝父母讨钱。他勉强再吃了两口，怎么也吃不下去了，推开碗，仰面倒在床上无声地哭起来。

张英才醒来时，才知道自己睡了一夜，连蚊帐也没放下，身上到处是红疱疱，痒死人。他坐起来看到昨夜吃剩下的半碗鸡蛋，觉得肚子饿极了，他想起学校报栏上的卫生小知识说隔夜的鸡蛋不能吃，就将已挨着碗边的手缩回来。这时，母亲在推房门。张英才懒得去开门，他知道那门闩很松，推几次就能够推开。

推几下，门真的开了。

母亲进来低声对他说："舅舅来了，你态度可要放好点，别像待我和你父一样。"

母亲扫了几眼那半碗鸡蛋和张英才，叹口气，端起碗三两口就吃光了。张英才想提醒母亲，话到嘴边停住了。他穿好衣服走到堂屋，冲着父亲对面坐着的男人客客气气地叫了声舅舅。

舅舅说："英才，我是专门为你的事来的。"

父亲说："蠢货！还不快谢谢。"

张英才看了一眼舅舅的脚，从乡里到这儿有二十多里路，大清早的露水重得很，舅舅的皮鞋上却是干干净净的，他觉得自己心中有数了，嘴上还是道了谢。

舅舅说："我给你弄了一个代课的名额。这学期全乡只有两个空额，想代课的却有几十个，所以拖到昨天才落实。你抓紧收拾一下，吃了早饭我送你到界岭小学去报到。"

张英才听了耳朵一竖："界岭小学？"

母亲也不相信："全乡那多学校，怎么偏把英才送到那个大山杪子上去？"

舅舅说："正因为大家都不愿去，所以才缺老师，才需要代课的。"

父亲说："不是还有一个名额吗？"

舅舅愣了愣才回答："乡中心小学有个空缺，站里研究后，给了隔壁垸的蓝飞。"

母亲见父亲脸上在变色，忙抢着说："人家蓝二婶守寡养大一个孩子不容易，照顾照顾也是应该的。"

父亲掉过脸冲着母亲说："那你就弄碗农药给我喝了算了，看谁来同情你。"

舅舅不高兴了："别有肉嫌肥，不干就说个话，我好请别人家的孩子，免得影响全乡的教育事业。"

父亲一听软了："当了宰相还想当皇帝呢，人哪不想好上加好呢，我们这是说说而已。"

母亲抓住机会说："英才，还不赶快收拾东西去！"

一直没作声的张英才说："收拾个屁！我不去代课。"

父亲当即去房里拎出一担粪桶，摆在堂屋里，要张英才随粪车一路到镇上去拉粪。张英才瞅着粪桶不作声。舅舅挪了挪椅子，让粪桶离自己远点，也离张英才近点，边挪边说："你没有城镇户口，刚一毕业就能到教育上来代课就算很不错咧，再说你不吃点苦，我怎么有理由在上面帮忙说话呢?"

父亲在一边催促："不愿教书算了，免得老子在家没个帮手。"

张英才抬起头来说："父，你放文明点好吗? 舅舅是客人又是领导干部，你敢不敢将粪桶放在村长的座位前面?"

父亲愣愣后将粪桶拎了回去。

母亲早就进房帮张英才收拾行李去了。堂屋只剩下舅甥二人。

张英才也挪了一下椅子，和舅舅离得更近些，贴着耳朵说："我知道，你是昨天来的，先去了隔壁垸里。"停一停，他接着说："假如我去了那上不巴天、下不接地的地方，你被人撤了职那我怎么办?"

舅舅回过神来："你这伢儿，净瞎猜，我都快五十的人了，还不知道卒子该怎么拱? 先去了再说。我在那儿待了整十年才解决户口和转正。那地方是个培养人才的好去处，我一转正就当上了文教站长。"

舅舅从怀里掏出一副近视眼镜，要张英才戴上。张英才很奇怪，自己又不是近视眼，戴副眼镜不是自找麻烦吗? 舅舅解释半天，他才明白，舅舅是拿他的所谓高度近视当理由，站里其他人才同意让他出来代课的。舅舅说："什么事想办成都得有个理由，没有理由的事，再狠的关系也难办，理由小不怕，只要能成立就行。"张英才戴上眼镜后什么也看不清，而且头晕得很，他要取下，舅舅不让，说本来准备早几天送来让他戴上适应适应，却耽搁了，所以现在得分秒必争。还说，界岭小学没人戴眼镜，他戴了眼镜去，他们会看重他一些，另外，他戴上眼镜显得老成多了。

张英才站起来走了几步，连叫："不行！不行！"

父母亲不知道情由，从房里钻出来说："都什么时候了，还在叫不行！"父亲还骂："你是骆驼托生的，生就个受罪的八字。"

张英才用手摸摸眼镜说："你除了八字以外什么也不懂。"说完便进房里去，片刻后夹着那本小说出来说："舅舅，我们走吧！"

母亲说："还没吃早饭呢！"

张英才说："我今天走上工作岗位，该舅舅请我的客。"

舅舅很爽快地点点头，让张英才的父母很是吃惊，几乎同时说："这不是屁股屙尿——反了吗！"

张英才背着行李出门时，垸里的几个年轻人还来劝他别去，说我们这块地盘和界岭比，就像城里和我们这儿比一样。张英才不听，说人各有志，人各有命嘛。父亲听了这句话很高兴，认为儿子长进多了，这一年复读总算没白读。临和家里人分手时，母亲哭了，父亲不以为然，在一旁数落说："又不是去当兵，哭个什么！"在路上，张英才一直想这个问题，怎么去当兵的就可以哭，大家不都是抢着去吗？

舅舅是诚心请张英才的客，一路上逢卖吃食的地方就进去问，但大家卖的都是隔夜的油条。到上山前的最后一处店子仍是这样，舅舅只好买上十根油条塞进他提着的网兜里，又将十个皮蛋塞进了张英才挎包里。

山路有二十多里远，陡得面前的路都快抵着鼻尖了。路不好走，又戴着很别扭的眼镜，张英才很少顾得上和舅舅说话。歇脚时，他问学校的基本情况，舅舅要他别急，等会儿一看就清清楚楚。他又问当小学老师要注意些什么。舅舅说，看见别的老师打学生时，假装什么也没看见就行。张英才见舅舅对这类话不感兴趣，就不再问这些，回头问蓝飞的母亲年轻时长得漂不漂亮，等了半天不见动静，朦胧中他觉得有些异样，摘下眼镜一看舅舅正在揉眼窝。

之后没有再歇，一口气爬上界岭。一排旧房子前面一面国旗在山风里飘得叭叭响，旧房子里传出一阵读书声，贴在墙上的两张红纸写着两条标语：欢迎上级领导来校指导工作！欢迎新老师！张英才摘下眼镜读了标语后，心里多少有点激动。

这时，不知从哪里钻出一个中年男人，很响亮地叫："万站长，怎么这早就来了，这可是杀我们一个措手不及呀！"

舅舅笑笑说："还不是想来赶早饭！"

舅舅说着就向张英才介绍，说这人就是校长，姓余。又将张英才向余校长做了介绍。

余校长招呼他们进屋弄早饭吃。余校长亲自动手炒了两碗油盐饭端上来，正吃着又进来了两个年轻一些的男人。经介绍，知道一个是副校长，叫邓有梅。另一个是教导主任，叫孙四海。张英才装着擦镜片上的水雾，想将他们观察得清楚些，看了半天，除了觉得他们瘦得很普通外，没有什么特别的印象。

舅舅这时吃完了，抹抹嘴说："也好，全校的教职工都到齐了，我就先说几句！"

张英才听了吃惊不小，来了半天没见到学生下课休息，他以为教室里还有别的老师呢。舅舅说的无非是些新学期要有新起色新突破之类的套话，说得很起劲，一本正经的，张英才听得一点意思也没有。他装作出去小便，走到外面遛了一圈，才发现几间教室里一个老师也没有，他猜不出哪是几年级，三间教室是如何装下六个年级呢？黑板上也辨不出，都是语文课，都是作文、生字和造句等内容。他回去时舅舅终于讲完了，接下来是余校长讲。余校长讲了几句嗓子就沙哑了。邓有梅见了毫不客气地说："你嗓子痛就歇着，我来向站长汇报。"说着打开捧在手里的小本子，一五一十地说起来，刚说了入学率和退学率两个数字，舅舅就打断他的话，说这些报表上都有，说点报表上没有的情况。邓有梅眼睛一转，就说了几件他如何动员适龄儿童上学的事，还说他垫了几十元钱，给交不起学费的学生买课本，邓有梅说了半天，见站长既不往心里记，也不往本子上记，就知趣地打住了。接下来是孙四海说，孙四海低低地说了一句："村里已经有九个月没给我们发工资了。"然后就没话了。

舅舅也不追问，起身说到教室去看看。到了第一间教室，余校长说这是五、六年级。

张英才看到大部分学生都没有课本，手里拿的是一本油印小册子，正想问，却听到舅舅说："这些油印课本又是你老余的杰作吧？"

余校长说："我这手再也刻不动钢板了，我让他们自己刻的。"

张英才看见舅舅抓着余校长那双大骨节的手轻轻叹了口气。第二间教室是三、四年级，是孙四海带的，学生们用的却是清一色新课本。一问，学生们都说是孙老师帮他们买的。再一问，孙四海却说这是学生们自己的劳动所得。张英才见舅舅想追问，余校长连忙将话岔开了，要他们去看看一、二年级，无疑，这个班是邓有梅带的，所以，一进教室，他就接上刚才汇报时的话题，指着一个个学生说自己动员他们入学的艰难。

正说着，舅舅忽然打断他的话问："今年招了多少新生？"

邓有梅说："四十二个。"

舅舅说："你数数看，怎么只有二十四个？"

邓有梅说："别人都请假了。"

舅舅说："连桌子椅子也请假了？老余，马上要搞施行《义务教育法》检查，不要到时弄得你我都过不去哟！"

邓有梅红着脸不说话。余校长一边连连点头。孙四海嘴角挂着一丝冷笑。张英才把这些全看在眼里。回头整理余校长给他腾出的一间宿舍时，他瞅空问舅舅这三人之间是不是面和心不和。舅舅要他少管这些闲事，并记住阶级矛盾和民族矛盾的关系，舅舅说，在这儿他和他们算不上是一个民族的，他是外来人，他们会将他看成是一个侵略者。张英才对这话似懂非懂。

房间的墙壁上挂着一只扁长的木匣子。张英才取下来打开后，才知道这是一只琴，他没见过这种琴，一排按键写着12345671，底下是几根金属弦，他用手指拨了一下，声音有些沙哑，像余校长的嗓门。

张英才问："舅舅，这是什么琴？"

舅舅看也不看，边挂蚊帐边说："那上面写着字呢！"

张英才摘下眼镜细看，果然琴盖上印着"凤凰琴"三个字，还有一排小字是：北京市东风民族乐器厂制造。房间收拾好后，张英才将那本《小城里的年轻人》拿出来，端端正正地摆在床头边。

正好余校长来了，他看了看书说："这个作者我认识，他以前也是民办教师，我和他一起开过会。他幸亏改了行，不然，恐怕和我现在差不多。"

张英才正想问点什么，舅舅说："老余，你这不是泼冷水吗？"

余校长忙说："我还敢摆弄冷水？我这身风湿病再弄冷水，恐怕连头发都要生出大骨节来。"

这时，学校放学了。张英才后来才熟悉这学校的规矩，因为学生住得太分散，来得晚，走得早，所以一天只有两节课，上午一节，下午一节。一些学生往山坳里跑，一些学生往山上跑。张英才不明白，邓有梅告诉他，上下都是去采蘑菇，扯野草。张英才还想问，余校长来叫他们去吃饭。正吃着，学生们都回来了，将野草和蘑菇分别放进余校长家的猪栏和厨房里。张英才望着这些心里直纳闷，这不是剥削学生欺压少年吗？正想着，余校长起身离座走进厨房。听动静，像是在里面给学生打饭，果然，一会儿就有许多学生端着饭碗从里面走出来，到另一间屋子里去了，跟着余校长双手捧着一盆菜出来。舅舅开口叫："老余，你等等。"说着就叫张英才回屋去将那些油条拿来，交给老余，让老余分给学生。张英才看见学生们大口大口地吃着分到手的半根油条，心里有些不好受。舅舅问余校长，哪几个孩子是他自己的，余校长指了两下，张英才马上想到电视里的非洲饥民。

舅舅尝了尝学生们的菜后，脸色阴冷地说："老余，你妻子已拖垮了，再拖几年恐怕你全家都得垮。"

余校长叹气说："我不是党员，没有党性讲，可我讲个做人的良心，这么多孩子不读书怎么行呢？拖个十年八载，村里经济情况还不会好起来吗？到那时再享福吧！"

张英才听了半天终于明白，学校里有二三十个学生离家太远，不能回家吃中午饭，其中还有十几个学生，夜晚也不能回家，全都寄宿在余校长家。家长隔三岔五来一趟，送些鲜菜咸菜来，也有种了油菜的，每年五六月份，用酒瓶装一瓶菜油送来。再就是米，这是每个学生都少不了要带来的。

吃罢饭，张英才的舅舅要进房里去看看余校长的妻子。余校长拦住坚决不让进门，口口声声称谁见她那模样，准保要恶心三天。拉扯一阵，动静大了，惊动了房里的人。

那女人就在里面蔫妥妥地说："领导的好意我领了，请领导别进来。"

作罢后，余校长就劝张英才的舅舅下山，不然赶不上太阳，黑了就不好办。

舅舅说："是该走，你们都陪着我，都不去上课，学生们都放了鸭子。"停了停又说道："我这外甥初出茅庐，就此托付三位了。"

邓有梅抢在余校长前面说："已研究过了，高低都不就，就中间，让他跟孙主任两个月，然后接孙主任的班，孙主任再接余校长的班，余校长腾出手来抓全盘工作和全村的扫盲工作。"

舅舅第一次笑了。

邓有梅见缝插针，猛地问："万站长，今年还有没有民办教师转正的名额？"

张英才听了心里一愣，他见旁边的孙四海也竖起耳朵等回音。

舅舅想也不想，坚决地回答："没有！"

大家听了很失望，连张英才也有点失望。

看见舅舅走远了，张英才忽然感到孤单。旁边的邓有梅忽然说："快去，你舅舅在招呼你呢！"一看舅舅在招手，他连忙跑过去，到了近处，舅舅说："忘了件事，他们要问你这眼镜是几多度，你就说是四百度。"张英才说："我还以为你跟我说什么秘密事呢？"舅舅没理，走了。

剩下他和他们三个时，他们果然问他的眼镜多少度，他不好意思说，但最终仍说是四百度。孙四海借去试了试，然后说："不错，是四百度。"张英才见遇上了真近视，不由得有些后怕，同时佩服舅舅想得真周到，这样的人，犯了错误也不会让别人察觉。

下午仍然只有一节课，张英才陪着孙四海站了两个多小时。孙四海怎么样讲课他一点也没印象，他一直在琢磨六年级分三个班，这课怎么上。中间孙四海扔下粉笔去上厕所，他跟上去趁机问这事，孙四海说，他们这学校是两年招一次新生。返回时，教室里多了一头猪。张英才去撵，学生们一齐叫起来，说这是余校长养的，它就喜欢吃粉笔灰。孙四海在门口往里走着说，别理它就是。往下去，张英才更无法专心，他看看猪，看看学生，心里很有些悲凉。

山上黑得早，看着似黄昏，实际才四点左右。

学校放学了，没有走的留在余校长家住宿的十几个学生，在一个个头较高的男孩带领下，参差不齐地往旁边的一座山坳走去。不一会儿，张英才眼里就没有学生，只有猪了。张英才感到很空虚。他取下那只凤凰琴，拧下钢笔帽，左手拿着拨弦，右手按那些键，试着弹了一句曲子，不算好听，过得去而已，弹了几下，就没兴趣。他歇下来后，忽地一愣：怎么音乐还在响？再听，才知是笛子声，张英才趴到窗口一望，见孙四海和邓有梅一左一右背靠背地靠在外面的旗杆上，各人横握一根竹笛，正在使劲吹。

山下升起了雾，顺着一道道峡谷，冉冉地舒卷成一个个云团，背阳的山坡铺着一块块阴森的绿，早熟的稻田透着一层浅黄，一群黑山羊在云团中出没，有红色的书包跳跃其中，极似潇潇春雨中的灿烂桃花。太阳正在无可奈何地下落，黄昏的第一阵山风就吹褪了它的光泽，变得如同一只绣球。远远的大山就是一只狮子，这是竖着看；横着看，则是一条龙的模样。

吹出的曲子觉得很耳熟，听下去才搞清是那首《我们的生活充满阳光》，节奏却是慢了一半。两支笛子一个声音高一个声音低，缓慢地吹出许多悲凉。张英才心里跟着哼一句试试，那节奏，半天才让他哼出"幸福的歌儿"几个字。他也走到旗杆下，说："这个曲子要欢快些才好听。"孙四海和邓有梅没理他。张英才就在一旁用巴掌打着节拍纠正。可是没用。张英才惆怅起来，禁不住思索一个问题：能望见这杆旗的地方，会不会听见这笛声？

忽然哨声响起，余校长叼着一只哨子，走到旗杆下，跟着那十几个学生从山坳里跑回来，在旗杆前面站成整齐的一排。余校长望望太阳，喊了声立正稍息，便走过去将带头的那个学生身上的破褂子用手理理。那褂子肩上有个大洞，余校长扯了几下也无法将周围的布扯拢来，遮住露出来的一块黑瘦的肩头。张英才站在这个队伍的后面，他看到一溜干瘦的小腿都没有穿鞋。这边余校长见还有好多破褂子在等着他，就作罢了。这时，太阳已挨着山了。余校长猛地一声厉喊："立正——奏国歌——降国旗！"在两支笛子吹出的国歌声中，余校长拉动旗杆上的绳子，国旗徐徐落下后，学生们拥着余校长、捧着国旗向余校长的家走去。

这一幕让张英才着实吃了一惊。

邓有梅走过来问他："晚上有地方吃饭没有？"

张英才答："我在余校长家搭伙。"

邓有梅说："你是想回到旧社会吗？走，上我家去吃一餐，习惯了，以后干脆咱们搭伙算了。"

张英才推了几把，见推不掉就同意了。

路不远，只是要翻两个山包。邓有梅的妻子长得很敦实，左边生了个疤瘌眼。

见张英才老看她，邓有梅就说："她本是个丹凤眼，前年冬天我在学校开会没回，她夜里来接我，半路上被狼舔了一下，就落下个残疾。"

张英才说："这么苦的事，我舅舅他们了解吗？"

邓有梅说："都是余校长嘴巴严言辞短，什么苦都兜着不说出去，从不跟上面汇报，还说万站长在这儿待了十年，他还不知道这儿的底细吗？不说人家心里会记着，说多了人家反会嫌弃。"

张英才说："我舅舅是常挂惦着你们，所以才特地放我来这儿锻炼的。"

邓有梅说："你锻炼一阵就可以走，我是土生土长的，哪怕是转了正，也离不开这儿。"说着忽然一转话题："万站长一定和你交了底，什么时候有转正的指标下来？"

张英才说："他的确什么也没说，他是个老左，正派得很。"

邓有梅的妻子插嘴说："疼外甥，疼脚跟，舅甥中间总隔着一层东西。"

邓有梅瞪了一眼："你懂个屁，快把饭菜做好端上来。"复又说："我打听过，我的年龄、教龄和表现都符合转正要求，现在一切都等你舅舅开恩了。"

香喷喷的一碗腊肉挂面端到张英才面前。邓有梅说："不是让你搞酒吗？"

邓有梅的妻子说："太晚了，来不及，反正又不是来了就走，长着呢，只要张老师不嫌，改日我再弄一桌酒。"

邓有梅说："也罢，看在小张的面上，不整你了。"

张英才听出这是一台戏，在家时，来了客，父亲和母亲也常这样演出。一般人做客这碗里的肉只能吃一小半留一多半，张英才饿极了，又知道邓有梅有求于他，就将碗里全吃光了。直吃得满头大汗，才记起这是夏天。山上凉得很，刚出来的汗不用擦马上就干了。张英才打了个喷嚏，他怕得感冒，就起身告辞。

邓有梅拿上手电筒送他。路上，他忽然介绍起孙四海的情况，他说孙四海打着勤工俭学的幌子，让学生每天上学放学在路边采些草药，譬如金银花什么的，交到一个叫王小兰的女人家里，积成堆后再拿去卖。孙四海不结婚就是因为从十七八岁起，就和王小兰好上了，王小兰的丈夫得了黄瓜肿的病，就是慢性黄疸肝炎，什么事也做不了，一切全靠孙四海。邓有梅最后说，要是哪天半夜听到笛子响了起来，那准是王小兰在他那里睡过觉，刚走。

若是没有后面这句话，张英才一定会讨厌孙四海。有后面这句话，张英才觉得孙四海活像他那本小说里那小城中的年轻人，浪漫得像个诗人。有一句话，他掂量了一番后才说："邓校长，我舅舅不喜欢别人在他面前打小报告，他说这是降低了他的人格。"邓有梅听了他编造的这句话，就不再说孙四海了，回头说自己有哪些缺点。这时他们爬上了学校前面的那个山包，张英才就叫邓有梅回去。

张英才回到屋里点上灯，拿起小说看了几行，那些字都不往脑子里去。搁下书，他拿起琴。琴盒上写着"赠别明爱芬同志存念1981年8月"。张英才看了两遍后，就不看了，随手将《我们的生活充满阳光》弹了一遍，有几个音记不准，试了几次。到弹第五遍时，才弹出点味道。

山空夜寂，仿佛世外，自己弹，自己听，挺能抒情。

这时，门被敲响了。拉开后，门外站着余校长，欲言又止的样子。

张英才问："有事吗?"

余校长支吾地说："没有事。山上凉，多穿件衣服。"

张英才想起一件事："我正想过去问你，这琴盒上写着的明爱芬同志是谁?"

余校长等一会儿才回答："就是我妻子。"

张英才说："用她的琴，她会生气吗?"

余校长冷冷地说："你就用着吧，什么东西对她都是多余的。她若是能生气就好了。她不生气，她只想寻死，早死早托生。"

听着这话，张英才吓了一跳。

睡不着，张英才想不出再给女同学写信用怎样的地址。半夜里，低沉而悠长的笛子忽然吹响了。张英才从床上爬起来，站到门口。孙四海的窗户上没有亮，只有两颗黑闪闪的东西。他把这当成孙四海的眼睛。笛子吹的还是《我们的生活充满阳光》，吹得如泣如诉，凄婉极了，很和谐地同拂过山坡的夜风一起，飘飘荡荡地走得很远。

夜里没有做梦，睡得正香时，又听到了笛声，吹的又是国歌。

张英才睁开眼，见天色已亮，赶忙爬下床，披上衣服冲到门外。他看到余校长站在最前面，一把一把地扯着旗杆上的绳子，余校长身后是邓有梅和孙四海，再后面是昨天的那十几个小学生。九月的山里，晨风大而凉，队伍最末的两个孩子只穿着背心裤头，四条黑瘦的小腿在风里瑟瑟不止。张英才认出这是余校长的两个孩子。

国旗和太阳一道，从余校长的手臂上冉冉升起来。

张英才说："我迟到了。怎么昨天没人提醒我？"

余校长说："这事是大家自愿的。"

张英才问："这些孩子能理解吗？"

余校长说："至少长大以后会理解。"

说着余校长眼里忽然涌出泪花来："又少了一个，昨天还在这儿，可夜里来人将他领走了，他父亲病死了，他得回去顶大梁过日子。他才十二岁。我真没料到他会对我说出那样的话。他说他家那儿可以望见这面红旗，望到红旗他就知道有祖国、有学校，他就什么也不怕。"

余校长用大骨节的手揉着眼窝。

孙四海在一旁说："就是领头的那个大孩子，叫韩雨，是五、六年级最聪明的一个。"

张英才知道这是说给自己听的。

张英才感动了，说："余校长，这些事你该向我舅舅他们反映，让国家出面关心一下这些孩子。"

余校长说："这山大得很咧，许多人连饭都吃不饱，哪能顾到教育上来哟。"又说："听说国家派了科技扶贫团来，这样就好，搞科技就要搞教育。孩子们就有希望了。"

邓有梅插嘴："还希望我们几个都能转正。"

张英才的情绪就被破坏了，他扭头进屋去刷牙洗脸。

拿上毛巾牙刷牙膏，走到屋子旁边的一条小溪，掬了一捧水润润嘴，将牙刷搁到牙床上带劲地来回扯动。

忽然感觉身边有人，一看是孙四海。

孙四海提一只小木桶来汲水，舀满后并不急着走，站在边上说："你不该动那凤凰琴。"

张英才没听清："你说什么?"

孙四海又说了一遍："我们是从不碰那凤凰琴的。"

张英才想再问，忙用水漱去嘴里的白沫。孙四海却走了。

早饭是在余校长家吃的。是昨夜的剩饭加上野芹菜一起煮，再放点盐和辣椒压味。没有菜，有的学生自己伸手到腌菜缸里捞一根白菜秆，拿着嚼。旁边的想学他，伸手捞了几下没捞着，缸太大，他人小够不着缸底，就生气，说先前的学生多吃多占，他要告诉余校长。

张英才站在他们中间勉强吃了几口，就走了出来，回到房间摸出两个皮蛋，揣在口袋里，又到溪边去。他倒掉碗里那种猪食一样的东西，涮干净后，独自坐在水边的青石上剥起皮蛋来。一边剥一边哼着一首歌，刚唱到"路边的野花你不要采"一句，一只影子现在他的脸上。

张英才吃了一惊，冲着走到近处的孙四海道："你这个人是怎么了，阴阳怪气的，像个没骨头的阴魂。"

见到滚落溪中的是个皮蛋，孙四海也不客气地道："我也太自作多情了，见你吃不惯余校长家的伙食，就留了几个红芋给你，没料到你自己备有山珍海味。"他把手中的红芋往地上一扔，拔腿就走。

张英才捡起红芋，来到孙四海的门口，有意大口大口地吃给他看。孙四海见了不说话，只顾埋头劈柴。红芋吃光了，张英才只好去开教室的门。

孙四海在背后叫："张老师，今天的课由你讲。"

张英才毫不谦虚："我讲就我讲。"连头也没有回。

山里的孩子老实，很少提问，张英才照本宣科，觉得讲课当老师并不艰难，全凭嘴皮子，一动口就会。孙四海从头到尾都没来打照面，他也一点不觉得慌。先教生字生词，再朗读课文三五遍，然后划分段落，理解段落大意、课文中心思想，最后是用词造句或模拟课文作一篇作文，上学时老师教他们用的一套他记得一点没走移。余校长在窗外转过几回，邓有梅装作来借粉笔，进了一趟教室，他拿上两支粉笔后道："张老师一定得了万站长真传，课讲得好极了。"

挨到下课，张英才看到孙四海一身泥土，从后山上下来，钻到屋里烧火做饭。他也尾随着进了屋，见孙四海不搭理他，便讪讪地说："孙主任，干脆我上你这儿来搭伙吧?"

孙四海冷冷地说："我不想拍谁的马屁，也不愿别人说我在拍谁的马屁。其实，你没必要和人搭伙，自己屋里搭座灶就成。"

张英才说："我不会搭灶。"

孙四海说："想搭? 我和班上的叶碧秋说一下，她父亲是个砌匠，让他明天来。"

张英才说："这不合适吧？"

孙四海说："要是你自己动手做，那才真不合适，家长知道了会认为你瞧不起他。"

说着话旁边来了一个女孩。女孩长得眉清目秀，挺招人喜爱，身上衣服虽然也补过，看起来却像天然的。女孩笑笑，径直到灶后帮忙烧火。

张英才问："这是谁家的女伢儿？"

孙四海答："她叫李子，她妈就是王小兰。"说时把目光直扫张英才，仿佛说想问什么就尽管问。

张英才由于听邓有梅说过孙四海与王小兰的事，见孙四海这么直爽，反倒不好意思起来。于是转过话题，说："灶没搭起来，我就在你这儿吃，你撵不走我的。"

孙四海怪自己主意出坏了，说："让你抓住把柄了。先说定，灶一做好就分开。"

张英才连忙点点头。孙四海正在切菜，吩咐李子给锅里添一把米。

吃饭时，孙四海和李子坐在一边，张英才越看越觉得两人长得极像。他记起教室学习栏上有篇范文好像是李子写的，他便端上饭碗边吃边走到教室，范文果然是李子写的。

题目叫《我的好妈妈》。李子写道：

  妈妈每天都要将同学们交到我家的草药洗净晒干，再分类放好，聚上一担，妈妈就挑到山下收购部去卖。山路很不好走，妈妈回家时身上经常是这儿一块血迹，那儿一块伤痕。今年天气不好，草药霉烂了不少，收购部的人又老是扣秤压价，新学期又到了，仍没凑够给班上同学买书的钱，妈妈后来将给爸爸备的一副棺材卖了，才凑齐钱，交给孙老师去给同学们买书。妈妈的心很苦，她总怕我大了以后会恨她，我多次向她保证，可她总是摇头，不相信我的话。

张英才看完后，没有回到孙四海的屋里。孙四海喊他将碗送去洗，他才从自己屋里出来，碗里盛着剩下的八个皮蛋。他对李子说："放学后将这点东西带回去给你妈，就说有个新来的张老师问她好！"

李子不肯接。孙四海说："拿着吧。代你妈谢谢张老师。"

李子谢过了，张英才忍不住用手在她的额上抚摸了几下。

下午是数学课，他先不上数学，将李子的作文抄在黑板上，自己先大声朗诵一遍，又叫学生们齐声朗读十遍。学校教室破旧了，窟窿多，不隔音。上午上语文，下午上数学，这是全校统一安排的，目的是避免读语文时的吵闹声，干扰了上数学课所需的安静。三、四年级的大声读书，搅得一、二和五、六年级不得安宁。

邓有梅跑过来，想说话，看到黑板上抄着的作文，脸上有些发白，就一声不吭地回去了。

余校长没进教室，就在外面转了两趟，也没说什么。

放学后，笛子声又响了起来。

老曲子，《我们的生活充满阳光》。

张英才站在一旁用脚打着拍子，还是压不着那节奏，那旋律慢得别扭，他有点不明白这两支笛子是如何配合得这么好。后来，他干脆就着这旋律朗诵起李子的作文来。他的普通话很好，在这样的傍晚里又特别来情绪，一下子就将孙四海的眼泪弄了出来。

降了国旗，张英才拦住邓有梅问："邓校长，李子的这篇作文你认为写得怎么样？"

邓有梅眨着眼皮回答："首先是你朗诵得好，作文嘛不大好说，你说呢，孙主任？"

孙四海一点不回避："只说一个字：好！"

邓有梅逼问了一句："好在哪里？"

孙四海答："有真情实感。"

余校长这时踱过来说："孙主任，我看你那块茯苓地的排水沟还是不行，如果雨大一点就危险了。"

孙四海说："底下太硬了，挖不动，我打算叫几个学生家长来帮忙挖一天。"

余校长说："也好，我那块地的红芋长得不好，干脆提前挖了，让学生们尝个新鲜。家长们来了，叫他们顺带把这事做了。邓校长，你家有什么事没有？免得再叫家长来第二次。"

邓有梅说："我没事要别人干。我说过，我们又不是旧社会教私塾的先生——"

邓有梅话没说完，孙四海就扭头走了，一边走一边狠狠甩笛子里面的口水。

李子回家去了，放学时垸里有人路过学校顺路带她回去的，在平时，都是孙四海送她。张英才蹲在灶后烧火，几次想和孙四海说话，但见他满脸的阴气就忍住了。直到吃饭，两人都没开口。

一顿饭快吃完了，油灯火舌一跳，余校长的小儿子钻进门来，冲着一点声响也没有的屋子叫道："孙主任、张老师，我妈头痛得要死，我父问你们有止痛的药没有，有就借几粒。"

孙四海说："我没有，志儿。"

张英才忙说："志儿，我有，我给你拿去。"临出门，他回头说："孙四海，你像个男人。"回到屋里，他将预防万一的一小瓶止痛药，全部给了志儿。

夜里，张英才无事可干，又弄起了凤凰琴。偶然地，他觉得有些异样，琴盒上写的"赠别明爱芬同志存念"与"1981年8月"这两排字之间，有几个什么字被别人用小刀刮去了。刮得一点墨迹也没剩，只留下一片刀痕。

外面的月亮很好，他把凤凰琴搬到月亮地里，试着弹了几下。弹不好，月光昏昏的，看不见琴键上的音阶。他好不扫兴，就用钢笔帽猛地拨动琴弦，发出阵阵刺耳的和声。忽然间，余校长屋里有女人发出一声尖叫，宿在余校长屋里的学生惊慌地哭起来。张英才急忙跑过去，大门闩得死死的，敲不开，他就叫："余校长！余校长！有事吗？要人帮忙吗？"余校长在屋里答："没事，你去睡吧！"他趴在门上，从门缝中听到余校长的妻子在低声抽泣着，那情形是安静下来了。他想了想就绕到屋后，隔着窗户对屋里的学生们说："别害怕，我是张老师，在替你们守着窗户呢！"刚说完，山坡上亮起了两对绿色的小灯笼，他死死忍住没有惊叫，脚下一点不敢迟疑，飞快地逃回自己屋里。

进屋后，才记起将凤凰琴忘在外面，还忘了解小便。他不敢开门出去，在后墙根上找了个洞，哗哗啦啦将身子放干净了，就去床上捉蚊子睡觉。凤凰琴在外面过一夜，明早再拿不要紧。

捉完蚊子，再看几页小说，困意就上来了，这是昨夜没睡好的缘故。他本打算吹灭灯，刚嘟起嘴巴，又变了主意，从蚊帐里伸出一只手，将煤油灯拧小了。一阵风从窗口吹进来，手臂凉丝丝的。他想父母这时一定还在乘凉，大山杪子上就只有一宗好处，再热的天也热不着。

虽然困，心里总像有事搁着睡不稳。迷迷糊糊中，听到窗口有动静，一睁眼睛，看到一只枯瘦的白手，正在窗前的桌子上晃动着要抓什么。张英才身上的汗毛一根根都竖起几寸高，枕边什么东西也没有，只有一本小说集，他抓起来隔着蚊帐朝那只手砸去，同时大叫一声："抓鬼呀！"

那只手哆嗦了一下，跟着就有人说话："张老师别怕，是我，老余呀。见你灯没熄，想帮你吹熄。睡着了点灯，浪费油，又怕引起火灾。"末了补一句："学生们交点学杂费不容易呀！"

一听是余校长，张英才就没好气了："这大年纪了，做事还这么鬼鬼祟祟的，叫我一声不就行了！"

余校长理亏地应道："我怕耽误了你的瞌睡。"

这事过去不一会儿，张英才刚寻到旧梦，余校长又在窗前闹起来，叫得有些急："张老师，赶快起来帮我一把。"

张英才被惊醒后有些烦躁："你家水井起火了还是怎么的？"

余校长说："不是的，志儿他妈不行了，我一个人动不了手。"

张英才一骨碌地爬起来，跟着余校长进了他妻子的房。前脚还没往里迈，后脚就在往后撤。明爱芬光着半个上身，直挺挺地躺在床上，满屋一股恶心的粪臭。

余校长在里面说："张老师，实在无法，就委屈你一回！"

张英才看看无奈何了，只有进去。

一看明爱芬只有出气没有进气，脸上憋得像只紫茄子。余校长分析一定是吞了什么东西憋在喉咙里，并简要地数了她以前吞过瓦片、石子和小砖头等东西，张英才心里一动，脸上发愣，想这女人命真大，自杀多少次仍还活着。余校长和他简单地商量了一下，决定由一个人扶着明爱芬，另一个人用手拍她的背，看看能不能让她吐出什么东西来。明爱芬大小便失禁身上脏得很，余校长自己习惯了，就上去扶，露出背心让张英才拍。张英才不敢用力，拍了几下没效果，余校长就叫他在床沿上练练，连连拍几下余校长不满意，要他再用力些。他心一横，想着这是下谁的黑手，一掌下去，打得床一晃。余校长说："就这样。非得这样才出得来。"张英才看准那地方猛地一巴掌下去，只见明爱芬脖子一挺，哇地吐出一只小瓶子来。正是刚天黑时，志儿去借药，张英才给他的那一只。

余校长将明爱芬安顿好，看着她睡过去。

明爱芬喉咙一咕哝，说了一句梦话："死了我也要转正。"

出得屋来，余校长将志儿从学生们睡的那间屋里，一把提到堂屋，朝屁股上打了几巴掌，骂他这么大了还不开窍，又将不该给的东西给妈妈。志儿不哭，全身缩成一团。张英才上前去护着，余校长才将他送回床上，并对那些吓醒了的学生说："没事，明老师又闹病了，大家安心睡吧，明天还要起早升国旗呢！"

送张英才回屋的路上，两人站在月亮地里说了一会儿话。余校长解释，他家过去发生这类事，从不请别人帮忙，自己现在一身的风湿，使不上劲才求他。张英才很奇怪，怎么不叫孙四海帮一帮，余校长说自己天黑以后从不去孙四海屋里，怕碰见不方便的事。说了之后又声明，孙四海是少有的好人。张英才请他放心，孙四海的事就是自己的事，任谁也不告诉。张英才又追问邓有梅为人怎么样，余校长表态说这个人其实也很不错。

张英才于是说："你果真是和事佬一个。"

余校长问："谁告诉你的！"

张英才如实说，这是邓有梅的原话。

余校长听了反而高兴起来道："我怕他会对我有很大意见呢！"

张英才抓住机会问："那凤凰琴是谁送你爱人明老师的？"

余校长反问："你问这个干什么？"

张英才道："问问就问问呗！"

余校长叹口气："我也想查出来呢，可明老师她死不说明。"

张英才不信："你俩一个学校里住这久，还不知道？"

余校长说："我比她来得晚，最早是她和你舅舅万站长两个。之前，我在部队当兵。"

张英才有些信这话，分手后，他顺便将凤凰琴拿进屋。到灯下一看，凤凰琴琴弦被谁齐齐地剪断了。

天刚亮，就有人来敲门。张英才以为是余校长叫他起来升国旗，开开门，门口站的是怯生生的叶碧秋。

叶碧秋说："张老师，我父来了。"

张英才这才看见旁边站着一个模样很沧桑的男人。叶碧秋的父亲很恭敬地道："张老师，我来打扰了。"

张英才忙说："剥削你的劳动力，真不好意思。"

叶碧秋的父亲连忙回答："张老师你莫这样说，烂泥巴搭个灶最多只能用个十年八载，你教孩子一个字，可是能受用世世代代的。"

张英才不解："能用一辈子就不错了，哪能用世世代代的?"

叶碧秋的父亲说："过几年，她找了婆家，结婚生孩子后，就可以传到下一代，认的字不像公家发的这票那证，不会过期的。"

张英才听了心里一动："你这孩子聪明，婚姻的事别处理早了，让她多发展几年。"

叶碧秋的父亲说："我是准备响应号召，让她搞好计划生育的。"

听出这话是言不由衷的。叶碧秋的父亲放下工具，也不歇，在地上画了一个圈，就开始搭起灶来。他本来在别处做屋，将人家的事搁一天，先赶到这儿来。到外面两支笛子吹奏国歌时，灶已搭到齐腰高了。张英才忽然想起自己还没有备着锅。他问孙四海哪里有锅卖，邓有梅一旁听着接腔应了，说自己家里有口锅闲着没用，给他拿来就是。到上课时，邓有梅果然顶着一口黑锅来了。张英才只有谢过并收下。

上午十点钟左右，张英才从窗户里看到山路上走来了父亲。

父亲给张英才带来了一封信和一罐头瓶猪油，还有一瓷缸腌菜。

张英才对父亲说："正愁没有油炒菜，你就送来了及时雨。"

父亲说："我还以为学校有食堂，带点油来打算让你拌菜吃。"

张英才问："我妈的身体好吗?"

父亲说："她呀，三五年之内没有生命危险。"

张英才见父亲说了一句很文气的话，就说："父，没想到你的文化水平也提高了。"

父亲说："儿子为人师表，老子可不能往你脸上抹粪。"

张英才嫌父亲后一句话说得太没水平了，就去拆信看。

信是一个叫姚燕的女同学写来的，三页信纸读了半天才读完。前面都是些废话，如同窗三载，情谊深厚，等等，关键是后面一句话，姚燕在信上说，毕业以后，除了这一次给他以外，她没有给任何男同学写过信。虽然这话的后面就是此致敬礼，张英才仍读出许多别的意思来。姚燕的歌唱得特别好，年年元旦、元宵、三八、五一、五四、五二三、七一、八一、十一等时节，只要县文化馆举办歌手比赛或晚会，她就报名参加，为此影响了学习，但她总说自己不后悔。姚燕长得不漂亮，但模样很甜很可爱。所以，张英才想也不想就趴到桌子上赶紧写回信，说自己也是第一次给女同学写信，等等。

想到姚燕唱歌，就想到自己将来可以用凤凰琴为她伴奏。他去动一动凤凰琴，才记起琴弦已被人剪断了。不知是谁这样缺德。张英才将琴打开后，搁在窗台外面，让断弦垂垂吊吊的样子，去刺激那做贼心虚的人。

因是第一次来校，余校长非要张英才的父亲上他家吃饭。灶还没有搭好，没理由不去。吃了饭出来，父亲直叹息余校长人好，自己的家庭负担这样重，还养着差不多二十个学生，还说："你舅舅的站长要是让我当，我就将他全家的户口都转了。"

张英才说："你莫瞎表态，舅舅那小官能屙出三尺高的尿？转户口要县公安局局长点头才行。"

说着话，忽然山坡上有人喊余校长派人到下面垸里去领工资。

余校长便拉上张英才做伴。到了垸里才搞清，乡文教站的会计给这一带学校的老师送工资和民办教师补助金时，在路上差一点被抢了，幸亏跑得快，只是头上被砸破了一个窟窿，流了很多血，走到垸里后就再也走不动了。余校长签字代领了几个人的补助金，走时安慰那会计说："这案子好破，你只要叫公安局的人到那些家里没人读书的户里去查就是。"

张英才拿了钱后，随口问："补助金分不分级别？"

余校长说："大家一样多。"

张英才默默一算，竟然多出一个人的钱来，心想再问，又怕不便。回校后他就给舅舅写了一封信，要舅舅查查为什么这里只有四个民办教师，余校长却领走五个人的补助金。

两封信都交给了父亲。还嘱咐父亲将姚燕的信寄挂号，怕父亲弄错，他说邮费涨了价，现在挂号得五角。

父亲要张英才给钱。他有点气，说："父子之间，你把账算得这清干什么，日后有我给钱你用的时候。"

父亲听出这话的味："好好，谁教恩往下流呢！"

父亲走时，他正在上课。听见父亲在外面叫一声："我走了呀！"他走到教室门口挥挥手就转回来。刚过一会儿，叶碧秋的父亲搭好了灶也要走。张英才放下粉笔去送，叶碧秋的父亲对张英才说："你父让我转告你，他将那一瓶猪油送给余校长了，他怕你生气，不敢直接和你说。他说他中午在余校长家吃饭，那菜里找半天才能找到几个油星子。"

这天特别热闹，放学后，国旗刚降下，呼呼啦啦地来了一大群家长。十几个人，也不喝茶，分了两拨，一拨去挖孙四海茯苓地的排水沟，一拨帮余校长挖红芋。大家都很忙，没人注意到张英才，更没人注意到断了弦的凤凰琴。张英才到孙四海的茯苓地里转了转，大家都在议论。孙四海这块地的茯苓丰收了，地上裂了好些半寸宽的缝，这是底下的茯苓特别大，涨的。孙四海头一回笑眯眯地说，自己头几年种的茯苓都跑了香。张英才问什么叫跑了香。孙四海说，茯苓这东西怪得很，你在这儿下的香木菌种，隔了年挖开一看，香木倒是烂得很好，就是一个茯苓也找不到，而离得很远的地方，会无缘无故地长出一窖茯苓来，这是因为香跑到那儿去了，有时候，香会翻过山头，跑到山背后去的。张英才不信，认为这是迷信。大家立即对他有些不满，只顾埋头挖沟不再说话。

张英才觉得没趣，便走到余校长的红芋地里。几个大人在前面挥锄猛挖，十几个小学生跟在身后，见到锄头翻出红芋来，就围上去抢，然后送到地头的箩筐里。红芋的确没种好，又挖早了，最大的只有拳头那么大。余校长说，反正长不大了，早点挖还可以多种一季白菜。张英才看见小学生翘着屁股趴在地上折腾，初始，心里直发笑，而后见到他们脸上沾着鼻涕、沾着泥土，头发上尽是枯死的红芋叶，想到余校长将要像洗红芋一样把他们一个个洗干净。他喊道："同学们别闹，要注意卫生，注意安全。"余校长不依他，反说："让他们闹去，难得这么快活，泥巴模样更可爱。"余校长用手将红芋一拧，上面沾的大部分泥土就掉了，送到嘴边一口咬掉半截，直说鲜甜嫩腻，叫张英才也来一个。张英才拿了一个要去溪边洗，余校长说："莫洗，洗了不鲜，有白水气味。"他装作没听见，依然去溪边洗了个干净，他不好再回去，只有回屋烧火做饭。

走到操场中间，听见有童音叫张老师，一看是叶碧秋。他问："你怎么没回家？"

叶碧秋答："我细姨就住在下面坑里，我父让我上她家去为张老师要点炒菜的油来。"果然，半酒瓶菜油递到了面前。

张英才真的有些生气了："我又没像余校长一人照顾二十几个，怎么会要你去帮我讨吃的呢？"见叶碧秋吓得要哭。张英才忙变换口气："这次就算了，以后就别再自作聪明。"

叶碧秋忙放下油瓶，转身欲走。

张英才拉住她说："你帮我一个忙，问问余校长的志儿，是谁弄断了凤凰琴的琴弦。"

叶碧秋点了头，张英才就送她回细姨家。进坑后才知道，她细姨就住在邓有梅的隔壁。

邓有梅见到后又留他吃晚饭，他谎称已吃过，坚决地谢绝了。往回走时，张英才记起叶碧秋刚才走路时款款的样子，很像那个给他写信的女同学姚燕，他有点担心父亲会不会将他的回信弄丢。他又想，可惜叶碧秋比姚燕小许多。

天气一天比一天凉，学校里的事几天时间就熟悉了，每日几件旧事，做起来寂寞得很，凤凰琴弦断了一事，便成了真正的大事件。等了几个星期不见叶碧秋找他汇报情况，反而老躲着他，一放学就往家里跑。星期六下午一上课张英才就宣布，放学后叶碧秋留下一会儿。叶碧秋果然不敢抢着跑了。

张英才问她："你问过余志儿没有？"

叶碧秋说："问过，他说是他干的，还要我来告诉你。"

张英才说："那你怎么迟迟不说？"

叶碧秋说："他说他知道我是你派来的狗特务。我要是说了，就真的成了狗特务。"

张英才说："那你为什么还要说？"

叶碧秋说："我父说，是你问我的，我自己跑去说就不一样。"

张英才说："我不相信是志儿干的。"

叶碧秋说："我也不相信，志儿净冒充英雄。"

张英才说："那你再去问问他。"

叶碧秋说："我不敢问。上一回，他说他吃了蚯蚓。我说不信，他就当面捉了一条蚯蚓吃了。"

眼看谈不妥，张英才就放叶碧秋走了。

星期六的国旗降得早些，原因是老师要送那些路远的学生回家。尽管降国旗时，全校的学生都参加了，但由于太阳还很高，天空还很灿烂，邓有梅和孙四海的笛子吹不出黄昏时的那种深情，气氛也就没有往日的肃穆。降完旗，邓有梅、孙四海和余校长各带一个路队，往校外走。学校里显得特别冷清。张英才试过几回这种滋味了，星期六、星期天这两天夜里，就像修在山顶上的一座大庙，寂寞得瘆人。余校长总说他路不熟，留他看校。张英才这回耍了个小心眼，悄悄地跟上了孙四海这一路。直到走出两三里远，才从背后撵上去打招呼。孙四海见了他有点意外，嘴上什么也没说，依然牵着李子的手，一步步稳稳地走着，还不断提些课堂上的问题，让李子回答。李子若是到路边采山楂时，孙四海必定在旁边紧紧守护着。这一路队有六个学生，到第一个学生的家时，已走了近十里路。

张英才走热了，脱下上衣只穿一件背心，说："这十里路，相当于我们畈下的二十里。"

孙四海说："难走的还在后头呢！"

路的确越来越难走。草丛中的蛇蜕也越来越多，孙四海从裤兜里掏出一个塑料袋，将捡到的蛇蜕小心地装进去。张英才看到一只蛇蜕，鼓起勇气把手伸了出去，刚一触到那发糙的乳白色东西时，身上里就一阵阵起疙瘩。

　　李子在旁边说："张老师怕蛇了！"

　　孙四海说："李子你用一个成语来形容一下。"

　　李子想了想说："杯弓蛇影。"

　　孙四海轻轻抚了一下那片微微发黄的头发。张英才不由得尴尬起来。蛇蜕有许多了，塑料袋装得满满的。孙四海不让学生们再捡，要他们赶紧走路。张英才站在山梁上以为离天黑还有会儿，一下到山沟，就很难看清路了。

　　学生们陆续到家，只剩下一个李子。最后李子也到家了。李子的母亲就站在家门口，一副等了很久的样子。孙四海将塑料袋递过去，李子的母亲也将一只装得满满的袋子递来。都交换了，孙四海才说："李子这几天夜里有些咳嗽。"又介绍说："这是新来的张老师，以后由他带李子的课。"张英才不知道怎么称呼好，只有点点头。李子的母亲也在点头，点得很深，像是在鞠躬。然后问："不进屋坐会儿？"孙四海忧郁地答："不坐了。"黑暗中，张英才似乎看清这女人是个哀戚戚的冷美人。

　　女人身后的屋里传出一个男人的呼唤："李子回来了吗？"

　　孙四海立刻说："我们走了。"

　　女人什么话也没说，牵过李子倚在门口伫望着离去的黑影。

　　远远望去，山上有一处灯火很像学校。一问，果真是的。

　　张英才奇怪："李子回家不是多绕了十里路吗？"

　　孙四海说："路是绕了点，但能多采些草药，她愿意。她不绕别的学生就要绕。"

张英才壮壮胆后，忽然说："李子她妈不该嫁给她父。"

孙四海愣了愣说："谁叫她娘家穷呢，这个男人那时是大队干部，又实心实意地喜欢她，她抗拒不了。谁知搞责任制后，他上山采药挣钱，摔断了腰。"

张英才胆子更大了，追问一句："那你当初怎不娶她？"

孙四海叹口气："还不是因为穷，一听说我是民办教师，她娘家就将我拒之门外。"

正待再问，前面有人呻吟着唤他们。听声音是余校长。他们走拢去，见余校长挂着一根树枝靠在路边石头上。余校长解释自己是怎么成了这样子的。他送完学生返回天就黑了，路过一个田垄，明明看见一个人在前面走着，还叼着一只烟头，火花一闪一闪的，他走快几步想撵上去做个伴。到近处，他一拍那人的肩头，觉得特别冰凉，像块石头。他仔细一打量，果然是块石头，不仅是块石头，还是块墓碑。他心里一慌，脚下乱了，一连跌了几跤，将膝盖摔得稀烂。

余校长说："我想等个熟人做伴，回去看个究竟。"

孙四海说："也太巧了。我们去看看，你丢下什么没有。"

张英才知道这风俗，人走黑路受了惊吓，一定要赶忙回去找一找，以免有精气或魂魄失散了，不然迟早要大病一场。张英才不信这个，他胆子特别小，家里人总说这是受了惊吓找得不及时的缘故，所以，有时他又有点相信。

回去一找，果然是座墓碑。看铭文知道是村里老支书的。学校就是老支书拍板让全村人，那时叫大队，勒紧裤带修建的。过去余校长常叹息说若是老支书在世，学校也不至于像现在这个破样子。

这时，孙四海开口说："老支书，你爱教育爱学校我们都知道，可你这样做就是爱过头了，你要是将余校长惊出毛病来，事情可就糟了。你要想爱得正确，就请保佑我们几个人早点转正吧！"

余校长一旁说："孙主任，你可别像邓校长，为了转正，不论是神是鬼，见到了就烧香磕头。"

孙四海苦笑一声："余校长放心，我这是开玩笑。"

大家又说墓碑的事，一致认为是余校长看花了眼，再有另一种可能是遇上了磷火加上心里太紧张的缘故，引出幻觉。末了，余校长说，这种事山里常发生，不用大惊小怪。边说边走，就到了邓有梅的家，几个人门外喊了一声，邓有梅的妻子出来应，才知道他还没有回来，邓有梅送学生的路最远，有个学生离学校足有二十里，来回一趟整四十里，三个人进屋去说了一会儿话，邓有梅在外面叫门。开门进屋，四人一凑情况，不由得吓了一跳。倒不是因余校长遇上怪事，而是邓有梅撞着一群狼了。说巧都巧到一块儿去了，邓有梅刚绕过一座山嘴，狼群就迎面冲过来，他吓得不知所措，站在路中间一动也不动，那狼也怪，像赶什么急事，一个接一个擦身而去，连闻也不闻他一下。

说到底，大家都笑。邓有梅的妻子揉着泪汪汪的眼睛说："真是应了老古话，穷光蛋也有个穷福分。"

余校长添一句："穷人的命大八字小。"

星期天，张英才就起床往家里赶。从山上往山下走，几乎是一溜小跑。二十里山路走完，山下的人才开始吃早饭。路上碰见了蓝飞，他也是星期天回家看看。两人只是见面熟，走到岔路上自然就分手了。一进家门他就问："妈,父呢?"母亲说:"你父一早就到镇上拉粪去了。"他正想问她知不知道父亲寄过一封挂号信,一扫眼发现灶头上搁着一封写给他的信,也是挂号。拆开一看,只有一句话:时时刻刻等你来敲门。他先是一怔,很快就明白了意思,心里高兴地说,没有料到姚燕还这么浪漫有诗意。

母亲给他做了一碗腊肉面,正吃着,舅舅从外面走进来,见面就说:"听说你回了,就连忙赶来,有个通知,正愁送不及时,你就赶紧带回学校去。"

张英才说:"刚到家,就要返回?"

舅舅说:"这是大事,贯彻《义务教育法》的精神,下下个星期要到你们那儿搞扫盲工作验收,一天也不能挨了。"

张英才知道舅舅一定又在蓝二婶那儿,听蓝飞说他回了,就跑过去抓他的公差。不过收到了姚燕的信,回家的主要目的就算达到了,早回校迟回校都是一个样。他从舅舅手里接过了通知,回头扒完碗里的面条腊肉,提上母亲匆匆给他收拾的一些吃食就上路了。

上山路走得并不慢,歇气时,他忍不住拿出姚燕的信来读,信纸上有一种女孩特有的香味,他贴在鼻子上一闻就是好久,这样就耽误了,还在半腰上,就看见路旁独户人家开始吃午饭。他也不急,从包里抠出两个熟鸡蛋,剥了壳咽下去,依旧走走停停。走到邓有梅家的后山上,他弃了正路,从砍柴人走的小路插下去。

邓有梅家门口的粪凼里,有几个人正在忙碌着,将粪凼里的土粪一担担地往一块地里挑,地头上已堆起了一座黑油油的土粪堆。张英才认出其中两个人,是上次帮孙四海挖茯苓地排水沟那帮家长中的。邓有梅也挽着裤腿在一旁走动，脚背以上却一点黑土也没沾。

见张英才来，邓有梅不好意思地说："马上要秋播了，我怕到时忙不过来，昨天和家长们随便说起，没想到他们就自动来了。其实，这土粪再沤一阵更肥些。"

张英才说："现在你和余校长、孙四海摆平了。"

邓有梅说："其实，那天我那话没说清楚。"

张英才抢白道："那天你是想说民办教师本来就是教私塾的先生，是不是？"

邓有梅说："你可不要对我有什么看法！"

张英才说："你不是怕我，你是怕我舅舅。你洗洗手！"

邓有梅眉毛一扬："是不是有转正的名额下来了？"

张英才说："可不能先透露，等大家当面了再说不迟。"

邓有梅走在前面，乐得屁颠颠的，这个样子让张英才觉得很好笑。余校长不在家，领着志儿他们上菜地浇水去了，只有孙四海坐在门口吹笛子，曲子是黄梅戏《夫妻双双把家还》，又是将快乐吹成了忧伤。

邓有梅冲着他喊："孙主任，到张老师屋里来开会。"

孙四海放下笛子："星期天开什么会？这地方，抓得再紧也不能提前达到小康水平。"

邓有梅说："来吧来吧，这回亏不了你。"

在等余校长期间，张英才将熟鸡蛋分给他俩一人一个，他自己也吃一个。边吃边说："我有个俗语对联，看你们能不能对上：时时刻刻等你来敲门。"

邓有梅和孙四海想了一阵，认为这没有什么，再想想就能对出来。这时余校长来了，手也没洗满是泥土。邓有梅说开会。张英才不急，要余校长帮忙对对联。余校长听了就说："这个上联很难对，主要是那个'你'字。"

邓有梅忙插嘴："你能对的字太少了，只有'我'和'他'两个字。"

余校长说："是原因之一，主要的还在之二，这个'你'字用在这里表示两人在互相盼望，下联只能用一个'我'字，就是这个'我'字来对也很勉强，所以，在这里是难有很好的下联的。"

一席话说得大家都服了气，张英才心中有苦不便说出来，就岔开话说："我舅舅让捎个通知给你们，要你们按通知上的要求，尽快执行，做好准备工作。"

余校长接过通知看了看，顺手递给将颈伸得老长的邓有梅，让他读读。邓有梅接过去，咳一下，清清嗓子响亮地读道："西河乡文教站文件，西文字第31号，关于迎接全县扫盲工作检查验收的紧急通知。"刚读完标题，邓有梅脸就变色了，最后几个字几乎能听出一些哭腔。

余校长问："邓校长，你怎么啦?"

邓有梅实在忍不住沮丧："我还当它是通知转正的文件，前几次的文件总是这个季节发下来。"

邓有梅不愿再读。

孙四海不用人叫，自己拿过去，读起来。

读得余校长一脸严肃。

孙四海一合上文件，余校长就说："满打满算才剩十天时间，没空讨论研究了，今天我就独裁一回，从星期一起，咱们四个人做这样的分工，张老师正式带三、四年级的课，孙主任将

一、二和五、六年级的课一担挑了，抽出邓校长和我突击搞扫盲工作。"

张英才打断余校长的话："我不懂，十天时间怎么能扫除文盲呢？"

余校长头一回用不客气的语气说："你不懂的事多得很，以后可以慢慢学，现在没空解释，这事关系到学校的前途，一点也放松不得。"

余校长还宣布了几条纪律：一切为了山里的教育事业，一切为了山里的孩子，一切为了学校的前途。张英才听不懂这叫什么纪律，他想说这倒像是誓词。余校长这一认真，显得像个领导者，让张英才生出几分畏惧，不敢乱插嘴。

余校长话不多，说完就叫大家补充。

邓有梅提出，要村里派个主要干部参加准备工作。

孙四海说："来个人又不能帮忙做作业、改作业，不如趁机让村里将拖欠的工资补给我们。"

邓有梅连声叫好。余校长苦笑一下："也只好出此下策了。不过各位也得出点血，借此机会请支书和村主任来学校吃餐饭。每人十元钱，怎么样？"

邓有梅说："可以是可以，在谁家做呢？"

余校长每人看了几眼，才犹豫地说："就在我家吧，明老师做不了饭，就另外请个会做饭的女人来帮帮。"

孙四海低声说："我没意见，还可以让村干部感受一下学校里艰难的气氛。"

至于请谁，商量半天唯有王小兰合适，她做的饭菜又省料又清爽。这一切都定下来后，天就黑了。

吃过饭后，张英才就趴在煤油灯下冥思苦想，如何写上一句话，才能在姚燕的那句话上来个锦上添花。他将那本小说集从头到尾翻了一遍，其中每一句有关爱情的话，都细细品过，竟没有一点现成的可供参考。枯坐到半夜，余校长又在窗外察看，见他没睡，就打个招呼走回去。他灵机一动，冒出一句话来：敲门太费时了，我要直接翻进你的窗户。写了这句话后，张英才很激动，也不怕外面的黑暗，跑去敲孙四海的门。刚敲一下，孙四海还没醒，他就觉得没意思，这样的话怎么和孙四海说呢，说了也不会有共同语言的。他悄悄地退回去，身后孙四海醒了，问："谁呀？"张英才学了一声猫叫："喵——"

支书、村主任和会计是星期二来学校的，加上王小兰与学校本身的四个人，刚好一桌。王小兰的菜其实做得不怎么样，就是作料放得重，他们都说这菜做得有口劲。吃饭之前，村干部们先说了一个好消息：尽管村里经济困难，还是决定先将拖欠教师的工资支付五个月，同时还希望全体老师能在这次扫盲工作中，为村党支部和全村人民增光添彩。大家都为这话鼓掌，余校长的妻子明爱芬，也在里屋鼓了掌。然后吃饭喝酒。

酒至半酣就开始逗闹。会计死死拉着王小兰的手，非要王小兰和他干一杯。学校的人都为她说好话，说她真的不会喝酒。会计不答应，不喝酒他可以代王小兰喝，每喝一杯王小兰必须亲他一下。也不等王小兰分辩，会计端起王小兰的酒杯，一口喝干后，便将老脸往王小兰嘴上凑。孙四海的脸顿时涨得像一大块猪肝，余校长怕出事，用手连连扯孙四海的衣角，邓有梅见势不妙，起身解手去了。

张英才本与此事无关，又有很硬的亲戚做后台，大家对他很客气。他见会计闹得有些过分，就挺枪出马杀到两人中间，一手分开王小兰，一手将酒瓶倒过来，斟满桌上的空酒杯，说："我代王大姐和你连干三杯。"也不管会计同意不同意，一口气将酒杯喝干了三次。会计是快六十岁的人了，一见张英才血气方刚的样子，就连忙甘拜下风。孙四海的脸色也开始平和了。张英才岂肯白喝三杯，拉扯之间会计叫头晕，说："我服了你，但酒是不敢喝的，我从桌子底下爬过去行吧？"张英才答应了，会计真的趴到地上去。村主任见了道："行行，就这样，意思到了就行。"张英才心里对村干部本是有意见的，自己来这儿教书都这么长时间了，没有一个人来看看他，又见村长在他面前如此打官腔，就来了气。他也不说话，绕到会计的背后，双手抵住会计的屁股直往桌子底下推。对面坐着的孙四海，将自己和凳子一起往后移了移，露出空当，让张英才将会计推到桌子这边来了。会计恼羞成怒，爬起来时手里攥着一只肉骨头，要砸张英才，支书连忙抱住他，口称："醉了！醉了！别再喝了，撤席吧。别让孩子们看见笑话我们！"

送走了村干部，张英才看见王小兰趁人不注意，溜进了孙四海的屋子。他装作走动的样子，轻轻到了窗外，听见里面女人的哭声嗡嗡的，像是电影镜头里两个人搂在一起时的那种哭声。

这天夜里，孙四海的笛声响了很久，搞不清楚是什么时候歇下来的。

第二天早上，孙四海在操场上露面时，人明显消瘦了许多，眼圈挨着的地方都是阴影。升完国旗，余校长吩咐，三、四和五、六年级，各抽十个成绩差的学生，交给他和邓有梅安排。按照成绩单倒着排，叶碧秋应该是前十名，这倒数前十名轮不上她。张英才不理解余校长搞扫盲工作，要抽成绩差的学生做何用处。问又得不到回答，因而多了个心眼，把叶碧秋派了去。

隔天，他问叶碧秋："余校长安排事你都做了吗？"

这次他吸取上次的教训，说话时绕了弯。

叶碧秋果然很坦白地回答："余校长安排我代替余小毛做一年级的作业，我很认真地做了，余校长还表扬了我。"

张英才问："你认识余小毛吗？"

叶碧秋说："认识。前年他和我一起报名上一年级，上了两天课就没有再来，今年报名余校长又动员他来了。只报个名就回去了。他家困难读不起书！"

张英才说："我们班的同学，总共要代多少个报名不上学的学生做作业？"

叶碧秋说："余校长说，一个同学负责两个人的。做完了，每个学生奖一支铅笔，两个作业本。"

张英才说："明天放学时，你把给余小毛做作业的本子拿给我，我替你改一改。"

叶碧秋一点也没怀疑，点头答应了。

过了一天，叶碧秋果然将作业本带来交给他。他一看，完全和一、二年级已经做过的作业一模一样。由于成绩差，哪怕是高年级学生了，做一年级的作业还是常出差错。张英才一点也不明白，这样做是什么目的。

转眼十天过去，舅舅带着检查团来了。

检查团来时，余校长又要孙四海将五、六年级的课，也交给张英才，理由是孙四海也要参加一部分接待工作。所以，张英才忙得团团转，连和舅舅打招呼的工夫也没有。他只是觉得一、二年级的学生，似乎比平时多出许多，却难得有空想其中的缘故。

检查团在学校待了一天，下午总结时，张英才给两个班的学生布置了同一个作文题——《国旗升起的时候》，三、四年级要求写五百字，五、六年级要求写八百字，自己抽空去听了一下总结报告。报告是县教委的一个科长讲的，他认为，在办学条件如此恶劣的情况下，界岭小学能达到百分之九十六点几的入学率，真是一个奇迹！他还拍了拍放在桌子上的几大堆作业本。张英才听完报告才明白，这次检查只是查扫盲工作最迫切的问题：适龄儿童是否入学。

张英才的舅舅只是检查团的一名普通成员，他发言说："老万我不怕大家说搞本位主义，如果界岭小学这次评不上先进，我就不当这个文教站长了。"

余校长带头鼓起了掌，检查团的成员也都鼓了掌。

山上没地方住，检查团看着余校长指挥学生降下国旗后，就踏黑下山了。

临走时，张英才对舅舅说："舅舅，我有情况要反映。"

舅舅边走边说："你的情况我知道，等回家过年时，再好好聊一聊吧！"

舅舅走出两百米远，张英才记起忘了将写给姚燕的信，交给舅舅带到山下邮局寄出去。他喊了两声，撒腿追上去。跑了百来米，看到舅舅在那儿拼命摆手，他停下脚步，怔怔地望着那一行人，在黑沉沉的山脉中隐去。

检查团走后，张英才越想越觉得不对头，平时各处弄虚作假的事他见得多，那些事与他无关，看见了也装作没看见。这回不同，不仅他是当事人，舅舅也是，而且学校里其他人明摆着是串通一气，怕他泄露玄机，事事处处都防范他，把他和舅舅都耍了，就像他耍叶碧秋一样。这一想就有气往上涌，他忍不住，拿起笔给舅舅和县教委负责人写了两封内容大致相同的信，详细地述说了界岭小学和界岭村，在这次检查中偷梁换柱、张冠李戴等等一些见不得阳光的伎俩。信写好后，他有空就站到学校旁边的路边上，等那个三天来一趟的邮递员。等了四天不见邮递员来，也不知是错过了，还是邮递员这次走的不是这条路线。他不愿再等下去。拦住一个要下山去的学生家长，将两封信托他带下山寄出去。不过姚燕的信他没交给他，他只会将它托付给像父亲和舅舅这样万分可靠的人。

这几天，学校里气氛很好，村干部来过几趟了，大家一道每间屋子细细察看，哪儿要修，哪儿要补。村主任表态，发下来的奖金，村里一分钱不留，全部给学校做修理费，让老师和学生过一个温暖舒适的冬天。余校长将这话在各班上一宣布，学生们都朝着屋顶上的窟窿和墙壁上的裂缝欢呼起来。余校长还许诺，若是修理费能省下一点，就可以免去部分家庭困难的学生的学费。

过了十来天，下午，张英才没课，到溪边洗头天晚上换下来的衣服，边洗边吹着口哨，也是吹那首《我们的生活充满阳光》，还一边想孙四海和邓有梅的笛子里，这一段总算有了些欢乐的调子飘出来。

忽然间，听到身后有人喊他，张英才四处打量，才看见舅舅站在很高的石岸上。他甩甩手上的泡沫，正待上去，舅舅已跳下来了。

舅舅走过来，铁青着脸，不问三七二十一，劈头盖脸就是几个耳光，打得张英才险些滚进溪水中。

张英才捂着脸委屈地说:"你凭什么一见面就打我?"

舅舅说:"打你还是轻的,你若是我的儿子,就一爪子掐死你!"

张英才说:"我又没有违法乱纪。"

舅舅说:"若是那样,倒不用我管。你为什么要写信告状?天下就你正派?天下就你眼睛看得清?我们都是伪君子?睁眼瞎?"

张英才说:"我也没写别的,就是说明了事实真相。"

舅舅说:"你以为我就不知道这儿实际入学率只有百分之六十几?你知道我在这儿教书时,费尽九牛二虎之力,入学率才达到多少吗,臭小子,才百分之十六哇!我告诉你,别以为自己比他们能干,如果这儿实际入学率能达到百分之九十几,他们个个都能当全国模范教师。"

舅舅要张英才洗完衣服后回屋里待着,学校里无论发生了什么事,都不要出来。

几巴掌打怕了,张英才老老实实地待在自己屋里。

天黑前,笛子声一直没响。直到余校长用异样的声音喊:"奏国歌!"笛声才沉重地响起来。之后,孙四海开始拼命地劈柴,用斧头将柴连劈带砸,弄成粉碎,嘴里一声声咒骂着:"狗日的!狗日的!"直到余校长叫他去商量一件事。

舅舅很晚才到张英才房中,灯光下脸色有些缓和了,叹口气说:"你花两毛钱买一张票,弄掉了学校的先进和八百元奖金,余校长早就指望这笔钱用来修理校舍。其实,这儿的情况上面完全清楚,这儿抓入学率,比别处抓高考升学率还难,都同意界岭小学当先进,你捅了一下后就不行了,窗纸捅破了漏风!"张英才想辩几句，舅舅不让他说："我让余校长写一个大山区适龄儿童上学难的情况汇报，做个补救，避免受到通报批评。我和他们谈了，让他们有空将每个学生入学时的艰难过程和你说说，你也要好好听，多受点教育。"

话音刚落，舅舅就睡着了。

舅舅的鼾声很大，吵得张英才入梦迟了，早上醒来一看，床那头已没有了人。

早饭后，张英才拿着课本往教室那边走。

半路上碰见孙四海，对他说："你休息吧，课我上！"

张英才说："不是说好，这个星期的课由我上吗？"

孙四海不冷不热地说："让你休息还不好吗！"

张英才听了不高兴起来："休息就休息，累死人了，我还正想请假呢！"说着转身就走。第二天，几乎是在头天的同一个地方又碰见了孙四海。

孙四海说："你不是请假了，怎么还往教室跑！"

张英才说不出话来，心里却是真生气了。

舅舅走后，张英才很明显地感到大家对他的反感。孙四海见他时，只要一开口，那话里总有几根不软不硬的刺。邓有梅干脆不与他对面。看见他来就躲到一边去了。余校长更气人，张英才向他汇报，说孙四海剥夺了他的教学权利，他竟然装聋，东扯西拉的，还煞有介事地解释，自己的耳朵一到秋冬季节就出问题。开头几天，张英才还以为只是孙四海发了牛脾气，闹几天别扭也就过去了，过了两个星期仍没让他上课。余校长和邓有梅也不出面干涉，他就想到这一定是他们合谋设下的计策，其目的是撵他走。

晚上，张英才看见一只手电筒的灯光在往余校长家里飘动。到了门口亮处，张英才认出是邓有梅，随即，孙四海也去了。他猜一定是开黑会，不然为何单单落下他一人！

张英才越想越来气，忍不住推门闯进会场。进屋就叫："学校开会，怎么就不让我参加？"

孙四海答："你算老几？这是学校负责人会议。"

张英才一下子愣住了，退不得，进不得。最后还是余校长表态："就让张老师参加旁听吧！"

张英才不客气地坐下来。听了一阵，搞清楚是在研究冬天即将来临，如何弄钱修理校舍等问题。

大家都闷坐着不说话，听得见旁边屋里，学生们为争被窝细声细语的争吵。

闷到最后，孙四海憋不住说："只有一个办法。"大家精神一振，盼孙四海快点说，孙四海犹豫一番，终于说："只有将我那些茯苓提前挖了，卖了，变出钱来先借给学校，待学校有了收入时再还我。"

余校长说："这不行，还不到挖茯苓的季节，这么多茯苓，你会亏好大一笔钱的。"

孙四海说："总比往年跑了香强多了。"

余校长说："既然这样，那我就代表全校师生愧领了。"

一直低头不语的邓有梅抬起头小声嘟哝："要是评上了先进，不就少了这道难关！"说了之后，又一副后悔的样子，恨不能收回说出口的话，赶紧重新低下头。

余校长问："还有事没有，没有事就散会。"

张英才说："我有件事，我要求上课。"

余校长说:"过几天再研究,这是小事,来得及。"

张英才说:"不行,人都在,你们今天就得给我回个话。"

孙四海开口说:"张英才,你别仗势欺人。什么时候研究是领导考虑的事,就是现在研究,你也得先出去,等研究好了,再将结果通知你。"

张英才无话,只好先行退出,他又没胆子候在门外的操场上,回到自己的屋里,用耳朵和眼睛同时注意着外面的动静。不一会儿,孙四海过来,隔着窗子对他说:"我们研究过了,决定下一回再研究这事。"这话让张英才气得直擂床板,用牙齿将枕巾咬成团,塞在嘴里狠命嚼才没哭出来。

学校一如既往,不安排张英才的课。

哪怕是请了学生家长来帮忙挖茯苓,孙四海不时要跑去张罗,他们也不让张英才替一下。茯苓挖到第二天中午,山上一片惊哗。张英才以为出事了,心里有些幸灾乐祸。没过多久,孙四海兴冲冲地从山上下来,手里捧着一个灰不溜丢的东西,嘴里叫着:"稀奇,真稀奇,茯苓长成人形了。"张英才忍不住也凑拢去看,果然,一只大茯苓,长得有头有脑,有手有脚,极像一个小娃娃。余校长从孙四海手里接过茯苓人。细看一遍后,遗憾地说:"可惜挖早了点,还没有长成大人,要是长得分清男女,就值大价钱了,说不定还能成为国宝。"

孙四海愣过之后,手一用力,将茯苓人的头手脚一一掰下来,一下一下地扔到张英才的脚下。张英才见孙四海的眼里冒着火,不敢吱声,扭头回屋,将自己反锁起来。

张英才终于觉得,老这么斗也不是事,回避一阵也许能使事情有所转化,他就向余校长交了一张请假条,余校长立即签了字，还说一个星期若不够，他还可以延期一两个星期。张英才拎上一只包，装上牙刷毛巾和给姚燕的信，外加那本小说集就下山了。

下山后，张英才没有回家，直接去了乡里，想见舅舅，舅妈拦在门口，告诉他舅舅到外地参观去了，一点也没有让他进屋的意思。他心里骂：难怪舅舅会偷偷和蓝二婶相好——这个母夜叉！嘴里依然道了谢。

出了文教站，看见回县城的末班客车停在公路边上。车上人不多，有不少空位，他摸摸口袋里的钱，打定主意，干脆上一趟县城，将信直接交给姚燕，他一上车，车就开了，走了三个小时，在县城边上他叫停了车。姚燕家在城郊，父母是种菜的，问了半天路才找到。找到和没找到一样，她一家人全上黄州走亲戚去了，大门上着锁。他一下子就紧张起来，原以为晚上可以住在姚燕家，现在要掏住宿费了，便觉得囊中羞涩。他记得县城有家农友旅社，过去父亲来学校看他总住那儿，同学们尽拿此事笑话他，他和父亲说了几次，父亲不肯改，仍住那农友旅社。张英才找到农友旅社，交了两元钱，登记了一个床铺，也不去看看，拿了牌牌就出门瞎逛。几个月没来，县城就变了样，别的没有，主要是人们穿的裤子，从十几岁到三十几岁的人，不论男女统统穿一条绷得紧紧的牛仔裤，他想搞清这裤子的叫法，就走到一个成衣摊子上，远远地用手一指，要摊主拿条裤子来看看，摊主拿着取衣杆，碰一下说："是要牛仔细裤？"又碰了一下说："还是要萝卜裤？"他知道这种裤子叫萝卜裤，便说："算了，这式样不好。"转到天黑，找个小吃店买了碗面，三下两下吃完，就回到农友旅社，蒙头睡了。后半夜，农民赶早去占集贸市场上的好位置，将他吵醒，他没手表不知几点，跟着起来去车站搭车，到了候车室一看那钟才三点一刻，候车室里只有几个要饭的躺在那儿。

好不容易回到乡里，刚下车就碰上蓝飞。相互简单说了些情况，蓝飞就替他出主意，要他回去装作准备进行转正考试的样子，不信那几个民办教师不来巴结他。张英才对这个主意很满意，抵消了先前对蓝飞的不满。

张英才回家吃了顿中饭，又让母亲准备几样可以存放的菜，就赶着回校。

回到学校，他就将初高中的课本以及学习笔记，全部铺开，陈列在桌面上，窗户也用报纸糊死，不露一点缝隙。一连两天，除了大小便和必要的室外活动，譬如升降国旗等，其余时间绝不出屋，即使要出屋也将门随手锁上。第三天早上，他去厕所回来，发觉窗纸被人抠了一个小洞。他什么也没说，找了一块纸，把那个小洞又补上。中午，他闩着门在屋里做饭，听见有人叫门，打开了，是叶碧秋。

叶碧秋站在门外说："张老师，我有个问题搞不懂，你能教我吗？"

张英才说："什么问题？"

叶碧秋说："最小的个位数是哪个数？"

张英才一愣："谁让你回答这个问题的？"

叶碧秋说："是邓校长和孙主任两个人一起来考我的，还说若不懂可以问张老师。"

张英才心里明白是怎么回事，就说："你进屋来等着，我查查资料。"装模作样地将一本本书都露给叶碧秋看过，他才拍了一下头："记起来了，不用查，最小的个位数是一。"

叶碧秋说："谢谢老师。"

张英才故意说："如果没有特别重要的事，不要再来敲门，我要复习，准备考试。"

叶碧秋走后，张英才忍不住一阵窃笑。下午放学后，他听到笛子的响声有些三心二意，就有意走出去。邓有梅立即放下笛子，冲他极不自然地笑一笑，他视而不见，嘴里喃喃地背着数学公式。

天一黑，张英才正要闩门，孙四海来了，对他说："明天我要下山一趟，配副眼镜，课就由你去上。"

张英才说："我请了一星期假还未满呢！"

孙四海说："我这是私人请你帮忙。"

张英才说："如果是公对公，那可没门！"

孙四海走到桌边，拿起那副近视眼镜："你这眼镜是几多度的？"

张英才说："四百度。我告诉过你。"

孙四海说："我记性差，忘了。"边说，眼睛狠狠地将每一本书盯了一下。

孙四海果然是下山去了，到伸手不见五指时才回来，背着一大摞书。张英才问李子，孙老师背回的是些什么书，李子告诉他全是中学的数理化课本。孙四海背书回来后，就没有在半夜吹过一回笛子，每次张英才夜里起来小便，都看到一个读书人的影子，映在窗纸上。

邓有梅也请假下山去了一趟，回来后神情忧郁，背后和余校长嘀咕："可能是这次转正的面很窄，名额很少，所以上面有意保密，一点口风不透。"邓有梅回来的当天，余校长就亲自来找张英才，询问他近来工作安心不安心。张英才矢口否认自己有过不安心。余校长就单刀直入，指着桌上的书本问他这是干什么。张英才用准备参加明年高考的理由来应付。见问不出什么，余校长走出去，对着守在一边的邓有梅仰天长叹。后来几次，张英才听到余校长恍惚地自语："邓有梅可以花钱买通人情后门，孙四海可以凭本事硬考，张英才又有本事又有后门，我老余这把瘦骨头能靠点什么呢？"

张英才实在服了蓝飞这一招，几乎是一夜之间，他就成了这个学校的宝贝，被人或明或暗地宠着。他想，民办教师转正这一关，实在太厉害了。

往后的一个月中，邓有梅往山下跑了七八趟。每次都是失望而归，可见了张英才仍要做出笑脸，口称又见到了万站长，万站长真是个好领导，等等。

这天晚上，余校长踱进了张英才的屋，寒暄一阵，就把目光转向凤凰琴："最近一段怎么没听见你弹琴，是不是弦断了？"

张英才说："弦断了不要紧，主要是没工夫。"

余校长从口袋里掏出一卷琴弦："我还有四根旧琴弦，不知合适不，你上上去试试看。"

张英才也不推辞，伸手接过来，并说："只怕过不了两天又会弄断的。"

余校长说："不会的，再也不会的，以前主要是明老师听不得这琴响，听了就犯病。现在我将门窗堵严实了。"支吾几句再转过话题："张老师，你听说这次转正，是不是对一些特别的人，譬如像……像我这样的人，有什么优惠政策？"

张英才说："这次转正？没听说，一点消息也没听说。"

余校长忧伤地转过脸："没听说就算了！你忙，我到孙主任那里去转转。"走了几步又回头："我考虑了很久，决定向上报你当教导处副主任。"

张英才心里想笑，嘴上却说："多谢余校长的栽培。"

余校长敲不开孙四海的门。孙四海声明过，这一段放学后，他谁也不见，连王小兰这一个月也没见来。余校长本也无事，隔着门说几句就打了回转。

正在这时，黑洞洞的操场上传来一个女人的哭声："余校长，余校长啊！你快救救邓校长，救救我家有梅吧！"

邓有梅的妻子跌跌撞撞地扑过来，一把抓住余校长。

余校长有些急："你放开我，有话慢说，这黑的天，叫别人看见了如何说得清！"

邓有梅的妻子仍不放手："我不管这些，有梅他让派出所的人抓去了，你要想法救他出来。"

张英才这时从屋里钻出来："派出所的人怎么会抓他呢？"

邓有梅的妻子答："还不是为了转正的事，别的人不是有学问就是有靠山，有梅他什么也没有，就想找路子走走后门，家里又没钱，送不成礼。没办法，有梅就到山上砍了几棵树，偷着卖了。没想到被查了出来——余校长，你可不能见死不救哇！"

余校长一听急了："这不是丢学校的脸吗！上次先进没评上，这次又来个副校长偷树，真是斯文扫地哟！"

见余校长又急又丧气，张英才就一旁劝："事已至此，还是得想个办法为妙。"

余校长在操场上团团转，像只热锅上的蚂蚁。

邓有梅的妻子坐在地上干号，声音又长又尖。

张英才不耐烦地说:"你哭得难听死了,像死了人一样,搞乱了别人的心怎么想主意呢!"

经张英才这一说,邓有梅妻子的哭声低了很多。

余校长这时叹了一口气说:"只能这样了,就说是给学校砍的,学校要修理校舍,又拿不出钱,只好代学生忍辱负重,做此下策之事。"

张英才说:"行倒行,就怕孙四海不同意。"

余校长说:"你去喊他来一下,我刚才去过,他不开门。你敲门,他会开的。"

张英才过去一叫,门真的开了,说了经过,孙四海露出一脸鄙夷相:"没本事就认命罢了,干吗一人做鬼,还拖着大家陪他去阴家呢?"

余校长说:"行还是不行,你表个态。"

孙四海说:"我没态可表,就当我不知道这事。"

余校长说:"这也算个话,你就把一切推给我得了。"

邓有梅的妻子叫起来:"姓孙的,别以为自己就那么清白,想坐在黄鹤楼上看帆船,是人总有栽跟头的时候!"

孙四海将门掩到一半停下来,低声说:"我同意,就算是学校决定的吧!"

余校长连夜独自下山,第二天下午才和邓有梅一道回来,邓有梅脸上有几道疤痕,开始还以为是让派出所的人打的,说过后才知道,是自己钻到床底下去躲时,被床底的杂物划伤的。邓有梅整个灰了心,一连几天,见人就说自己教一生的民办算了,再也不想转正,吃那天鹅肉了。

会计又送补助费来,还透露说,上次被抢一案有线索了。会计刚走，邓有梅的弟弟就被抓走，他一见到派出所的人就说："前几天你们来抓我哥哥时，我就以为是来抓我的。"他做木材生意亏了本，就横了心，专搞不义之财。这两件事一发生，邓有梅的背驼了许多，还向余校长递交了辞职申请。

只有孙四海无动于衷，继续在那里夜以继日地复习。星期六下午放学，照例是老师送学生回家。余校长见邓有梅情绪不好，怕出事就叫张英才跟着邓有梅。一路上很顺利，返回时，碰上了王小兰。王小兰慌慌张张地往学校里去找李子。张英才记得很清楚，站路队时，是孙四海牵着李子的手出发的。王小兰仍不放心，她心里感觉似乎要出事了，非要到学校看看。

到了学校，孙四海的窗口亮着，有人影一动不动地透出来。

王小兰叫开门，气喘喘地问："李子呢？女儿呢？"

孙四海说："她不是回家了？"

王小兰说："你们是在哪儿分手的？"

孙四海说："半路上，我想赶早回来复习，就没把她送到门口。"

一听这话，王小兰哇哇地大哭起来，扭头就往门外跑。余校长也来了，大家意识到这个问题的严重性，立即分成两路：一路是孙四海和张英才，顺着路队走的路找，一路是余校长和邓有梅，沿近路往前找。孙四海跑得飞快，不一会儿就超过了王小兰，张英才跌了几跤，还是跟不上。幸亏孙四海要到沿途路边人家问问，才时断时续地跟住。

跑到张英才头一回跟路队走到天黑的那道山岭上，月亮出来了。孙四海站在山梁上不动，等张英才跟上来后，就说："李子在那边树上，被一群狼围着。"张英才一看，那棵黑黝黝的木梓树上，果然有李子嘶哑的哭声，树下有十几对绿莹莹的狼眼睛。

孙四海吩咐张英才，看准路后，两人大叫着往那树下冲，千万不能停，然后迅速爬上树去，等余校长和邓有梅来。说着，孙四海大叫："李子——别怕——我来了！"张英才有些怕，不知叫什么好，嘴里哇哇地乱吼出一些声来，狼群吓得往后退了些，他们趁机爬上木梓树。孙四海一把将李子搂在怀里，李子没哭，他自己先哭起来，狼群又将木梓树围起来，但只过了半个小时，就被余校长带来的一大群人撵跑了。

回到学校，已是后半夜。孙四海不肯去睡，谁劝也没有用，一个人坐在旗杆下吹着笛子，一个个音符流得非常慢、非常缓，沉沉的，苍凉得很，一如悼念谁或送别谁。张英才早上起来，看见操场上到处是焦黑的纸灰，他捡起一张没烧完的纸片一看，是中学课本。

孙四海仍坐在旗杆下吹笛子，从笛孔里流出一点鲜艳的东西，滴在地上，变成一小块殷红。

余校长坐在自己屋门口抽着烟。

不远的山坡上，邓有梅双手掩面，躺在枯草丛中，都是一夜未眠。

晨风瑟瑟，初霜铺在山野上，褪得发白的国旗，被衬出一种别样风采。张英才对余校长他们说："我是今天第一次听懂了国歌。"他这话含有多层意思，其中一种，是对自己搞的这场恶作剧很悔恨。他不敢说明白了，只想找机会报答一下，做一种补救。晚上，他将自己上山后的所见所闻，如升国旗、降国旗、李子的作文、余校长家的十几个孩子，以及孙四海仅有的一次疏忽就能使学生遭到危险等，写成一篇文章叫《大山·小学·国旗》，又亲自下山送到邮局，寄给了省报。在邮局门口正好和跑界岭这条线的邮递员走对了面，邮递员交给他一封信，又是姚燕的，那情意绵绵的话写了几页纸，他没读完就塞进口袋里。心里一点谈情说爱的兴趣也没有。

大约过了一个星期，文教站的会计领来一个陌生人，说是省教委下来调查落榜高中毕业生情况，要和张英才好好谈谈，会计将这人扔下，自己回去了。那人自称姓王，张英才见他年纪较大，就喊他王科长。王科长和他谈得很少，却老爱往教室和学生中钻，还逐个同余校长、邓有梅和孙四海谈了话，张英才问起谈了些什么，他们都说只是拉拉家常。有一次王科长竟跑进明爱芬的房里，余校长发现得快，硬将他拉出来。第二天中午王科长不见人影，张英才以为他不辞而别，不料到天黑后又回来了，说是到下面坑里去看看风土人情。王科长最喜欢看学校升国旗、降国旗，每到这个时候，就拿着照相机按个不停，一点也不疼惜胶卷。

到了第三天下午，又逢星期六，王科长跟着孙四海的路队绕了一大圈，回来后才说了实话，王科长不是省教委的，而是省报的高级记者。收到张英才的稿件后，报社的人非常激动，就派他下来核实。大家开始改口叫他王记者。王记者说，他目睹了这一切，文章中所写每一点都是真实的。还说那篇文章一个星期以内就可以见报，要发头版头条，还要配编者按和照片。

刚好王记者走后的第七天，县教委、宣传部的人在张英才的舅舅的陪同下，亲自将报纸送上山来，声称张英才和界岭小学为全县教育事业争了光，在省报这么显要的位置，发表这么大一篇文章是从未有过的。张英才接过报纸，发现文章不是发在头条位置，那个位置上是一篇关于大力发展养猪事业的文章。界岭小学的文章排在这篇文章后面，编者按和照片倒是都有。

照片印得非常好，余校长抓着旗绳的大骨节的手，横吹笛子的邓有梅和孙四海，打着赤脚、披着余校长的破褂子、站在满地霜花中的志儿，趴在几块土砖搭起的木板上做作业的李子，以及围在桌边吃饭的一群小学生，这些全都看得一清二楚。余校长看了照片直惋惜："要知道报纸上要登这些，说什么也得帮他们整理整理。"

县里来的人在山上待了两天，走之前问有什么要求没有。余校长、邓有梅、孙四海都说希望能拨点钱，添置一些课桌课椅。最后问张英才，张英才呛呛地说："请领导发点善心，给几个转正指标，解决这些老民办教师的后顾之忧。"领导将这些话都记下才下山。

又过了十来天，邮递员给学校送来一只大麻袋，打开一看里面全是信。是从全省各地寄来的，除了表示慰问敬佩和要求介绍经验外，还有二十多封信是说要和界岭小学一道开展手拉手活动。张英才不知道什么叫手拉手活动，余校长就解释，这是团中央一个什么基金会搞的，富裕地区的学校帮助贫困地区的学校的活动。这么多的学校都愿意来帮助界岭小学，大家自然很高兴。当即决定分头写信，一人分了一大堆。

忽然，邓有梅叫道："这么多信，都写回信要几多邮票钱哪？"大家受到提醒，忙着点了点数。一共是三百一十七封，如果每封信都要回，需要邮费六十三元四角整。四个人都傻了眼，发了半天呆，余校长才说："先将重要的挑五封出来回信，其余的以后再说。"大家一挑，发现几封专门写给张英才的。

张英才一一拆开看，都是差不多的意思，称他有文才，将民办教师写活了，也有说他敢于为民请命，有良心和同情心的。只有一封信很特别，只有一句话：速借故请假来我处一趟。开始还以为是姚燕写的，再看落款，方知是舅舅。他不敢再撒谎，舅舅说有事又不能不去，便想了个主意，写了个请假条，只写"因事请假一天"六个字，趁天没亮，余校长还未起床之际，塞进余校长的门缝里。

日上三竿时，张英才到了舅舅家。舅妈正蹲在门口刷牙，一只又肥又大的屁股将门堵得死死的，见人来也不挪出道缝。张英才只好等她刷完牙，进门时，见地上的白泡沫中有些血样，心里就骂了句活该。舅舅正在屋里洗女人的内衣，满手的肥皂泡。见了他，用手一指厨房："没吃早饭吧，还有两个馒头。"张英才也不谦让，自己进了厨房，一只大碗盛着两个肉包子和两个馒头。他懂得舅舅话里的意思，肉包子肯定是留给舅妈的，就用手移开上面的肉包子，拿出碗里的馒头，一手一个，捏着站到舅舅身边，望着他吃。张英才咽了一口问："什么事，这急的！"舅舅望了一下房门小声说："等忙完了再说。"于是，他知道这事得瞒着舅妈。舅妈从房里整整齐齐地出来，用纸包上肉包子，拿着就出门去了。张英才问："她这是去哪儿？"舅舅说："上班去呗！"

接下来就入了正题。张英才的那篇文章受到上面的重视，除了拨给界岭小学一笔三千元的专款以外，还破例给了一个转正的名额，并点名将这名额给了张英才。这不仅是他的文章写得好，还因为只有他各方面的条件比较合适，其余四个相差太远了，既超龄，学历又不够。

舅舅说："你把这表填了，快点的话，下个月就可以批下来。"

张英才简直不相信这是事实，看了舅舅半天才说："这没搞错吧？"

舅舅将登记表摊在他面前："白纸黑字，还错得了！"

张英才终于拿起笔，正要填写，又止住了："舅舅，这表我不能填，应该给余校长他们，事情都是他们做的，我只不过写了篇文章。"

舅舅说："你别苕，舅妈为了她表弟转正的事，都和我闹了几次离婚。这次的机会一生不会有第二次。"

张英才说："如果在一个月以前，我不会让的，现在我想还是让给他们一次机会，我比他们年轻二十多岁，就算像你一样十年遇到一次，也还有两次机会呢！"

舅舅听完他说了自己假装准备转正考试，弄得他们差点出了大事故的经过后，心也动了："其实，我也想将他们转正，只是没有这个权力。"

张英才说："你可以找领导做做工作。"

舅舅想了想，态度又坚决起来："不行，姐姐把你交给我，我要替你的一生负责。你想想，转正后得马上到县里去读两年师范，这时就快二十一岁了，然后干上三五年，积蓄点钱正好可以结婚成家。"

张英才说："你这样做，我是不会同意的。"

舅舅说："你这伢儿！早知这样，还不如当初让蓝飞去界岭，把这个机会给他！"

张英才说："这可是你自己说的，这些话我可是没向舅妈漏一点风声哟!"

舅舅气得往门外走:"你倒要挟起我来了!好好,你的事我不管了,自己看着办去!"过了几分钟,舅舅又从门外转回来:"外甥风格高,舅舅当然不能拉后腿。不过你得回去问你父母同意不同意,免得到时弄得我成了猪八戒照镜子,里外不是人。"

张英才坐在舅舅的自行车的后架上,半个钟头不到,两个人就进了张英才的家门。

舅舅先说,张英才补充。刚说完,父亲就说:"我儿这一年复读的确没白读,你思想也提高了,做人就得这样,该让的就要舍得让!"

母亲还没开口,眼泪先流出来:"伢儿,这样做当然对,只是你自己不知要多吃多少苦。"

舅舅叹口气:"你们都这样想,倒是我先前不对了。"

张英才边给母亲擦眼泪边对舅舅说:"我也是为你做牺牲。你想想,堂堂的万站长,不将转正名额给自己那能写一手好文章的外甥,反给一位条件不如他外甥的人,说出去不等于给你脸上添光吗,说不定因此将你提拔到县里当个局长、主任什么的呢!"

一屋人都笑了起来。

两个人随后上山去界岭小学。一路上舅舅说了几次,到了学校后名额肯定不好分,只能搞无记名投票。他搞过几次这种投票,有一百人参加,就有一百人能得到票,参加投票的都是自己投自己的票。这次投票张英才的票千万不能投给别人,投给了谁,谁就是两票,就是多数。舅舅要他给自己也留一点机会,同时也可以检查一下别人的风格如何。

三千元拨款加一个转正名额，弄得界岭小学人人欣喜若狂。投票时，舅舅坐在张英才身边，看见那笔在纸上写下余校长的名字，他气得恨不能给外甥一个耳光。他以为这个名额非余校长莫属了，不料唱票结果，仍是一人一票。张英才马上明白，余校长投了他一票。舅舅也明白是怎么回事，情不自禁地说："看来我还没能力将每个人都看透。"

　　按照规定，投票无效时，就进行公开评议。

　　大家坐在一起，半天无话。

　　张英才忍不住先说："我看这次的名额，大家就让给余校长吧！"过了好久仍没响应，他又说："不谈别的理由，余校长是学校元老，吃的苦最多。"

　　又过了好久，孙四海低声说："给余校长我没意见。"

　　邓有梅也只好表态："给老余我无话可说。"

　　一直耷拉着眼皮的余校长，抬起头来。张英才以为他会说几句感激话来接受评议结果，听到的却是一句意想不到的话："万站长，我有几句话，想单独和你谈一谈。"

　　听到这话，邓有梅、孙四海和张英才起身要往外走。

　　舅舅忙说："你们人多，还是我和老余到外面去说话。"

　　余校长也说："我们到外面去说话方便一些。"

　　他俩起身出去，站在操场边上，面对面说了一会儿，余校长像是流了些眼泪，张英才的舅舅嘴唇动也没动，只是在最后时候点了点头。

　　舅舅招手叫张英才他们出来。大家站成了一圈。

　　舅舅声音沉沉地说："余校长有件事想和大家商量一下。老余，你说吧。你说了，我再说。"

余校长不安地扫了大家一眼:"刚才大家投票时忘了一个人,就是明爱芬、我妻子,她也是我校的一名老师。那年腊月她生下志儿的第三天,就到县里去参加民办教师转正考试,没想到河上的桥板被人偷走了,为了赶车,她趟了冷水河,还没进考场人就病倒了。抬回来后,下身就废了。拖了这多年,她心还不死,夜里做梦都念着转正。我想,就是还没转正这口气憋在心里没散,所以她每回到了死亡线上又返回来。我想,若是真给她转了正,说不定过不了几天,她就会死的。现在这个样子,她难受,我也难受,连带着国家、集体和大家都不好办。我想和大家商量一下,让她将这几步路走快点,走舒服点,让她这一生多少有点高兴的事。大家刚才的好意我心领了,转正的名额我不要,能不能把它给……给……明爱芬呢?"说完,他低下头,不敢看大家的神色。

张英才的舅舅把每个人都看了一遍才说:"明爱芬本来是不够条件的,给她挂个民办教师的衔,主要是因为照顾余校长的生活。所以,虽然只有四个人上课,站里仍给你们学校发五个人的补助金。但是,我不是没有一点人性的人,只要大家同意给明爱芬转正,并且保守秘密不向外说她是个废人,哪怕是犯错误,我也要帮老余这一回。"

孙四海什么也没说,缓缓地将手举起来。

邓有梅也跟着举起了手。

张英才见了,将自己的两只手都举起来。

舅舅说:"老余,你抬头看看表决结果。"

余校长抬不起头,泪水哗哗直往外流,喃喃地说:"我知道,天下尽是好人。"

太阳挂在正当顶，地上的影子很清晰。

大家跟着余校长进了明爱芬的房。张英才第二次进这间屋，觉得气味比以前更难闻。上次是夜晚，加上慌张，没看清，这次不同，他能清楚地分辨出，明爱芬的模样，完全是一张白纸覆在一只骨架上。

余校长捧着表格，走到床前说："爱芬，你终于转正了。"

明爱芬眼珠一动："你别骗我，你总是对我这么说。"

余校长说："这次是真的，万站长刚刚主持开了会，大家都同意转你。"

张英才的舅舅说："这次上面特别批给界岭小学一个名额。"

邓有梅说："这还得感谢张老师那篇文章舆论造得好。"

孙四海说："余校长，你快把表格给她填了吧！"

明爱芬接过表格，从头到尾细看一遍，脸上逐渐起了一层红晕。她忽然说："老余，快拿水我洗洗，这手哇，别弄脏表格。"

张英才连忙到外面去端水，趁机猛吸几口新鲜空气。

明爱芬用肥皂小心洗净了手，擦干，又朝余校长要过一支笔，颤颤悠悠地填上：明爱芬，女，已婚，汉族，共青团员，贫农，一九四九年元月二十二日生。

那支笔忽然不动了。

邓有梅说："明老师，快写呀，万站长今天要赶回去呢！"

明爱芬那里没有一点动静。

在背后扶着她的余校长眼眶一湿，哽咽地说："我知道你会这样走的，爱芬，你也是好人，这样走最好，大家都不为难，你也高兴。"

明爱芬死了。

一屋的人悄无声息，只有余校长在和她轻轻话别。

张英才忍了一会儿，终于叫出来："明老师，我去为你降半旗志哀！"

张英才走在前面，孙四海跟在后面。邓有梅把在教室作作文的学生全部集合到操场上，说："余校长的爱人，明爱芬老师死了！"再无下文。张英才扯动旗绳。孙四海吹响笛子，依然是那首《我们的生活充满阳光》。国旗徐徐下落，志儿、李子、叶碧秋先哭，大家便都哭了。

余校长给明爱芬换上早就准备好的寿衣，点上长明灯，再赶到操场，见国旗真的降了下来，慌张地说："这半旗可不是随便降的，你们可别找错误犯。"他伸手去升旗，使劲一拉，旗绳断了。张英才说："这是天意。"余校长急了，对邓有梅说："这是政治问题，不能当儿戏。你快找个人到乡邮电所，借副爬电线杆的脚扣来。"

张英才的舅舅这时说："老余，你去张罗明老师的后事吧，这些事你就别操心了。"停一停，又说："明老师这一走，名额的问题还得重新研究一下。"

余校长说："万站长放心，这事我已考虑好了，保证不误你下山。"

张英才的舅舅在山上待了好几天，直到明爱芬安葬好了。

文教站会计送安葬费时，带来了舅妈的口信，要舅舅马上回家有急事。

舅舅对张英才说："屁事，一定是闻到风声了，想要我将这个转正名额给她表弟。"

张英才说："你就硬气一回，看她能把你生吃了！"

舅舅答："我是这样想的。"

葬礼来了千把人，让余校长惊慌了手脚，都是界岭小学的新老学生和他们的家长亲属，操场上站了黑压压的一片。村长致悼词时说了这么一句："明爱芬同志是我的启蒙老师，她二十年教师生涯留下的业绩，将垂范千秋。"张英才见到村主任说话时噙着泪花，就把上次喝酒时的不快扔在一边，倒了一杯水递过去让他润润嗓子。来的人都送了礼，有布料、大米，也有送鱼送肉、送豆腐鲜菜的。孙四海摆个桌子在那儿登记，大家都不去那儿，说这么多的人情，余校长若是还起礼来，哪还负担得起？孙四海坐在那儿没事干就去厨房帮忙，王小兰在那儿，她被请来负责筹办葬礼后的酒席。

孙四海刚进去，还没和王小兰搭上话，邓有梅就来喊他，说余校长要他俩去商量一件事。

张英才和舅舅分别看到他们进了余校长的家，不一会儿就出来了，脸上很平静。他们没料到这是在开校务会，专门研究那仅有的一个转正名额问题。舅舅随后进去看看，见余校长正在那儿填表，就没有打扰。

舅舅出来对张英才说："余校长转正后，这两年师范怎么个读法？两个孩子由谁来养活呢？一二十个住在学校读书的学生又该怎么办呢？"

张英才也没有答案，就说："车到山前必有路，谁能把后路看得一清二楚呢！"

酒席在操场上摆了几十桌，桌子和碗筷都是从附近垸里借的，酒菜全是别人送礼送的。大家都说，就是上次老支书死，也没有明老师死得隆重热闹。

酒席散后，就到了黄昏。张英才送完最后一张桌子回来，见舅舅和余校长正在他家门口争论着什么，两人都很激动。张英才想拢去又有些不敢。

　　站了一会儿，孙四海和邓有梅也来了。

　　舅舅见了，就喊："你们都过来！"

　　张英才走过去。舅舅递过一张表："你看余校长是怎么填的。"

　　张英才一看，上面赫然写着"张英才"三个字。

　　张英才结结巴巴起来："余校长，你怎么能把转正名额让给我呢？"

　　舅舅说："我劝不转他，就看你的了！"

　　余校长说："谁来也没有用，这是校务会决定的。"

　　张英才不相信："真的吗？"

　　孙四海说："是真的，从上次李子出事后，我就一直在想，假如自己一走，李子一家怎么办，特别是李子怎么办。我的一切都在这儿。转不转正，其实是无所谓的。"

　　邓有梅接着说："明老师这一死，我彻底想通了，不能把转正的事看得太重。人活着能做事就是千般好，别的都是空的。张老师，你不一样，年轻，有才气，没负担，正是该出去闯一闯的时候。"

　　张英才仍旧说："我不信，这不是你们心里想的。"

　　余校长正色道："张老师，你这样说就太伤人心了。邓校长和孙主任的确是自愿放弃的。只有一点，大家希望你将来有出息了，要像万站长一样，不管到哪里，都莫忘记还有一个叫界岭的地方，那里孩子上学还很困难。"

张英才听不下去，大叫一声："我不转正。"转身钻进自己屋里。

舅舅随后进来，不理他，打开凤凰琴拨了几个音。

张英才说："你不要乱弹琴。"

舅舅不管，又拨了几下："你不是想知道，这琴的主人是谁吗？就是我。"

张英才一惊："那你干吗要送给明爱芬？"

舅舅只顾说自己的："转正的事我不强迫你，我讲个故事，你再决定。十几年前，这个学校只有两个教师：我和明爱芬。那年，学校也是分到一个名额。论转正条件，明爱芬比我强一大截。我就想别的门路，迅速和你舅妈结了婚。你舅妈品行不好，已离了两次婚，但她却有一个军官叔叔做靠山。明爱芬当然明白这一点，她为了证明自己比我强，明知无望，又刚生孩子，仍硬撑着要去参加考试，想在考分上压倒我。结果就是前几天余校长所说的，将自己弄废了。我一转正就调到了文教站，走之前，我不敢见明爱芬，就想将凤凰琴作为礼物送给她，让她躺在床上时有个做伴的。写好字后，又怕自己的名字会刺激她，就用小刀把它刮掉。我将自己的东西全拿走了，就只留下凤凰琴，我想老余见了一定会拿回去的。没想到它一直搁在这里。"

张英才听完了说："这叫有得必有失！"

舅舅说："你真聪明，我就是要你明白这个道理。"

张英才坐在桌子前不说话。

舅舅说："我累了，先睡，你想好了就喊醒我。明天回去，还不知道你舅妈怎么跟我吵。"躺下后又补充："这次转正要两步棋一步走。明天就随我下山，一边到师范报到，一边办手续。别人都是九月份入的学，晚了赶不上考试，拿不到学分就麻烦了。"

一觉醒来，天已亮了，屋里不见张英才。

舅舅开门一看，张英才独自靠在旗杆上出神，屋内的行李却都收拾好了。

天上纷纷扬扬地下起了雪。学校依然在升国旗，张英才要余校长让他亲手升一回国旗，他在笛声中一把一把地拉动绳子，忽然听到身后响起了凤凰琴声。他忍不住回头一看，见舅舅和余校长正在合作，弹奏着国歌。

张英才离开界岭小学时，大部分学生还未到校，这种天气余校长、邓有梅和孙四海都要到半路上去接学生，三人都为不能为他送行而感到不好意思。张英才将那副四百度的近视眼镜送给了孙四海。余校长将凤凰琴送给了张英才。然后，大家握手道别。各走各的路。张英才和舅舅下到半山腰时，遇见了邮递员。邮递员又给界岭小学送来了一麻袋信，还给了张英才一张汇票。看后，他对舅舅说："是报社寄来的稿费，一百九十三元。"舅舅说："真不少，比我一月工资还多。"张英才本想问问有没有姚燕寄给他的信，马上意识到问也是白问，又不能查，反正学校那些人会转给他的。舅舅忽然说："今后你要努力呀！那时，我总想，到了你们这一代人百事都好办了，没想到难办的事还有那么多。"正走着，身后有人喊。是叶碧秋的父亲，他要进城找活干。叶碧秋的父亲告诉他俩，余校长在举行葬礼那天，和那些孩子还没上学的家长都谈了话，大部分人的思想通了，表态说，过了年一定让孩子到学校里来。张英才和舅舅走累了，想歇歇，就让叶碧秋的父亲先走了。

雪越下越大，几阵风劲劲地吹过，天空就乱舞起来。转眼之间，地上没白的地方就白了，先前白了的地方变得浮肿起来。

张英才望着雪景，不免说了句："瑞雪兆丰年。"

舅舅说："别浪漫了，快走吧，不然就下不了山了。"

《青年文学》1992年第5期

白　话

徐　坤

一

"同志们，在座的青年朋友们，大家辛苦了。"

我以青年点组长的身份，把归我管辖的十几个兵召集到一起，总结下乡锻炼一个多月来的工作。

"下来这么久了，我们还处在孤立状态，没能和当地群众打成一片，同志们议一议，症结究竟在哪里。"

"我们层次太高了。"王京东首先发难，"以前那些下放的知识分子，最高的也只得过学士学位，我们这里却是清一色的博士和硕士，所以很难同当地人民在同一基准上对话，无法沟通思想。"

"听出来了吗听出来了吗，典型的小资产阶级知识分子腔调，一派自以为是，高高在上的意味。"博士在一旁打断王京东的话。

王京东的脸色变得很难看："博士，尽管你是我们这一群中唯一的博士，总有鹤立鸡群的良好感觉，但是你应该比我们更清楚，学术论争不允许扣帽子打棍子，提倡百家争鸣……"

"刚刚开了个头就窝里斗起来了。借学术论争互相贬损人格的传统还不应该在我们这代知识分子手中摒弃吗？优点没学多少，倒把痛打乏走狗的风格全继承下来了。"我拦住他们俩。

"说了半天，你们根本不知道症结在哪里。"小林丫头把我台灯座上插着的我老婆的照片反复端详着，不住地开关台灯，弄得我老婆充满微笑特写的脸上忽明忽暗，黑一块白一块的。

"你们都想想，你们都在用什么语言说话？书面语！难怪不能获得大众的认同，不能被接受被理解，反而被人民当成国宝似的远距离地欣赏和品味，实在是因为这一群人已经丧失了用口语表达自己思想感情的能力。"

众人听了，不觉一怔。会场上出现了暂时的寂静。稍许，只听见啪啪拍脑门子的声音此起彼伏，个个如醍醐灌顶：

"对呀对呀，我们怎么没想到。"

"到底是语言所的，一语中的。"

"问题的端倪一显露出来，我的心情平静了许多。"博士沉思着，"这些天来，我跟工农相结合的愿望很急切，但是总无法落实到行动上。我心里十分痛苦，十分焦灼。我跟所在锻炼单位的同志们对话时，他们显得非常沉寂，都用一双双仰慕的空洞的眼睛望着我，我每每说出话来，都变成了引不起任何回响的乏味的独白。"

"没错，我也被同类问题烦扰过。"王京东摩挲着自己的后脑勺，"我苦思冥想了许久，检查了自己向工农学习的思想态度和谦虚程度，发现都不存在什么问题。我没有想到是语言造成了信息交流系统的障碍。"

"那么我们现在应该怎么办？"李扎西尔汗的眯缝眼中透出迷惘的神色。

"改用白话。在日常生活中，摒弃书面语，改用口语交谈。"小林提出建议。

"对对，这就好了，这就好了。"众人一致附议，"我们立马就改。"

"就是嘛。"小林语气中透着股文章发表后引起轰动的得意劲儿，"当年咱们的大师们费了多大劲儿才掀起一场白话文运动，让人与人之间交流不再之乎者也地拗口，想骂人想夸人都能不假思索脱口而出。咱们政府呢，左一次文字改革右一次文字改革，把繁体字改成简化字，去掉多余的笔画，恨不能只剩了偏旁，又顺应咱们眼睛左一个右一个横向分布的要求，把竖版改成横版，为的什么呀？你们说，为的什么呀？"

"我们太对不起国家了。"李扎西尔汗沉痛地说，"六七十年了，怎么又回到老路上去了呢？之乎者也是不用了，但是新添了外来语和长句式，难度似乎比古汉语还加大了许多呢。你们汉族，真复杂。"

"其实，连我们自己也觉得滞重、生涩。"王京东很伤心，"但是，这是当今的时尚啊！不这样，我们还哪有资格在社会科学界占有一锥立足之地呢？"

我果断地打断王京东："一种时尚的形成，并非仅是一两个人的兴风作浪，而是千百万人推波助澜的结果。所以，在座各位都有推卸不掉的责任。有必要把被扭曲的风气再重新扭正过来。当务之急，是尽快打通跟当地人民思想感情交流的渠道，掀起一场白话运动。"

"我没问题。"博士说，"本来我就是劳动人民出身。我家三代雇农，房无一间，地无一垄，到了我这辈才祖坟冒了青烟，出了个读书人。俗语俚语歇后语口头语我全会，赵本山也得甘拜下风。只不过这十几年憋在学校里没有个尽情宣泄的语境氛围。我随时都能返璞归真。"

"其他人呢？有什么问题没有？怎么说也都是生在红旗下，长在蜜糖中的一代，全是靠劳动人民辛勤的汗水养大的，不至于就忘本了吧？"

众人一致说："没问题，没问题。就凭我们的智商，那么多次考试都挺过来了，再高的学位也敢拿到手，白话嘛，小事一桩。给我们几天时间复习复习，突击一下。"

"京东，你怎么样？"我不无疑虑地问，"你出身比较高，说老百姓的话难度大点吧？"

"文革"时没事干，也净跟街上的孩子们野来着。再粗的话也听过，就是有时说不出口。"

"不要紧，慢慢适应。"我又转向李扎西尔汗，"你呢，小李子？"

"我使用什么白话好？"

"当然是汉族的。"

"越粗越好吗？"

"胡说，越通俗越好，越平白浅易越好。通过交流，最后要达到心贴心、肉连肉、你中有我、我中有你的境地。"

我站起身，挥了挥手："同志们，大家马上分头行动吧！希望你们尽快进入角色。"

"是！保证轰轰烈烈，扎扎实实。"

众人满怀信心地散去。

二

博士总以为他自己比我们这帮硕士高出点什么，经常没事找事，非得惹出些麻烦来才肯罢休。他本该跟讲师团一道下乡扶贫，正巧那会儿他老婆生孩子，他就死活赖着没走。但是躲过了初一，躲不过十五。所里要安排他出国进修，就因为缺少这一课，被院人事局给卡下来了。他这才得知利害，怏怏不快地跟着我们这一批人发配冀中农村。来了不到两个月，他就偷跑回京四次，好像只有他怀念妻儿。

如果他光是关在屋子里跟老婆缱绻缠绵柔肠寸断倒也罢了。他偏偏在研究生院里乱晃，挺粗壮的腰身，到哪儿都显眼。而且每次还都跑回所里去胡侃，就那么一幢大楼，谁都瞧见了。

这是一个既主张论资排辈又强烈渴望机会均等的单位。于是就有人愤愤不平，电话里质问人事局：你们逼我们所把该下放的人都赶尽撵绝，××所的××为什么仍在楼里出没？人事局局长有些尴尬，做了一些搪塞性解释，然后一个长途打到下放总部，责成带队的伊腾处长严肃查处此事。

伊腾处长带着晴转多云的脸，坐着大"红旗"轿子，呼呼呼从另外一个县直扑过来。

倒退个十几二十年，大"红旗"可就像今天的"奔驰"一样身份显赫。虽然已时过境迁，多数车已遭淘汰，但还有个别的仍在岗位上鞠躬尽瘁，余威不减当年。尤其是在小县城里，谁也猜不透车主人的身份，那些"丰田""大众""吉普""手扶"都纷纷让路。院里把这种车派下乡供我们领队驱使，足见其用心良苦。

　　李扎西尔汗在县城东头那个检查站，向过往车辆收费。这一地段公路是本县人民自筹资金修建的，所以，私下里收点买路钱也属正常"创收"。

　　小李子没发育充分的身体裹在肥大的交通警服里，屁股后边还挂了根电棍，一副非驴非马的打扮，镜片后边的一对小眼睛怯生生地骨碌碌不着边际地游移，不敢跟司机对视，一点没有占山为王的横劲儿。他的声带好像还没变完音，尖里尖气的，强吼着嗓子装腔作势："站住！哪部分的？"

　　"你是干啥子的？"司机斜棱着小李子。

　　"我……"小李子嗫嗫嚅嚅，舌头不大好使，回头求援似的寻找交通队的同伴。那个黑红脸膛的同事收完另一辆车的款，迈着方步走过来。

　　"他是干啥子的你还敢问？告诉你，他就是专门干你的。你哪个县的？再嘴欠别说我罚你。"

　　"是是是……"司机边掏钱边纳闷地瞟着一旁幸灾乐祸的小李子，感到非常困惑。

　　"李子，累了吧？进棚子里歇歇，忙乎一上午了，喝口水。"

　　"不好意思累。"小李子操着一口"地道"的少数民族汉语。

　　"李子，听说你是研究什么'叔'的？"

　　"民俗。"

　　"你看俺们这哈儿有民俗没？"

　　"我不研究汉人。"

"那没用了。俺们县连一户少数民族都没有，有两户满族早在大清一灭就改汉族了。"

"没有关系。我研究自己。"

"派你们到俺们这哈儿来干什么？"

"向群众学习，锻炼思想。"

"行。学吧。练吧。俺这哈儿从来没有过大学生劫道的呢。"

"报告队长，鬼子进村了。"小李子在电话里尖声尖气地喊。

"一共来了多少人？"我忙问。

"除了伊腾，还有司机阿健。"

"知道了。继续监视。"

"是。遵命。"

放下电话，我感到全身一阵紧张，头皮直发麻。以往伊腾都是在电话里布置工作，月底再将各县青年点组长召集到总部所在县，通通情况，汇报总结。今天连个招呼都没打就突然闯来，其中必有蹊跷。

我给凡有我们人在的单位都通了电话。告诉大家晚饭后一律不准到处走动，原地待命，最高指示正在途中。

电话刚放下，伊腾领队已经一脚跨进了门。跟办公室的人打过招呼，我把他让到隔壁临时给我间壁起来的宿舍。

"苏凡，博士回北京跟你请过假没有？"伊领队一开始就黑着脸。

是博士惹事了。我松了一口气，甚至有点幸灾乐祸。他他妈的会跟我请假？什么时候他把我放在眼里过？不如借机会整他一回，让他总目中无人！

"没有。我不知道他回过北京。"

话一出口，我又有些后悔。都是离了娘的孩子，何必相互残杀呢？保护同志要紧。

于是我赶紧补上一句填补的话："博士有严重的胃溃疡，需要不停地吃'三九胃泰'。乡下医院没有这药。"

"据我们调查，两个月中他回北京四次，不是单位派的公差，也没经组长和领队批准，影响很坏。"

"是……这样？噢，这真是我的失职，平时对他关心不够，工作不够细致。"

"你准备怎样处理这件事？"领队投来征询的目光。

若是以为他真在征求我的意见，那可就太傻了。要征询也是在电话里征询了，何必还跑这么大老远。他那眼睛后面藏着的狡黠，早就被我一眼看穿了。人家领导这是考验我玩呢。

我也不含糊："先找他本人对证，批评教育，依照他认错的态度进行处理。尽量做到杀一儆百，重点是杀鸡给猴看，提高革命队伍的组织性纪律性。"

"好。立刻召开全体会。"

"我马上就去通知，顺便让食堂大师傅给炒俩好菜，晚饭您就在我们这儿凑合一顿。真的，伊领导，别的县的饭您都吃过了，就没在我们这儿吃过，您可不能太偏心眼儿，净向着别人。"

"好好好，就这么办吧。"伊腾处长的脸上终于浮现出一丝难得的笑意。

我又打了一圈儿电话，吩咐各人把吃饭的家伙都带上，路过小酒馆时每人再捎来一两个菜。我又特别叮嘱博士："你的罪行已经全部暴露了，摆在你面前的只有一条路——坦白从宽。而且你引狼入室，我们成了表现不好的青年点，领队说以后要常来关心我们。谁再想逃跑超假不归之类的都已不大可能。博士你说，你净顾自己享乐，你对得起我们这些拴在一个藤上的苦瓜吗？"

博士在电话里还大大咧咧地满不在乎，大着嗓门嚷："苏凡你放心，待会儿我去跟伊领队讲清楚。我一人做事一人当，绝不连累大家伙儿。我理由充分，看他伊腾能奈我何。"

"那好，我们拭目以待。"我就知道说多了也没用。要不广告里怎么说：戴上博士伦，傻极了，舒服极了呢。

晚宴兼工作餐在我所在的广播局办公室里举行，桌上摆满了大小规格不等的饭盒和搪瓷盆儿。食堂仅有的八个碟子也被我借了来。数了数，鸡鸭鱼肉竟也凑全了。还有一小盆儿城里很难见的炸小虾，通红通红的，煞是可爱。整个桌面上洋溢出一种富裕之后的小康气氛。王京东和阿炳甚至还搬来一箱北京啤酒，正宗冒牌的北京五星啤。

一行人都为有借口扎大堆吃一次大锅饭而兴高采烈，胃口大开。伊领队也没想到宴会如此隆重，显然受了几分感动，也不大好意思立即质问博士，扫大家的兴。于是官民同乐，乐不可支。

我提议说："先敬领导一杯，为了咱们有缘千里来相会，无缘见面不相识。伙伴们，举杯呀。"于是叮叮当当一阵磕碰的乱响。

博士紧跟着又站起来，举着杯子说："伊处长，多亏了这次下放让咱们认识了，要不然，您永远是人事局摆弄我们玩的领导，我们永远是各个研究室的让您拨拉来拨拉去的小小研究人员。只有档案袋里的照片跟您认识，没有谋面的机会。这次我们算是见到您的真人了，真是'度尽劫波兄弟在，相逢一笑泯恩仇'。我家里的大哥就是您这个岁数，您得允许我叫您一声大哥。大哥，小弟敬您一杯。"说完一口气喝光了大茶缸子里的酒。

伊腾并不为博士一通驴唇不对马嘴的胡拍所迷惑，面带微笑，不温不火地盯着博士："博士，你要真叫我大哥，我还真不敢答应，我不敢消受有个博士弟弟。这样吧，我让阿健替我喝了这一杯，咱们就算是朋友了。是朋友，你可就不能给我拆台。"

我在一旁急得恨不能上去抽博士两个嘴巴。马屁没拍好，反倒惹火烧身，伊腾马上要跟他单练，我煞费苦心下了这么半天的套儿不白费了吗？

情急之中，我捅了捅身边的李扎西尔汗，撺掇他给领队敬酒，赶紧接上这个捻，封住伊腾的嘴。

小李子特实在，把领队的杯子和自己的杯都倒得满满的，双手举着，诚恳地说："伊领导，我今天终于见到您了，真是非常非常幸福。我父母年轻，我是老大，没有哥哥，您应该是我的长辈，就让我叫您一声大叔吧！伊腾大叔，您刚才喝了博士的酒，您现在也应该喝我的酒。不喝，就是嫌我小，看不起我，我要先干为敬啦。"说完一仰脖，酒杯见了底。

伊腾抵挡不住心底涌起的当了"大叔"的激情，端起杯来抿了一小口。

"不行啊不行啊。"众人嚷，"感情深，一口闷，感情浅，舔一舔。"

接着我一个个地点名，让十几人轮番先干为敬。伊腾处长渐入佳境，脸上泛起潮红，鼻尖沁出细密的汗珠儿。

"博……博士"，伊腾的筷子直指着坐在对面的博士的鼻子尖，"这样一个紧密团结的集体，全被你给搅……搅和坏了。"

众人一怔，全盯着博士。

"当着这么多人的面，我都不、不好意思深说你。你、你、你自己说清楚，偷跑回京几次，回去干、干、干什么……"

众人紧盯着博士。

博士脸不红，心不跳，成竹在胸："处长，是这么回事，我牵头搞了个课题，正在申请国家社科基金。马上要审议了，我回去到我导师和其他评委家里活动活动，找名人写几封推荐信……"

"啪！"伊腾一巴掌拍在桌子上，震倒了几个酒杯，把似醉非醉的几个人都吓醒了。

我的心狂跳不止。完了完了完了，我怎么忘了在电话里跟博士统一一下口供。傻瓜博士，你怎么就不说你胃溃疡胃痉挛胃出血肠扭结吃不下饭睡不着觉，医生让动刀子你都推说没时间迫不及待地赶回乡下继续锻炼？救死扶伤同情弱者人皆怀恻隐你怎么就一点不懂？

"你以为你是博士，就你有课题？你的科研工作重要，下放锻炼思想就不重要了？半年前就跟各个所打招呼了，下放人员在农村期间一律不在所里给安排工作，专心锻炼。怎么就你一个人特殊？"伊腾一教训人就特兴奋，额头青筋突突跳着，舌头也变得非常利索。

众人有些发蒙，一时鸦雀无声。

"我告诉你，苏凡跟我请假回去参加所里的国际会议，我都没准假，人家也没偷跑回去。小林到荷兰访学的通知都来了，硬让我给卡住了。我说过，这个口子不能开，要不去，就都不准去。你比别人多什么？你们比别人多什么？缺了你们，国际会议还不是照样开，国还不是照样有人出，地球还不是照样转？"

众人听着，耷拉下眼皮。有人翻白眼儿，吐舌头，耸肩膀。

"思想认识不正确，干什么都保准走到邪道上去。出国准是走了就不回来，搞出课题来也是个自由化。博士你是不是以为你的课题很神秘很新颖，意义重大填补空白？别自以为了不起，没有你的课题，你看看你们所还能不能办下去，国家社科基金还能不能发下去？还真反了你们了！我在部队当政委时，我说个一，哪个战士敢说二？我就不信社科院不能步调一致。政府每年拨那么多钱养着你们，你们扭过头来就骂政府，真是养了一群白眼狼。"

一片寂静。众人面面相觑，搞不清伊腾上下一番话的逻辑联系，一时不知如何插嘴。

"谁都鼓吹自己研究那玩意儿是天下第一，都想给社会开药方，整治一把社会，就凭你们这些人？兜里揣着护照签证机票闹革命，捅一炮就跑的那副德行？吓，跟我们脑袋别在裤腰带上闹革命那会儿能比吗？"

"比不了。"终于有人敢小声嘀咕。

"国家养你们，就是要展示咱们的文明发展程度，凡是外国人能达到的水平，咱也能达到，凡是外国有的，咱们也都有。你们起的作用，就像橱窗，橱窗砸碎了，货还照样卖。缺了你们，咱国家机器还照样转，文明照样向前发展，咱还有国务院外文局大使馆，一样搞文化交流友好往来，照样做国民经济计划人口控制战略。就欠解散社科院，让你们都去自谋职业，我看你们还怎么衣食无忧，高高在上。"

"是是，大哥，我们都太把自己当成一回事儿了。"博士没想到自己原以为很充分的理由，会引发伊腾这么一通虎威，也有些思路跟不上，被震慑住了。

"说实话，博士，我羡慕你们有这么高的学问。我十几岁就去当兵，没赶上好时候，我也在北大待过，北大还有我不少学生……"

"噢，噢，"众人感到惊奇，"我们在学校时怎么没见过您？"

"早了，'三支两军'的时候……"

"噢，噢，"众人一致感叹，"我们生得太晚，无缘瞻仰您执掌教鞭。"

"大哥，听您一席话，胜读十年书。今天我脑子里算是彻底透亮了。"博士急切地表达着自己的新认识。

"大哥，咱们现在更是亲上加亲了。我对不住您，我错了。我太自私，自以为是。申请社科基金还不是为了弄几个钱多出几次差，多给自己复印点资料。我那个项目就是不搞，对国家对集体也不会造成任何损害。我无组织无纪律，平时在所里散漫惯了，认为到了乡下还可以像在所里时天马行空无拘无束。您狠狠批评我吧，也请同志们批评帮助我。我从小出身也挺不错的，自从堕落成一名知识分子后，就染上了一身的坏毛病。我一定要彻底改造思想，虚心接受再教育。大哥，您要是原谅了我，就让我再敬您一杯。不喝，您就是不原谅我。"

"原谅他吧原谅他吧。"众人附和着，"喝吧喝吧。"

"看在大家求情的分上我就不再深究你。"伊腾说，"好在你认识错误的态度还比较诚恳，你和苏凡一人写一份检讨书给我，我回局里汇报。记住，虽然你们分别来自各个所，互相不认识，但到了乡下后，就是一个整体，一人出了问题，大家都有责任，尤其是苏凡，我首先拿你是问。"

博士歉疚地看了我一眼，我狠狠地把他给瞪了回去。

夜半时分，我们搀着伊腾和阿健摇摇晃晃地走向县委招待所。一阵小风刮过，伊腾哇的一声在路边吐起来。

第二天一大早我赶到县委招待所，伊腾和阿健已穿戴整齐在看报纸，等着我来跟他们话别。

伊腾忧心忡忡地问我："苏凡，我昨天是不是喝多了？说了一些不得体的话吧？"

"没有没有，绝对没有那么回事儿。"我十分肯定地回答。"昨天您跟阿健早早就走了，我们那些人一直喝到天亮，都糊涂了，全不认识自己是谁了，到现在还没醒呢。我是早晨起来解手，看见'红旗'车还停在广播局院里，才想起您来过，这才来见您。"

"嗯，这就好。博士怎么样？认错态度还好吧？"

"他醉了，什么都弄不明白了。"

"忘了告诉你，让博士写一份检讨，你也写一份，我回局里汇报。别担心，你那份我不会转交。我是帮你提高在众人当中的威信，让大家感到你替大伙儿承担责任、受苦，让他们过意不去，也就不好意思轻易犯纪律了。"

"谢谢您了。"

三

我骑上车子，去各处送报表。上级要求我们总结一季度的工作量，要看看我们为地方人民做了哪些实事。

先去教委找王京东。他正一个人闷在屋子里打棋谱。一见我进来，一把就给拽住了，就像是见了久别的亲人。

"苏凡，快点陪哥们儿杀两盘，这两天我手痒得要命。"

"我坐不住，还要送表去呢。不是说有个办公室副主任专门负责你的饮食起居，陪你吃喝玩乐吗？在哪儿呢？"

"让我给打发掉了。什么呀，像个老娘儿们似的整天跟在我屁股后头，一会儿问我对伙食满不满意，一会儿问我还有什么要求。想看会儿书吧，他就在我眼前晃来晃去的，隔五分钟一问需要他干什么。跟他玩两盘棋嘛，又臭得要命，都让他九子了，还输，你说烦不烦哪？"

"你小子是身在福中不知福哇，咱们下来的人，就你这儿是县团级待遇。"

"算了吧，难受死我了。虽然咱有好吃懒做的缺点，但知识分子的良心未泯，无功受禄，浑身都不得劲儿。后来我跟老主任讲了，我们是工农子弟兵，是同一个阶级，来到这里就是要跟工农打成一片，练思想，练红心，找回原来的我。我诚恳请求您别再不把我当自己人，别再把我往咱阶级队伍外边推，您就把我当成普通干部使用，把我放到生活第一线，在大风大浪里锻炼成长。您就给我加任务，压担子，考验我吧。"

"人家接纳你没有？"

"当然。我一通白话，特诚恳，特谦虚，老主任听明白了，被我深深打动了，说：'俺们觉得你是北京派来的，又是比大学生还有学问的人，俺可得好好伺候着，将来回去替俺们这儿说点好话，让上边多拨点教育经费。'"

"你看你看，以前你一定装模作样打官腔吓唬人家来着。"

"屁官腔。我说的一口地道的北京普通话，他们认为北京话就是官话。其实真正当官的没一个人说北京话。"

"分配你做什么了？"

"去中学帮助监考。然后搞试卷分析，研究一下全县这么多年怎么就没有考上大学的，让我帮着押押题。"

我把表格给他，让他两天之内一定填好。

"别下棋了。实在没事干，跟我一起去转转，我一个人走也怪没意思的。"

"好哇，正好晚饭没着落呢，到谁那儿蹭一顿去。"

我骑车带上王京东。到了县委大院门口，我让他下来在门口等我，我去宣传部找小林。

小林不在办公室。宣传部部长殷勤地给我让座，递烟。我一边点烟一边问小林在这里表现得怎么样，请部长不要把她当外人，就当成手底下的兵使用，发现她有缺点就不客气地帮助改正过来。

部长听了连连摆手："哪里哪里，苏组长，你太客气了。我们正想建议你们领导表扬小林呢。她来的时间不长，干的工作却不少，把领导的讲话稿写得又快又好，庆'三八'，庆'五一'，纪念'五四'，抓计划生育，搞好麦收，乡镇企业治理整顿……你看看，写得有文采，字儿也好看，连庆'十一'和庆'元旦'的讲话稿都写好了，都存这儿呢，随用随取，我们再也不怕临阵磨枪手忙脚乱了。真是人才呀！我们实在没什么任务派给她了，这不，我给她放了假，让她自己去熟悉一下乡下生活，想去哪儿玩，想到哪儿看看，我们都提供方便。"

我下楼到后院平房找小林。她正拿着一小瓶肥皂水，用笔管教一个小孩吹泡泡。小孩子一边使劲往回吸鼻涕，一边鼓起腮帮子吹。五颜六色的肥皂泡在太阳下面飞舞着，噼噼啪啪地一个个爆破了，有一个泡泡正爆在小孩子脸上，小孩子露出长出不久的两颗门牙喜滋滋地笑，小林也拍着手哈哈笑着。

我忽然觉得心底有什么东西被这幅图景深深触动了，不由得停住脚，呆呆地看着。

小林回头发现了我，笑盈盈地跑过来。我把表格给她，说明来意，并提醒她做工作要有计划有步骤，文秘工作不同于学校里边考试，谁提前交卷子能给多打点印象分。要悠着点拉长了干。

"我的话你可明白？"

"不明白。"小林咬着下唇，困惑地摇了摇头。

听说我还要到各处送表格，小林缠着我要跟着一道出去转。我让她去借车，我和王京东在大门口等她。

我们仨在柏油路上骑了几分钟，很快拐上了土路。在坑坑洼洼的小道上乱颠一气，拐过一大片麦田，然后进了农机站。看门老头儿挺热情地打着招呼："嗬，大学生来啦？快进去吧，博士在里头呢。"

博士正躺在床上读一本小册子。见我们进来，忙起身招呼，拿出一盒速溶咖啡，转着圈儿地找杯子。自从伊腾训了他之后，他跟这群人融洽了许多，尤其是对我，总怀着歉意，总想找机会弥补一下。所以再见面，总是"哥们儿""哥们儿"地叫得热乎。

刚刚坐稳当，小林在一旁叫了起来："哟，在看《干校六记》呢，是不是想仿而效之，来个七记八记的？"

"哪儿的话。那是我在北京书摊上偶然看见的。都邪了门了，这种书跟王朔的小说摆在一起，畅销得很。再加上一本《围城》，城里头这三种书如今卖得最火。"

"你没看看都是些什么人买？"

"我在学院路那边转了几个摊，都是有文化模样的人买，尤其是大学生买得多。"

王京东翻着博士床头的一大堆书，发现都是些文人小说：《绿化树》《男人的一半是女人》《神奇的土地》《大墙下的红玉兰》《洗澡》……

"你说咱们国家的知识分子是不是欠改造？"王京东稀里哗啦地翻着书问博士，"十几年不下放了就皮紧，就怀旧，把下放的岁月描绘得如诗如画，如火如荼，灵魂净化，醍醐灌顶。让他一直待在城里就觉得特失落，特惆怅。咱政府也是琢磨透了这些人的脾气了，尽可能地满足这帮人想要下去脱胎换骨的要求。"

"可不是嘛。"小林附和王京东的话，"有一阵子大学生们全被书中情节感染了，宿舍里到处都唱：马樱花，马樱花，风吹雨打都不怕，快快让我去找她。"

"你瞧瞧你瞧瞧，犯贱嘛不是。钱锺书拿知识分子的劣根性开涮，咱也就忍了，同一个圈儿里的人，互相扯个皮揭个短窝里斗的事儿也属正常。偏偏那个痞子也动辄拿咱文化人开心，变着法儿地把人骂得特损，可还真就是知识分子买他的书，看得津津有味，你说奇怪不奇怪。"

"你们不懂，"博士说，"这正是知识分子的优点。叫骂自归叫骂，我行我素。再说骂也不是坏事，正是从反面帮助咱们改正缺点。"

"这些小说是从哪儿折腾出来的？"我问博士。

"从县文化馆翻出来的。"

"想出一套改造文学集呀?"

"看着玩儿。探讨一下知识分子到了我们这一代脱胎换骨到什么程度了。"

"就属我们结合得彻底是不?"小林问,"我们连语言都改了。你们想想,人之所以成为人,从其他动物里脱颖而出,还不就是因为有了语言。我们真是从根儿上改了呢。"

"没错。"王京东说,"前几代知识人没能认识到这一点,所以结合得不彻底,夹生了,硌牙。到了末了,还对人民说'你们''我们'的,就不会说'咱们''俺们'。痴气匠气呆气傻气一点没去掉,永远是一副高高在上、与人民格格不入的模样。咱们可不能重蹈覆辙。"

"是这么个理儿。"博士点头附和。

我把工作量统计表递给博士一张,问他都干了多少活。

博士为难地挠了挠头:"不好意思,真是不好意思填。下来后不但没给地方人民做什么实事,还净给人民添麻烦了。白养着我吧,又怕我回去没法儿写总结汇报工作,太对不住我。给我派个活吧,我自己个儿又实在不争气。卖了一阵子农机零件,天天站柜台,我这人块儿大占地方不说,还总把零件名称搞错,对不上号,让人干着急。你还别说,人听说有个北京来的博士在这儿卖零件,全都拥来了,每天里三层外三层的人,销售量一下子猛增上去。"

我们几个人一起哈哈大笑。小林笑得前仰后合。

"后来不行了。"博士丧气地说,"人家看够了,不新鲜了,生意不那么红火了。再加上我站柜台,需要一边一个人打下手,一个收钱,一个付货,增加了人力损耗,结果销售额又直线下跌。不行，干不了了。"

"不是给你调到办公室了吗？"

"本来办公室就人多活少，我抢了一份儿，就要有人的年度工作量不达指标。没有文字工作，我想我就从最基本的干起吧，扫地、打水、擦桌子、分报纸，才干了两天，秘书刘晓玲就来找我了，说：'博士大哥，我刚交了入党申请书，正在"表现"呢，你把我的活都抢着干了，我还拿什么"表现"哪？'"

"是呀是呀，你可不能耽误人家要求进步。"小林说。

"我也只好赋闲在家，怀才不遇了。"

"……当初下来的时候，就应该跟地方人民交个实底，就说：这是一群废物，请务必充分利用。这样人民就会大胆地起用我们了。"王京东深有感触地说。

"行了，都别在这儿贫嘴了，赶紧跑下一个单位。"我拖起王京东。

"要跑你跑，我可跑不动了。博士，管饭不管？"

"我这儿的饭可没油水，晚上也就是个稀粥咸菜。"

"太后悔了，那天不应该给伊腾吃那么好，给他造成一种繁荣的假象，再要向院里申请一点伙食补助都困难了。他肯定以为咱们天天都有鱼肉可吃。"

"对了，给小李子打电话。吃交通队去。"博士一拍脑袋，眼神发亮，"我去他那儿吃过两次，小李子天天帮厨，跟大师傅的关系倍儿铁，总能有点好吃的。"

"博士快去打电话叫他备饭。"众人一齐嚷嚷。

我们四个人从农机站出来，路上又碰见阿炳一个人在慢吞吞地走。他刚刚去邮局发信回来。博士又把他驮上，一路闹闹嚷嚷地奔向交通队。

小李子从路口撤回了办公室。目前的任务是熟悉环境，再抄抄报表，接接电话之类。业余时间，他就在伙房里帮着择菜、烧饭。

"怎么，撤岗了？"我问小李子。

"岗没撤，我撤了。"

"是你不好好干？"

"不是，我干得很好。但是司机不怕我，总跟我吵架，我镇不住，就调回办公室了。"

"这下你可以在办公室里发挥专长了。小李子，快给哥哥姐姐们上饭。"王京东吆喝着。

一伙人说着笑着吃着，充满了亲人失散又重逢的快乐。

各县的青年点组长在下放总部开会，向领队汇报工作。大家普遍反映一个问题，就是多数同志在广阔天地里无所作为，还满腔怀才不遇的幽怨。领队认为，这是因为我们有些同志下来之后就一直"端"着，根本没有放下架子，没有发挥主观能动性，不积极找工作做，根本就是徘徊在农村改革的大潮外观望，从没打算蹚蹚水，游个泳什么的。

大家商议，应该限定一个最低工作量，将来考核时也有个标准。这样听之任之发展下去，年终将无法统计和类比。最后全体一致达成协议，每季度每人至少有一份三千字的调查报告或其他种类的书面工作成果。这样一年下来，每人也积累了一万多字的成绩。

回来后我把精神传达给我们青年点的人。众人原先还为自己工作量统计表上填的模糊数字和模糊语义而忐忑不安，听了我的话后都长出了一口气。

"目标明确了，我们干起活来就有了奔头。"王京东说。

"三千字太容易了，别的干不了，我们就是不怕写字儿。"小林说。

"大家回去后都要及时调整一下自己的思想，多深入基层调查研究，搞出点有分量的东西来，为咱农村改革献计献策。"

"瞧好吧，您哪。"众人说，"保证错不了。"

四

天气渐渐暖和了。地里的麦子已经连成绿油油的一片。田野的风扑在脸上，暖烘烘的，透着股惬意。想起我们下来的第一个晚上，人人瑟缩着躺在临时间壁起来的住处，残冬的小冷风飕飕地从窗框和门缝里钻进来，吹得人心里发凉。暗夜里听着此起彼伏的狗吠，不禁怀恋起城里汽车马达的轰鸣和爱人温暖的身体。最难熬的日子总算是过去了。

我们这批人基本上各就各位，该干什么就干什么去了。日子是最能消磨人的，再烦再躁，也禁不起日子一天天地冲你，削你，把你耗得没脾没气。

小县城里按说也不缺什么，该有的设施全都具备。城中有一家影剧院兼礼堂兼会场，一个邮局，一个二层楼的百货商店，连新华书店也有。最多的是饭馆，隔三五步就是一家，多数都是二层小楼，彩色瓷砖镶嵌在外面，门脸都挺气派。

但是恼人的是没有浴池，也不晓得当地人洗不洗澡。浑身难受得实在忍不下去了，我们也只能关起门来打盆水，浑身上下乱搓一通了事。但水也不总有，每晚七八点钟就停。电也停得勤。每晚都能听到电影院和饭馆门前小柴油发电机轰隆隆作响，互相比赛着招徕顾客。

好在公路交通和通信设施还算说得过去。新修的一条公路通向外面的世界。要一个北京的长途，等一个上午也差不多能通了。邮局就成了我们这些人经常碰面的地方。那个长着一对杏核眼的女接线员跟我们熟了，碰到她心情好，我们还可以免费打一次长途。

我们扎堆的次数越来越多，好像觉得时间越久，越彼此离不开。下了班，吃过晚饭，就开始串门子，一个找一个，滚雪球似的越滚越大，最后说不定走到谁那儿就聚齐了。有的住得远点，相隔好几里地，也不辞辛苦深一脚浅一脚地摸索了来。女生都预备了那种装三节电池的大电筒，既能照路又能打狗。

我这儿也成了聚会的据点。因为广播局有带子可看。隔壁有两台供节目编辑制作用的机子，经过局长特批，晚上可以免费供我们这些"北京来的大学生"利用。

广播局的带子，除了武打的就是琼瑶的，由不得选择。有看的总比没有强，至少也算是充塞视听，活动活动废置已久的器官。没出几天，我们就把所有的带子都看完了。又把几盘打得像真事儿的挑出来从头看。看得差不多了，又挑每盘打得血肉模糊爱得情真意切的片段看，最后也分不出哪个是哪个了，全都差不多，我们都给看成了一个故事。

博士老婆来乡下探亲。我们一哄而上，把她带来的牛肉干茯苓夹饼美国腰果酒心巧克力等吃食瓜分一空，甚至把一袋六必居的酱菜也就着白水吃掉了。他老婆还挺善解人意地说："这下我知道了博士信里边的描述并不夸张。"

"怎么描述的？"众人边吃边问，"是不是说吃不饱，穿不暖，没精力去跟马樱花移情别恋？"

博士也不回嘴，当着老婆的面，一副温良恭让的样子。大家更忍不住借机会使劲逗他。

博士急了："说你们是白眼狼可真没说错，吃了我的喝了我的，反过来还拿我打镲。把我得罪了，今晚上你们都甭想看这盘带子。"

众人一听，立刻来了精神："博士兄，我们认错行不行？我们这是心里头高兴啊。见到了嫂夫人，就像是见到了我们北京的亲人。"

"什么带子？"王京东迫不及待地问。

"米兰·昆德拉的，《生命中不能承受之轻》，从我们所录来的，英文原版。"博士老婆说。她那个欧罗巴研究所总能近水楼台先得月。

"都听见了吗？不懂英文的都别去看。"博士宣布，"还有，没结婚的也别看。"

阿炳在一旁说："小说我看过好几遍了。英语我是听不懂，但是画面我保证能看懂。"

"那行了，一块儿去看吧。"博士又向老婆做了个媚笑，"夫人你先歇着，我看一会儿，马上就回来。"

我们都被片子巨大的魅力震慑住了。真的，我们还从不知道，人类心灵的痛苦竟可以用如此生动的电影语言来表述。当萨宾娜最后得知了朋友的死讯，托马斯和特里莎在幻化中坐着车子随着悠扬的音乐走出画面时，我们都屏住气息，久久地沉浸在故事营造的氛围里。谁也不想打破这一刻的静寂。我们都觉得自己的语言很笨拙，很庸俗，觉得在这之前的一切文人的有关痛苦的描述都变得很笨拙很庸俗了。

大家极力想说出个人的感受，结果发现根本就无从表达。

最后我们只好议论了一下片名的翻译。众人都觉得译名不太像中国话，至少听起来不太顺口。

"添上一个字，叫生命中难以承受的轻灵。"王京东说。

"'轻灵'不如'空灵'好。"我说。

"叫'虚空'更贴切。"阿炳说，"《圣经》福音书里就用了这个词儿，说'虚空的虚空，一切的存在，都是虚空'……"

"汉语不是都叫'空虚'吗?"小李子不解地问，"'虚空'是不是'空虚'?"

"再想想再想想，从总体上改。"众人说。

"叫'沉重浮生'吧?"博士思忖着。

"不好，不好，"众人说，"太意会了。"

"译成'难耐浮生'好不好?"小林问。

众人想了一会儿，说："差不多了，意思全出来了，又很简洁，比原译名省了五个字。"

"到底是语言所的，有咬文嚼字的本领。"

"就怕这名字太雅，一般老百姓不懂。"博士不无担心地说。

"你少操那份心吧。"王京东打断博士，"片子已标明仅供研究人员和领导同志做资料参考，不会流散到民间去的，老百姓哪里看得到。"

众人说："是不能让谁都看，活活糟蹋了电影艺术。"

计划生育突击月开始之后，我们都忙了起来，都给派到各单位包干的村子去搞突击，有半个多月的时间分散在村里，没机会见面。博士最先忍不住了，打电话给我，说他村子里的活快忙完了，马上就要返回农机站，这个周末要来我这儿聚聚，他老婆捎来的两瓶泸州老窖还没动呢。

我跟采编股股长也是刚从村里回来，也很想跟大伙儿聚聚。打了一圈儿电话，除了两个人在下面没忙完，大部分人都回县城里来了。听说博士周末要请喝酒，一个个乐得电话里的声音都走了调。只有在计生委的王静满怀遗憾地问能不能改时间，周末排了她值宿。计划生育工作就是这个特点，上半场我们在下边忙，把超生怀孕的都给归拢上来，下半场就是计生委在上边忙，汇总全县的医生集中采取措施。我嘱咐王静安心工作，我把好吃的每样都给她留一点。

"那也不行。"王静嗲声嗲气地说，"我想念大伙儿，特别想看看你。"

"没关系，别着急。"我安慰道，"实在想得慌，星期天我再让大家都送上门去，请你挨个儿过目一下，就从我这副肉身凡胎开始，一定满足你的视觉欲望。"

"去你的吧。"王静笑嘻嘻地挂了电话。

博士正在发福的肚子竟然塌下去许多，人也灰头土脸的。我一面招呼其他人把各自带来的小菜都摆上，一面问博士感觉如何。

"唉，真是难以下手哇。"博士把煮熟的花生米一颗一颗往嘴里扔，"我也是农村长大的，我知道，家里没有男孩子那真是不行。"

"啧，啧——"王京东在一旁发出怪声，"敢情博士是让良心给折磨得掉分量了，我还以为是村里伙食不好给饿瘦的呢。"

"你懂什么。"博士又较上劲了，"在一个刀耕火种的农业社会里多增加一个男丁就意味着……"

"行了行了，你饶了我们吧，别跟我们拿书面语交谈。"众人打断博士。

小林深有感触地盯着天花板说："说实在的，看到那么多妇女哀求我，一把鼻涕一把泪的，这心里头真就不落忍。"

"那都是假象啊，小姐。"王京东接过话头，"我们办公室的秘书说了，你没法儿可怜她们，稍一同情，一年里就能给你增加半个县的人口。"

"我算亲眼看见计划生育的难度了，哪像咱们在所里做统计数字、算百分比，然后制定政策那么简单哪，一面对活生生的人，全走样了。"阿炳一脸倦意地歪在我床上，摸着喉结，"我扁桃体都肿起来了。嘴皮子也快磨破了，讲大道理，没用。我们去的那家，两口子跑掉了，把值钱的东西也坚壁起来了，就留一个老太太和仨小丫头驻守。动员了半天，老太太就是不吭气，末了扑通给我们跪下了，说：'要钱没有，要人我追不回来，你们就把我这条老命拿去抵了吧。'你说这工作还怎么往下做。"

"要我说，就动员城里人不生。"小李子不着边际地插了一杠子，"我们少数民族所的，只生一个，汉族所的一个也不生。这样子就把乡下多生出来的抵消了。"

"你们看他那精灵古怪的样。"王京东用筷子点着小李子，

"够蔫坏的了。照你的说法，十年二十年之后，咱国家不就农村吞并城市了吗？经过了这么多年的努力，城乡差别才逐渐明显了，你竟然还主张倒退回去。"

"我不是那个意思。"小李子摆手申辩，"我是想让出生率降下来。"

"照你这么说，出生率是降下来了，可人口素质也降下来了。咱国家还全靠咱们知识分子优生优育，把优秀基因往下传一传呢，光靠农民生农民，咱们下一代多咱能提高档次，跨到世界先进行列里去呢？"

"你把这话再说一遍。"博士眼珠子通红，颤颤巍巍地把手里的酒杯放在桌上，用手指着王京东的鼻子尖儿，"我就是农民生的，我也是农民，你你你比我多什么？你小子别别别牛×，口口声声农村城市差别，我呀就听不下去这个……"

"哎，怪了，我说你了吗？我是就事论事，我专指你了吗？"

"说谁都不不不行，我不不爱听。"

"哎哟喂，下来才几天，就改造得有模有样的了，就站到人民的立场上说话了，我倒成了死不改悔的对立面了是不是？我还真就不服你这个。博士，你小子有种……"说着王京东霍地站起来。

博士也不示弱，也摇摇晃晃站起身来："你你想怎么着？"

阿炳和旁边的人赶忙把他俩都摁到椅子上。王京东本来就没预备有下一个动作，别人这一拉，他便借机会扭动扭动身子表示挣扎反抗，博士也晃晃悠悠地还想站起来，跟王京东造成个对峙局面。

"别拉着他们。"我喊住阿炳，"你就让他们过两招，看能比画出什么花样来。"

众人在一旁劝："算了吧算了吧，完全是学术论争。从来君子动口不动手，怎么就动起拳脚来了。"

博士又扭过脸来转向众人："谁动拳脚了，谁动拳脚了？你们谁看见了？我这不一直在口头辩论吗？"

王京东也就坡下驴："对呀，我们也只不过是一场舌战嘛，谁说我们要动拳脚了？"

众人说："本来就是嘛，本来就是嘛，一场舌战一场舌战。"

博士把酒杯推到王京东面前："老弟，喝酒，喝酒。"

众人在一旁嚷："对，喝，喝。今天喝白酒，明天喝啤酒，感情好，愿喝多少喝多少。"

我们又拿出那盘《生命中不能承受之轻》来放。看着看着，博士哭了。

我去给王静送吃剩的一小段腊肠和一瓶鹌鹑罐头。计生委的大门紧锁着。我站在门外喊了半天，王静才从传达室的小窗口露出脸来，挺沮丧地告诉我，昨晚上她没看住，让一个该做手术的孕妇跑掉了。那孕妇说要上厕所，王静懒了一下，没陪着去，只把手电筒借给了她。结果左等右等不见人回来，王静喊上打更老头儿过去一看，厕所边的墙垛上已给扒了一个大口子，墙外摆着一摞砖头，显然是事先约定好里外接应着逃跑的。这一跑，可就是踪影皆无，说不定得等孩子长大后才能回来。今天是星期天，当地人休息，晚上还是王静值班。她正在那儿忐忑不安，怕再跑一个，领导要怪罪下来她担当不起。

我想了想，说："干脆晚上我把博士他们几个人叫来替你在门外巡逻守夜，与你共患难一把。"

我原打算只邀几个小伙子来，小林她们几个丫头听说后也嚷着要来，还口口声声说知识分子堆里可不许搞男女不平等，要患难就大家同患难。我也缠不过她们，只好叮嘱着多带些零食，免得下半夜喊饿。

月亮爬上来了。金黄色的又圆又大的月亮衬在深蓝色的夜幕里，看着不像是真的，美得像是舞台上的布景。乡村的夜真静啊，偶尔传来几声狗吠，几许虫鸣。满鼻子都是刚收下来的麦子的气息，还有青草湿漉漉的甜香。一道小沟渠绕过计生委的院墙，渠水悄无声息地流向远处的棉田。

我们睁大警惕的眼睛在计生委院墙四周不停地走动着。墙上的豁口已给修好，再想爬出来难度也不小。王静在院里守夜，隔一会儿就从窗口露出脸来，对我们做出感激和鼓励的笑容。众人就对她比画几下，做几个手势，那意思是说：都是自己人，不必客气；放心吧你，平安无事。

众人走累了，找了一个比较干燥的麦垛，横七竖八地躺在上面歇脚。小林轻轻叹息一声："我好像有好久没这样仰脸看天了，都忘了天是什么样的。"

王京东枕着自己的双手把身体摆成一个"大"字，也不由得发出感叹："真舒服哇！城里除了楼和树，哪还有天？我盯着台灯出神的时间，可比跟月亮对眼儿的时候多。"

博士的体重把草堆压出一个凹陷来。他漫不经心地一把一把地抓着麦秸往身上撒，一边若有所思地问："你们注意到托马斯的那个指令没有？Take off your clothes."

众人一时没反应过来，片刻才明白他原来说的又是《生命中不能承受之轻》那盘带子。

"不就是命令女人脱衣服吗？"王京东问。

"第一次看时，我也以为这句话就是一个'脱'。"博士眉头紧锁，做出深沉状，"昨晚又看了一遍，觉出点味道来了。托马斯在难以承受的虚空里，寻找着生命的支撑，他渴望灵魂和灵魂的撞击，生命和生命的坦诚相对。结果呢，他遭遇的总是媚俗的肉体。所以他总在喊：脱去你的伪装！脱去你的伪装！可惜呀，没人能听懂。"

"是呀，你这话也够让人合计半天的了。最好也能有个萨宾娜能理解你。"

"没错，只有萨宾娜能够理解托马斯，但那不过是作家设计的一种理想，托马斯只能生活在特里莎的世俗世界里，无法实现与萨宾娜的结合。这是人类心灵的又一出悲剧，理想与现实之间的差距永远也无法弥合。"

"嗬，给上升的高度还真不低。"

"我认为，我们最应该学习的，是人家对人类受难后孤苦情境的表达方式。"小林插嘴说，"纯粹二十世纪的，不流泪，不忏悔。哪像我们的作家，遇到点挫折不是悲悲切切苦着个脸，就是硬挺着做外强中干的灵与肉的搏斗，累不累呀。"

"唉，什么时候，能让我们都 take off clothes 恢复到原生态，痛痛快快做一把人就好了。"博士长叹一声。

"想返祖也没用，那块尾巴骨早让冷板凳给磨平了，长不出来喽。"王京东撇嘴。

"对你这号儿的，发多少指令也没用，脱掉表层的媚俗，里层还是媚俗。"

"对对对，我是媚俗里生，媚俗里长，媚俗里娶亲开俗花。只有博士您凌空出世，超凡脱俗，整个儿一个人间叛逆孙行者……"

"你们都快住嘴吧。"小林叫着，"都是俗人，谁能比谁雅多少？就这么个古老而又庸俗的破话题，就引得你们吵来吵去，真够俗气的。都别争了，看月亮吧，这世界只剩它不媚俗了。"

我们都沉寂下来。远处广播局电视塔的灯光一闪一闪的。月亮依旧很不真实地浮在我们的头顶。一只猫悄无声息地从草垛上溜了过去。渠水好像是停滞不动了，仿佛在暗夜里谛听、期待着什么。

什么都没有发生。一夜平安无事。

五

博士跑邮局跑得最勤，也数他的来往邮件多。杂志期刊，海内海外邮件不断。他嫌农机站送信送得慢，索性自己去邮局取。

我和王京东去找他玩时，见他正在屋里跟两个女孩子大侃。一个是秘书刘晓玲我们见过，另一个高个子红嘴唇的是第一次见。博士正侃得神采飞扬，情真意切，两个姑娘以手支颐，听得如醉如痴，眼里透出仰慕和迷蒙的神色。见我们进来，两个姑娘脸蛋红扑扑地站起身来，告辞出去了。

"在开什么讲座呢？咱们也听听。"王京东打趣道。

"闲着没事儿，给她们侃侃诗。"

"啊，诗呀！侃晕几个啦？"

"你还真别得意。别看人家学历没你高，但是悟性很强。这才是诗之所在，情之所在呢。"

博士转身翻出一本打印、装订很仔细的三十二开小书递给我："这是我追随前辈学人，闲来无事所作的古诗，聊以怡情养性。献丑了。还请二位多多指教。"

"你别这么酸文假醋的好不好？"王京东跟我抢着看，"别忘了咱们的白话规则。"

诗集题为《浴风集》，为浴风阁主近两年所作。序跋俱全，是博士特邀朋友老高、阿狗等为他写的。诗的内容大都是抒发离愁别绪，郊游踏青感怀之类，以古体居多，五言七言都有。还填了几首词。每页还有诗人亲手所制插图，与其页之诗相配套，不外乎弱柳扶风，游子独吟，闺妇思春一类，工笔细描，倒是很见一番功底。阿狗在跋中云：与博士同住一楼数年，想不到以彼等体重会写出如此轻柔细软之作，令人拍案叫绝。一首《江城子》颇有苏轼之风，其中"社科院，小礼堂"二句乃为压卷之作，独领当今诗坛风气之先。

我连忙往回翻几页，查证原词，词牌名为《江城子》：

> 研究生院最难忘。三年多，是同窗。促膝谈心，相知胜祝梁。记得携手观影剧，社科院，小礼堂。
>
> 奈何咫尺如重洋。不思量，徒嗟伤。各隔一方，鸿雁传书忙。纵使他年能相逢，应笑我，华发长。

"哈哈！有'十年生死两茫茫'的味道吧。词填得好，文评得也好。"我把巴掌拍得山响。

"没想到我们博士还有诗画的功夫，佩服，佩服。"王京东也跟着我拍手。

"过奖了过奖了。"博士谦逊地摆摆手。

"下乡后有什么新作没有?"我问。

"乡野民风古朴,人杰地灵,更是创作诗的好地方。我改写白话诗了。这里有一首《送别》,你们看看。"

王京东接过来大声朗读:

> 望着你那远去的背影,
> 止不住地泪水涕零。
> 眼前一阵一阵的模糊,
> 骤觉春天透着几分凄冷。

"啊!好哇好哇,挺像白居易的风格,可以读给村妇樵夫听了。博士,有没有谁都不像,只像你自己风格的作品拿给我们瞧瞧?"王京东问。

"我正在探索呢。这还有一首没写完的。"

王京东拿过桌上的小纸片:"《流浪族》,有点像日本名,新!真新哪。"

我要过来,见是几行自由体诗:

> 呼啦啦十四道风从天而落
> 雪地上跑来一群堂吉诃德
> 骄傲和梦想全挂在孩子们脸上
> 驾马驰骋在看不见的战场
> 长枪杀向不可知的远方
> 为了忠于那光荣的探求

我沉吟了一下，问博士："这一首好像是诗风陡转哪？"

博士笑了一笑："以前写的都是我个人的感受，现在我想表达一下群体的感觉。"

"要不怎么说环境能改造人呢，"王京东一本正经地说，"思想境界可是提高了不少。"

"你准备就此打住还是一泻千里？"我问博士。

"没定，凭感觉吧。"

"写完一定先交给我们审阅，合格了才能结成集子在民间传看。"王京东半开玩笑半认真地叮嘱博士。

我见桌上摆着今年头两期的《神话哲学研究》杂志，就顺手拿起来翻着。一看第一期的目录页上，博士的文章和名字都赫然用小五号黑体字印着。

"好哇博士，大作发表了，也不张罗着请客？"

"算不了什么算不了什么，一点读书体会，小试牛刀而已。"

王京东也凑过来："快让咱们拜读拜读。嗬，是与人商榷，《盘古起源说质疑》。博士你够能干的，你要跟商榷的那人可是咱们国家神话哲学界新近崛起的一头麋鹿。商榷出个结果没有？"

"别提了。所里把他给我的信转寄来了，我打开一看，皱巴巴的一张卫生纸，上面写着：'博士你是个臭大粪，你有什么资格跟我商榷？会两句洋文你牛×什么？我开始搞研究的时候，你小子还在撒尿和泥玩呢。'你们说我招谁惹谁了？我不过是看他的文章有许多纰漏，甚至别人英文引文的错误他都照抄下来。我实在是担心这种以讹传讹会贻误后人，就找了一些梵文和英文资料，重新论证了一下盘古和梵的渊源关系。我自信完全可以驳倒他的论点。没想到会招来这么一通恶俗的臭骂。

"那你就忍了吗？"

"忍？我回信正告他，学术论争讲究以理服人，不要来这套文痞作风。结果他的信又来了，凶相毕露，说：'博士你如果不服，咱们找个地方单练，我跟你白刀子进去红刀子出来。'我真为咱们社会科学战线出了这种人而感到痛心。真×××斯文扫地呀！"

"看来不服是不行。"王京东劝博士，"咱们想说白话还得用功去学，人家这才叫白话大师呢！博士你得甘拜下风，还是早点认输为好。"

"我怕他谁？要不是责任编辑来信劝我，我早跟领队请假回京，非找一帮人瓶了他不可。"

"那你可就是把自己降格，自动归为他那一类了。"

"我也是这么想的，咱总不能跟他一般见识吧。再说我也不想再给责编找麻烦，他也挨了同样的骂，还说那小子连杂志主编都给臭骂了呢。我合计着我挨他骂也就算不得一回事儿了。"

"这就对喽，博士，足见你大家风范大肚能容大象无形。"

"唉，人心不古哇。"博士喟然长叹。

县司法局的院墙拆了，据说要统一换成铁栅栏。那座带外廊的二层小破楼就赤裸裸地暴露在大街上。司法部下放来此地的几个小子就住在楼上。每天下了班没事儿干，他们几个就凑成一桌玩麻将。逢到有一个溜回北京，出现三缺一局面时，他们就到我们这堆里找人凑数。王京东是第一替补队员。晚上停电玩不成了，他们就搬着凳子坐在楼口，拨着一把破吉他，面对大街扯着嗓子唱：我来到这广阔的冀中平原，平原哪平原真是平坦，一只眼睛啊都望不到边……

开始，过往行人还觉得稀奇，停住脚往楼上看，总有一大群人围观。那几个小子也不在乎，反倒唱得更起劲了：你要是看我长得美，就把我领回生产队，姑娘啊给我倒碗水，聊到天黑也不嫌累……

父老乡亲们看了半天，也没见有什么花花样，不过是唱唱歌练练嗓儿而已，渐渐地也就自动散去，见怪不怪。互相问起来，都说那是北京来的大学生在练节目呢，还净唱些大白话，怪有意思的。

偶尔，那几个小子见我们这一伙儿仨一群俩一伙儿男男女女说说笑笑在街上散步，他们嫉妒得要命，就在上面酸溜溜地哼哼：姑娘啊像朵野菊花，一双眼睛让我离不开她，可惜她是个研究生，上学时候就入党啦，哎呀呀我的妈，有心摘花又心里怕，凤在上来龙在下，哎呀呀，哎呀呀……

"都快成了马路求爱者了。"小林嘻嘻笑着，"你们也不怕知法犯法呀？"她又笑着朝楼上喊。

"别总是你们那伙人扎在一起，让我们也加进去吧。"为首的赵大兴在楼上喊。

"不行啊，我们正好是七小对儿，你们一加进来，我们就'和'不了了。"王京东大着嗓门回话。

"好好待在你们少林寺吧。"小李子也在一旁起哄。

"别忘了，将来打离婚官司还得求我们帮忙呢！"赵大兴接着喊。

"不用啊。"博士回答,"我们这里学科比较齐备,法学所未来的专家就在我身边呢,离几次婚都没问题呀。"

那几个小子自知人少,打嘴仗不是我们的对手,于是不再嚷了,又哼哼唧唧地唱起来:弹起那老吉他,我又想起了我的她,她的眉毛,她的长发,咿呀,咿呀,咿呀,咿呀……

"怪可怜的。四个秃头和尚,连个女生都没有。非憋出一群乡村摇滚歌星来不可。"小林边走边回头望着他们,满怀一腔的同情。

我们再去拒马河边玩时,每次都忘不了喊上他们几个。

冀中平原的夏天,热浪滚滚。在城里时,高楼大厦和一排排绿化带,把热分割成一块一块的,只感觉热得隔膜,热得闷,热得虚幻,看着眼前晃动的淌着油汗的人群就眼晕。在乡下,却是连成一片的热,热得明晃晃、火辣辣的,除了你自己的眉毛,就没有任何可以遮阳的东西。我跟着到村里去采访时,热得虚脱了一次。局里再不敢派我出去。我就待在家里编稿子。白天在屋里写写字儿,看看书,听听音乐,改改稿子。吃过晚饭,就跟我们那一群人直奔几里地外的拒马河。河两岸是密匝匝的庄稼地,散落着炊烟袅袅的小民房。水浅的地方,总有下地归来的农夫在里面洗澡,一大群光屁股的村童在河里打水仗,女人们在岸边的青石上捶打衣服,一派康乐祥和图景。

我们选择了一片离住户人家和庄稼地都较远的比较开阔的水面,作为夏天的据点。这里河水分布得很有层次,岸上堆积着大片细软的黄沙,河边错落有致地分布着小颗细碎的鹅卵石,河中心水逐渐加深,但流速很缓,游到对岸,水又变得既清且浅。

水流从鹅卵石上滑过时发出清越的声响。刚从热浪中逃离出来的人们都抵挡不住这份诱惑，稍识点水性的，噼里啪啦都跳下去了，不会水的，也争着抢着在河边蹚上几回。阿炳、小李子、王静几个人与司法局那两个不会游泳的，就在沙地上围了圈儿，打起了排球。我和博士、小林、王京东、赵大兴一些人就不停地在河里游哇游。

"真想就这么死在这里呀！"

小林从水里上来，望着西边的落日，由衷地叹息了一声。她走到我坐的地方，抹了一把脸上的水珠，摘掉游泳帽，伏卧在沙滩上。瀑布似的长发从脊背上滑落下来，遮住了整个脸庞。

远处传来阿炳他们的追逐嬉笑声。夕阳给每个人的身上都镀了一层金。波光水影中，能看见王京东他们的脑袋时隐时现。博士在沙滩上侧卧成一道曲线，正凝眸对着金光闪烁的河水做苦思苦吟状。几只燕子在水天之间拍翅俯冲，留下一道道剪影。

"真美呀！"小林不由得又赞叹了一句。

落日的余晖把小林的身体打出一道朦胧优美的轮廓，她那肌肉结实的小腿闪着健康的光泽，光洁的脊背上一个个细密的小水珠不断地碰撞、滚落，让人忍不住要伸出手去触摸……

六

陆陆续续有丈夫和妻子们来乡下探亲。无论谁家里来了人，大伙儿都照例一股脑地拥了去蹭一顿吃喝。

我写信向我老婆请求，能不能抽空来看看我。老婆回信说，她很忙，正跟人一道编书写词条。还说要趁我不在的时候多出点成绩，把这两年给我做饭耽误的时间追回来。我又写信去，连哄带吓，夸大了一番我对她的思念之情，然后说："所有人的爱人都来探视过了，现在大家已开始怀疑我和你的感情不好。你要再不来，出现感情危机，我可不负责任。"

老婆这才有点害怕了，背上一个大牛仔包第二天就跑了来。一帮子人来我这儿蹭饭时，她把每个女性都暗地里仔细审视一番，觉得条件都不如自己，这才长出了一口气。

晚上，老婆和我挤在那张木板床上缠绵够了，又不放心地问我："究竟哪个是你的相好？"

"你看了半天还没看出来呀？"

"一个个都黑红油亮，哪配得上你呀。"

"可别这么说。那都是假象，下乡后后染的色。刚来时全细皮嫩肉的，跟你目前的靓度差不多。"

"我看她们好像对你都挺好，没想到你还挺受妇女们爱戴呀。"

"是呀，她们对我特殊好也不能当着你的面表现出来呀。"

"死鬼！你气死我了。"老婆张牙舞爪地又扑了上来。

县城里实在没有什么好玩的去处。我领着老婆望了望山，看了看水，在庄稼地里转了转，只好又回到小破屋里待着。老婆来探亲也没忘了把词条带上，抓紧一切空闲时间抄着。

县委大楼里，阿炳和王京东正往办公室走。阿炳的背心破了几个洞，王京东的凉鞋带儿断了，踢里趿拉的。两人左手端着茶水，右手摇着大蒲扇，每人的大裤衩都长及膝盖，叽里晃荡地吊在腰上。

刚上楼梯，迎面碰上伊腾处长和司机阿健。两人赶忙上前殷勤地打招呼。伊腾把他们叫到楼梯拐角，先问阿炳："你看现在已经几点了？"

"三……三点半。"阿炳不敢大声回答。

"王京东，上班时间你乱窜什么？"

"我……"王京东反应极快，"我来拿一份文件。"实际上他刚跟阿炳下完两盘棋。

"你们看看你们自己这身打扮。"伊腾尽量把语气放得平缓，"哪里有一点机关工作人员的样子。人都说，'远看像要饭的，近看像捡破烂儿的，仔细一看是社科院的'，这话不假，可你们也不能就此自暴自弃，破罐子破摔呀！在院里，大家彼此都一样，也就谁都不嫌弃谁了。现在到了乡下，好歹你们也是北京来的，总得体现出一点首都的风貌吧。"

伊腾这次是专程来表扬博士的。他说，大家的工作都有了长足进步，基本上都进入了角色。我们的工作在量的积累上已经达到了一个新水平。尤其是博士，表现比较突出。自从那次被通报批评后，能很快认识错误，改正错误立竿见影。他写的那篇论文——《我国农业机械化改革的哲学思考》，字数早已超过我们季度工作量要求，洋洋洒洒下笔万言，交回院里后就被推荐给农机所。专家们看后一致认为文章数据齐备，理论和实践结合完美，开拓了我国农机化研究的新领域，具有极高的理论指导意义。近一期的《中国农机》杂志马上全文刊载。

"大家都要像博士那样学习和工作。"伊腾发出了号召。

"小子，真有你的。"王京东捶了博士一拳。

博士眯缝着不肯戴眼镜的高度近视眼，嘿嘿地笑着，谦逊中透着几分扬扬自得。

"另外，"伊腾话题一转，"大家还要加强组织纪律性。要注意自己的仪表形象，别太让人瞧不起。下乡前，我忽略了这个问题。回去后我马上给院里打报告，请求给大家补发置装费。"

"哗——"众人一齐鼓掌。

临走前，伊腾又单独跟我交代几句，表扬我这一段工作干得不赖，嘱咐我要注意抓典型以点带面，继承我们一贯的工作方针。他特别提到要勤去关照博士。

我茅塞顿开，会意地点头。

伊腾走后我们开始争论能批下来多少置装费。王京东提议，应该把十一届三中全会以后社会主义新农村的繁荣昌盛程度如实汇报给院里，请院里参考赴英美或其他发达国家的标准发放经费。

"不太可能吧。"小林不无忧虑地说，"说不定按照去印度、孟加拉国或者去非洲国家的标准给呢。"

"那可没戏了。"王京东丧气地说，"能按照赴发展中国家的标准给也成啊。"

几天后阿健开车把钱送到各县青年点。每人发了五十块。

当晚我们一大帮人请司法局那几个小子，在瓷砖镶得最好看的"萃华楼"酒家撮了一顿，让他们几个足足眼气了一回。

"别跟我们打得太热乎。"赵大兴一边拔丝鹌鹑蛋，一边还在嚼牙，"免得生出感情了，你们先返城时还得抱着我们痛哭，情真意切地说不愿意离开。"

"得了吧你，到时候还难说谁哭谁呢。"王京东说。

"吃饭呢，都说点吉利话好不好？"小林打断他们，"我就不愿听你们说这话，都跟巫婆的谶语似的。"

"不说了不说了，喝酒喝酒。"

七

在小林请假回京办理自费出国手续的一个多月里，我被一种不可名状的烦躁情绪支配着。她自从公派出国被人事局阻断以后，就一直在联系着自费这条路径。经过多方努力，美国学校的入学通知终于来了。她爱人打电话叫她回京办理辞职等一大堆手续。

我拼命地干活，用一些杂七杂八的乱事把一切闲暇时间都填满。一有到乡里或村里采访的任务我都抢着跟去，每天骑车往返二三十里地。然后整理记录，制作新闻，跟着局里的值班编辑一干就干到下半夜。

大家最感兴趣的沙滩排球，已改成了计生委大院里的陆地排球。突击月一过，计生委又大门洞开，来领取免费避孕工具的村干部络绎不绝。拒马河水渐渐凉了，人们不再下河游泳。而我每天下乡回来，仍然不知疲倦地直奔河边，跳入清冷的河水里，一口气游上几个来回。累了，就爬上岸，在河滩上放平身体，看着落日的余晖一点一点被浓云吞没，心底那个空洞也随之变得越来越大。

小林打来电话，说她机票已经买好，明天所里派车来给她拉行李。

第二天上午，小林和爱人一道跟车来了。她好像瘦了许多，一笑起来，原本好看的两个酒窝也快成了两道沟壑。

"你可把我们等急了。"王静帮她拾掇着，"我们还念叨呢，小林真不够意思，白一起患难好几个月了，临走也不回来告个

114

别。”

“我以为你手里有了美国老头票，这一套破行头该甩了。我正想瓜分你的尼龙蚊帐，你这就跑回来了。”王京东帮她捆着行李。

“我哪敢忘了弟兄们哪！没办法嘛不是，这些日子我都差点跑吐了血，想早回来也抽不出身哪。”小林又转身抽出蚊帐给王京东，“你要是不嫌弃，就留给你。”

“不敢，不敢。”王京东连忙摆手，“还是你带走吧。千万别洗，闻着那上面的味儿，就想起我们来了。”

“是呀，一帐子的泥土气息。”小林感叹着。

“你办得可够神速的了。你辞职，单位没拦着吧？”

“哪是我神速，全是我爱人一直在跑，我只管最后的环节。还真就多亏了伊腾处长帮忙，辞职没费多大劲。”

宣传部部长和办公室其他人都来了，一一与小林丈夫见过面。部长说：“小林走得太突然，我们也来不及开个欢送会什么的。这几个月小林为我们贡献不小，大家都挺感激。我刚让秘书出去买了个麻编包和手工刺绣的香袋，这是咱们地区的创汇产品，勉强拿得出手，做个纪念吧。”

“真太好了，谢谢部长。”小林诚挚地表示谢意。

中午，大家一致要凑份子，在“萃华楼”为小林饯行。司法局的四个人也执意要加入一份。

“小林出去了，我们也跟着脸上沾光。说什么我们也得送送。”赵大兴说，“小林，你去攻什么专业？”

“汉语言专业。”

“嘿，好哇，费了半天劲，去到那儿用美国话研究中国话。”

"你才老外了呢。"王京东打断老赵,"要是光用中国话研究中国话,那还能唬住谁,还怎么攀登世界语言学高峰一览别的语种小。"

"有道理。"小李子在一旁若有所思地点头,"小林,给我也蹚蹚路子,到那儿用美国话研究少数民族话。"

"小林,我佩服你的勇气。"博士端起杯来,"舍得一身剐,单身闯天下,公职不要了,丈夫撇下了,说走就走。好样的,我敬你一杯。"

"别顺嘴胡说了,又喝多了怎么着?"王静拦住博士,担心地瞥了小林爱人一眼。

"没关系。"小林丈夫宽厚地笑笑,"我们本来就一无所有,穷待着也是待着,不如趁年轻赶紧闯荡。我倒担心再不走,小林非让她们所里的人影响得安贫乐道不可,那我可就一点指望都没有了,还怎么去探亲陪读哇,是吧林林?"他充满爱抚地摸了摸小林的头发。

"公众场合呀,注意点影响。"小林娇嗔地说。

我低下头,端起酒杯猛喝一口。

"到那儿以后别忘了我们,常写信来。"王静搂住小林的肩头,无限深情地叮咛着。

"最重要的,是要跟当地美国人民打起一片,尽快进入角色,尽快适应由社会主义到资本主义的转变。"王京东做出语重心长状。

"没问题。有了这碗酒垫底儿,再来什么样的酒,我都能把它喝下去。"小林端起碗,一饮而尽。

"对对,曾经沧海难为水。"博士说道。

"除却巫山不是云。"小李子抢话。

"瞎接什么呀你。"博士拍了小李子一下，不易察觉地向我投来含义不明的一瞥。

"我又说错什么了?"小李子不服气地嘟哝。

吃过饭，众人忙着去把小林的行李装车。我在柜台跟老板结账。出来见小林正在门前等我。我在她对面站住。小林用那种让人心慌意乱的眼神盯住我。我觉得浑身的血全都涌到了脸上，迟疑了一下，还是勇敢地迎住了她的目光。正午的阳光突然变得很不真实，周围的街景在我们身后旋转飘忽，不住地变幻着……

"没有不散的筵席，是吗?"

我闭了闭眼睛，想把那种不真实的感觉驱走。

小林咬了咬嘴唇，没说出话来。

"你走得太急，实在来不及送你什么，只好把这两张合影先拿给你。"

昨天接到小林电话后，我把相机里还没照完的几张噼噼啪啪对着墙壁曝了光，卸下胶卷立刻去洗了加快，今天一早拿到了照片。我挑了两张。一张是我们全体在河滩上的合影，男生在前蹲坐成一排，女生在后站成一排。小林的一身大色块组合的泳衣非常醒目，她用手抚着被风吹起的长发，对着镜头开心地咧着嘴笑，其他人都张大嘴巴在喊着笑着。照片上的人物都十分真切生动，简直呼之欲出。另一张是我和小林还有博士、王京东几个人在水中一块大岩石上正往深处跳。我们互相不服气，喊一二三，看谁跳得远。在跃起的一瞬间被阿炳给抢下了镜头，拍得相当精彩，只见画面上腾空几道曲线，周围一片辽远的水和天。取出照片时，我一个人站在照相铺子里端详了很久很久。

小林接过照片看着，半晌抬起头来，眼中充满了泪水。

这是我第一次也是最后一次看见她流泪。泪水更加深了我的那种虚幻感觉。

王京东问我吃没吃过"知了"。我说，在我几千年的老祖宗活着那会儿吃过，到了我这辈儿就失传了。

"又外行了不是。那会儿是生吃，抓过来就搁嘴里，生吞活剥茹毛饮血。现在我们是用油煎着吃。就因为吃了熟食，你小子才能进化成今天这副白面书生的模样。"他硬拉我去到博士的农机站那边抓"知了"。

我正百无聊赖，什么都干不下去，就提上手电筒跟他走。路上王京东告诉我，就属博士院子后面那几棵树上的"知了"肥，它们喝了一夏天的树汁儿，养得肥头大耳。

到了农机站一看，房门开着，博士不在，门房里也没有。我和王京东转到后排平房，在红嘴唇的宿舍里找到博士。他又在比比画画地给红嘴唇和刘晓玲讲着什么。

"别侃了，博士，赶紧上树。"王京东嚷道。

"还吃上瘾了。等我回去换双鞋。"

"带我们一道去吧。"红嘴唇和刘晓玲央求着。

"你们在这儿把炉子预备好，回来后马上下油锅。"博士命令着。

红嘴唇和刘晓玲不情愿地叽叽喳喳去拔煤油炉子的捻儿。

我们拿了一个牛皮纸大信封，提了手电筒从大门出来，博士转了转，在一棵粗大的榆树下停住。大着嗓门把我们俩喊过来，让好好给照着亮。然后他抱紧树干，三蹿两蹿就爬上去了，动作出奇敏捷。我不由得看傻了眼。

"博士还有这两下子，真没想到。"

"这算什么。谁的祖宗几千年前还没上过树？可惜我没得到真传。"王京东不屑地说。

博士脑袋钻到树叶子里面大叫。我们赶紧用手电筒的光束给他来回扫描。

连爬了两三棵，都一无所获。我已失去兴趣了，张罗着回去。

"回去干吗，你那里又没电。不如去田里掰棒子吧。"王京东又出了个主意。

"要去你们去，我爬树手都磨掉一层皮了。"

"我求求你，博士，去一趟吧。我体内现在有一种强烈的破坏欲，非在动植物身上发泄出来不可，要不然我就该打人了。"说着王京东做出"骑马蹲裆式"，"烦着呢，你们都别惹我，错打了谁我可不管。要么，你们俩谁牺牲自己，满足我一回？"

"得得得，我陪你去吧，别憋出病来。"博士搓着手掌说。

"还是别去了。"我拦着他们俩，"想吃棒子，路边不是有卖的嘛。打声招呼，你们主任肯定给你煮一大锅带来，何必去祸害人家庄稼。"

"你不懂了吧。棒子有什么吃头，我们要的是那个过程。"王京东比比画画地说，"想象一下那个情景吧：月黑风高之夜，我们拎着一个大旅行袋，摸到地头上，看看四下无人，我和博士哧溜一下钻进青棵子里，留下你苏凡在道边望风。玉米秆一棵紧挨着一棵，我紧张得透不过气，视觉也不灵了，站在那儿以右腿为圆心转了一个圈儿，逮谁掰谁，哪顾得上筛选。博士呢，就比我有经验，先凭手感捏一捏摸一摸，再凑近前去瞪大一双近视眼仔细观瞧，看准了才四平八稳掰下一穗，夹好了又磕磕绊绊摸索着往纵深处发展。苏凡你呢，站在道边警惕地四下注视着，紧张得冒出一身冷汗，却又只能倒背着手，装出一副夜晚散步的样子，颤巍巍地往前走五步，又往回走五步，怕一旦走差了步就难以在铺天盖地的青纱帐里再回到接头地点。时间越长，你越哆嗦得厉害，想喊我们一嗓子却又不敢。我听见博士稀里哗啦越摸索越远，想喊他回来可也不敢。直到他掰了一大抱夹不了了，才顺着自己的气味儿摸回到我跟前。接着我们把旅行袋塞满了就往外钻。我先轻咳了一声给你暗号，你也回咳了一声向我报平安。我和博士这才放心大胆，一个箭步跨过沟渠跑到你跟前。我和你拔腿就想飞跑，让博士一手一个拽住把我们拦。他把袋子夹在腋下，领我们四平八稳迈方步，等走过了玉米地，仨人才撒丫子连跑带颠一口气跑回农机站。博士脸上给划出一道道红印子，我的腿上也给蚊子叮满了大疱，苏凡你呀，半天还在捂着胸口喘。锅里的老玉米蒸腾着，诱人的清香不住扩散……"

"我说王京东，你可真是天才，编的这是小说还是'数来宝'？还挺合辙押韵的。"看着王京东跟讲评书似的在那儿比画，我忍不住又气又乐。

"他那副德行，也就能在想象的世界里遨游。我搁他爬树，你问他掉下来几回？"博士瞅空子揭王京东的短儿，"咱们还是把小李子叫来，小李子干这活儿比他机灵多了。"

"快走吧快走吧，太刺激了，我简直忍耐不住了。"王京东摩拳擦掌。

这个季节我们无法控制自己的情绪和行为。我们在电炉上烤过棒子，油炸过田鸡腿，放生过鱼塘里的红毛鲤子，给赵家的狗眼上滴过"风油精"，把他家树上的枣子打落在院墙外头，还让青核桃和涩柿子重新投入了大地母亲的怀抱。一种疯狂，一种压抑不住的破坏冲动烧得我们的脸蛋儿都泛起潮红。我们聚在司法局的小屋里跟那几个小子一道唱：人生能有几回活，就让我在雪地里撒点野……

幸运的是我们这样折磨植物和小动物，竟然一次也没有与人类发生过摩擦。对此，大伙儿常怀有一种胜利大逃亡的快乐。

八

转眼，冬天到了。由嫩绿到黑绿又成金黄的田野，如今又恢复了原本的褐色，光秃秃的，样子十分丑陋。一场大雪过后，世界又被纯洁的颜色所覆盖，所有从春到秋积蓄起来的浮躁和污秽，仿佛都被这场冬雪净化一空。

我们看足了大地色彩的变幻。冻得冰凉的鼻尖儿最终让内心也跟着冷静了下来。一帮子人常围坐在炉火旁，屈指算着返城的日期。

就在这时，出了一件谁都意想不到的事。这件事在我们的整个后半生都留下了难以磨灭的印记。

博士被刘晓玲的丈夫给打了。

小县城里口口相传的新闻发布方式，要比广播局的电视新闻传播快上十倍。头天晚上出的事，第二天就满城风雨。人们交头接耳，到处传说城里来的大学生干了人家老婆，结果被人当家的给抓住狠揍了一顿。

刘晓玲的丈夫跑到县妇联、公安局、司法局等部门上蹿下跳，还拿着刘晓玲的裤衩要求法医给鉴定，叫嚷着要求"保护妇女儿童的合法权益，严惩城里来的披着知识分子外衣的流氓"。

伊腾领队的大"红旗"风驰电掣般开了来，我和伊腾及县委办公室专程派来了解情况的秘书立即开始了调查。

我们分别找了当时在场的几个见证人，每个人都从对自己有利的角度讲起，基本各执一词，调查结果对博士大为不利。

博士暂时住在我这里。刘晓玲丈夫在农机站跳着脚骂阵，博士无法再住在那儿。伊腾等人进来时，博士正歪靠在我床上，左眼眶下面一大片深紫色的淤血，肿得连眼睛都睁不开，只差那么一丁点儿，这只眼睛就要报废了。乍一看真是吓死个人。

伊腾一进门时，也吃了一惊。我从他的脸色能看出他的确涌起一阵心疼，但他没做任何表示，只淡淡地问了一句："还有别处受伤吗？"

"没有了。"博士低头嘟哝。

"那好，说说情况吧。"伊腾掏出本子。县委秘书也掏出记事本。

"怪我自己无知，把复杂的社会想象得太简单了……"博士一脸沮丧。

"不要加什么修饰词，如实地谈情况。"伊腾打断博士。

博士咽了口唾沫，半晌才费劲地开了口："昨晚上刘晓玲和红嘴唇到我屋里来玩，我们一起谈论琼瑶和三毛的书。红嘴唇说她刚买到一本席慕蓉的诗集，非常好看，我说那就拿来借我看看。红嘴唇说你等着，就回去取。她出去没几分钟，突然停电了。我起身去找火柴和洋蜡，在抽屉里摸半天也没摸到。这时就听外面有一个男的在喊刘晓玲，刘晓玲应了一声，说可能是她丈夫来找她了，说完就从床边站起来，摸着黑往门外走。我这边火柴还没找到呢，就听外面啪啪的扇耳光声，接着是刘晓玲的哭声。我顾不得再找洋蜡，赶紧出去，听见那个男人正破口大骂：'你这个臭婊子，黑灯瞎火地跟他在屋里干什么？怪不得你三天两头不回家要住宿舍，我还当你真是嫌来回上班远呢，原来是勾上了野男人，今天算是让我堵住了，你还有什么话可说？'

"我一听，赶紧上前去解释说：'这位大哥，你误会了。'

"刘晓玲丈夫见我开口说话，一下子来了劲儿：'我误会？奸夫淫妇被我当场抓住，我还误会个屁！我骂我自己老婆，关你什么事，犯得着你心疼她吗？我不光骂她，我还要打她、干她呢，你想看看是咋的？'说着他就上去动手扒刘晓玲的裤子，刘晓玲吓得哭着往后躲。

"我实在看不下去了，就过去拉住那汉子说：'你有理讲理，不许你这么粗野！'

"刘晓玲丈夫停住手说：'我粗野？对，我是粗野，我是粗人，没你文化高，你也别以为自己是个什么好人。我偷偷跟踪我老婆好几回了，见她有事没事就往你屋里头钻，你小子多个屌哇，不就是多喝了几瓶墨水，会穷白话，到处诓骗人家姑娘和媳妇吗？我今天就要教训教训你，我让你再得意，让你再敢臭白话。'

"那汉子说完，反手照准我脸上就是两拳。我当时没有任何心理准备，只觉得两眼冒金花，眼前阵阵发黑。那汉子冲过来还要打，刘晓玲扑过去死死抱住他一条腿。等我稍一定神，也从窗台下顺手抄起一根木棒举起来要劈他，被赶过来的看门老头儿给拦住了。红嘴唇这时也返回来，帮着刘晓玲连拉带拽地把她丈夫拖了回去。"

博士长出了一口气。

"别着急，事情会弄清楚的。"伊腾合上本子，"你先好好休息，去医院上点药。"

刘晓玲的丈夫被我们找了来。坐在我们对面的是一条黑红精瘦的汉子，小眼睛一眨巴一眨巴地透着几分狡黠。孙秘书刚一让他讲情况，他就双手一拍大腿："伊领导，孙秘书，苏同志，你们可得给我做主哇！我真是叫天天不应，喊地地不灵，自己老婆被人欺负了，反倒要背上打人的黑锅，我可真是没地方说理去哇……"

"张三，你老实点。"孙秘书拦住那汉子，"这是县委大楼，你用不着呼天抢地的，实话实说。"

"行，我就照实了说。昨晚我接晓玲回家，四下里黢黑，我刚走到那小子的门口，就听见里面有晓玲的哭声，我心想不好，就一脚踹开门进去，看见那小子正把晓玲摁在床上亲嘴摸屁股，我急了，上去一把把他薅起来，那小子回身抄起一根大木棒就来劈我，吓得我拼命往外跑，他还紧追不放，要不是把门的老罗头过来拦着，我非给他劈死不可呀。你们说说，天下哪有这个理儿，干了人家老婆，还要打死人家当家的，还有王法没有了？还大学生呢，我早就看出那小子不是好东西了，也不知道你们在学校里是怎么教育他的……"

"张三，你不要顺嘴胡说。"孙秘书喝住张三，又不无担心地瞅了伊腾一眼，我见伊腾神色依旧泰然自若，只是额上的青筋不自觉地突突跳了几下。

"你们要可怜可怜我呀！我家晓玲回去又哭又闹，说她不活了，再也没脸见人了，非寻死不可。她要是有个三长两短，让我一个光棍大老爷们可怎么活呀，伊领导，孙秘书，苏同志呀，你们可要严厉整治那个卑鄙的第三者呀，我们幸福美满的小家庭，全被他搅和坏了，呜呜哇……"

"行了行了，大老爷们还兴这个。"孙秘书起身，拿起绳上的毛巾扔给他。

"张三同志，你不用难过，事情调查清楚后，我们自会严肃处理的。"

"博士脸上的伤是你打的吧？打人犯法你知不知道？"我早已憋了一肚子的火，没好气地冲口而出。

"哎哟哟，你们可不能听街上的人瞎传哪。"张三拧了一把鼻涕甩在地上，然后在裤子上抹了抹，"都说我打了他，我也是受新社会教育的人，我怎么会随便打人？你们看我这瘦不拉叽的样子，我能打得动他吗？你们问他眼睛上的伤？那是他追我的时候故意在门框上撞的，过后好栽赃我，好倒打一耙呀，你们可不能偏听偏信哪。"

"行了，你先回去吧，等候我们的处理。我告诉你，不许你再到各个部门去闹，否则对你自己没什么好处。"

"是是，我相信领导，相信包公能转世再生。"

我心想完了，碰上这主，博士是有理也难讲清啊。就看刘晓玲和红嘴唇怎么说了。

四处都找不到刘晓玲，她没上班，也没在自己家里，估计是跑回邻县的娘家去了。红嘴唇起先也躲着不愿见我们，一再说她跟此事毫无干系，她不想沾一身腥。经过农机站站长帮着动员，她这才勉强出来。

"请你如实说说那晚上的情况好吗？有什么不想公开的地方，我们会替你保密。"

"我没有什么不能公开的。"红嘴唇义正词严地说。

"张三以前跟博士认不认识？"

"见过面，好像没说过话。张三来过几次，都是老远地瞧着博士，还问过我博士家里的情况。"

"你知道刘晓玲为什么要住宿吗？是在博士来了以后才住的吧？"

"是在博士刚来不久吧。原来跟我住一个屋的李惠结婚走了，腾出了个床位。刘晓玲正在'表现'阶段，总提前上班拖后下班，想给支部书记留下好印象，她家远，所以就搬来住了。"

"博士平时常跟你们接触吧？有没有过什么不良非礼举动？"孙秘书极力选择恰当的词儿婉转表达自己的意思。

红嘴唇一听，立刻挺直腰板，毫不客气地辩驳道："孙秘书你这话可要问清楚喽，别'你们''你们'的，我还是个黄花闺女，跟刘晓玲不一样，你别把我跟她搅和到一起。我跟博士的交往仅限于谈理想的范围，再扩大一点也就是他有时买点鸡呀鱼呀的请我们帮着做，做好后大家一块儿吃。博士知识面挺宽的，我们都很佩服他。"

"我再跟你们说一遍，停电的工夫我不在场，我无法证实什么。"

红嘴唇说罢甩了甩头发，一副心底无私天地宽的大义凛然状。

我们踩着雪后的泥泞，从田里抄小路到了农机站，找到看门的老罗头。乍一见我们，老罗头十分紧张，慌得不知说什么好。

"这话是怎么说的呢，说出事，还真就出了事了。"老罗头呷了一口茶，好不容易止住惊喘。

"我在这儿把门十来年了，也没个人敢来闹点事。哪知道，防了外面的坏人，可就防不住院里的呢。平常儿，丫头小子们热热闹闹挺团结的，可谁承想就出了这么大的事呢。

"那晚我正在看电视，忽地就断电了。我就关了电视躺着。没一会儿就听见后院吵得厉害，我赶紧拎着电棒过去查看，见刘晓玲正抱着她当家的一条腿，博士举着棒子要往下劈，吓得我赶紧扑上去拦住博士，这可使不得呀，打坏了人可不是闹着玩的。另一个丫头走过来帮着把刘晓玲当家的给拽走了。唉，出了这样的事，真是没想到哇。这话是怎么说的呢……"

我越听心情越沉重。看得出伊腾一点也不比我轻松。非找到刘晓玲不可，要不然博士可就彻底栽了。

大"红旗"急速行驶在乡间公路上。打听几次，终于找到刘晓玲的娘家。一个瘦小的老太太开门把我们领了进去，嘴里还不停地数落："你们来找晓玲啊？她不想见人。这不，跑回娘家就一头扎进了小屋，不吃不喝，一个劲儿地哭。我就这么一个女儿，出了这种丢人现眼的事，让我这张老脸都跟着没处放，真是祖宗八辈没积阴德呀……什么？一定要有晓玲的口供？帮她洗清不白之冤？那也行，让她自己出来跟你们说吧。"

她反身朝里屋喊："晓玲——玲子呀，你出来一下，有几个长官要见你。"

好半晌，才见刘晓玲慢吞吞地揉着眼睛出来。乍一看，我都不认识了，有模有样的一个女孩子，才不过两三天工夫，就弄得跟地狱里的冤鬼似的。

"刘晓玲同志，你不要有什么思想负担，请你把当时的情形如实跟我们讲一下，这无论是对你还是对我们的博士，都非常重要。"

刘晓玲掩面不语。

"停电的时候，只有你和博士在屋吧?"

"…………"

"停电以后多久，你听见你丈夫喊你的?"

"…………"

"博士到底欺负你了没有?"

"…………"

"你看见你丈夫打博士了吧?"

"啊……"

刘晓玲扭头冲进里屋大哭起来。

坐在车里往回走，我只觉得有一口恶气憋得肝疼。伊腾也在一支接一支地抽烟，眉头紧锁着苦苦思索。

青年点的人会齐了，接受有关博士操行的民意调查。

王京东第一个站出来替博士说话，他尽量把音调控制在中音区以下："没错，当时我们都不在场，是没法儿证明停电那几分钟里，博士究竟对刘晓玲非礼了没有。但是，凭我这一年里对博士的了解，我敢肯定，他绝不会做出任何越轨举动。博士也不过就是在姑娘们面前施展一番口才，引起一点崇拜罢了。再往恶心里说，他就是有那个贼心，也没那个贼胆哪，顶多是活动活动心眼儿意淫一回到头了。"

小李子在一旁不高兴了，立刻打断王京东："王京东你别说得这么损好不好，我听不得你说博士这种话。我可以用我的人格为博士担保。我跟博士大哥在一起一年了，他是什么人我最清楚：有才，有貌，豪侠仗义，事业顺利，家庭幸福，人家妻子也是博士，又漂亮又温柔，儿子也长得好看，刘晓玲那妞儿算得了什么，博士哪能稀罕她。"

　　阿炳从那边椅子上跳起来，义愤填膺地挥手："反正事已经出了，说别的都没用。伊处长，孙秘书，还有你，苏凡，如果真的把屎盆子往博士头上扣，给他什么不公正的处罚，我们就联合全国下放的人公车上书，把事往大了闹，不怕把官司打到人民的最高法院里去，反正赵大兴他们几个正窝着火手痒痒呢……"

　　"坐下，冷静点。"我喝住阿炳，"有伊领队在这儿，轮不着你领导人民自发起义。相信组织！"

　　王静也忍不住了，在一旁嚷嚷："博士的事就是我们的事，委屈博士就是委屈我们大家。如果上书我第一个签名。到今天我算看明白了，我们是既结合不进去又抽身不出来的流浪的一群，也只好彼此相依为命了。"

　　次日一早，孙秘书转回来说，县委田书记要见我们。我陪伊腾立刻过去了。

　　"伊处长，好久不见，坐，坐。县里事太多，你来了几次，我也没能抽空看看你去。出了这么一档子事，这都怪我们平日里管教不严，工作不够细致。我让公安局局长亲自去找张三，他一害怕，把实话全说了，承认自己根本就是无理取闹，打了博士，还往老婆裤衩上抹了自己的东西想拿去敲诈一番。现在他正在局子里扣着呢，我想问问你有什么处置意见？"

我听得一阵阵感动，险些热泪盈眶地从椅子上栽下来。偷眼再瞧伊腾，见他依旧面不改色，不卑不亢，还在继续谦虚："要怪就怪我们的思想工作没跟上，我们的同志太年轻，缺乏经验，书生气十足，对社会缺乏了解，还得请您多多指教，给补上这一课呀。"

············

伊腾不愧是军人出身，办起事来雷厉风行，干净利落。他在县里住了三天。第三天下午，他与北京院部通了半个小时的长途电话，然后通知博士提前结束下放锻炼，即刻返京。同时还宣布一条新纪律：掌灯以后不许与当地异性单独接触；只许交流思想，不许交流感情。争取平平安安返城。

决定做得非常突然，也十分果断。恐怕也没有比这再好的决策了。

翌日一大早，博士搭乘伊腾的"红旗"轿子一道回京。我们一大群人怀着复杂的心情给他送行。

阳光依然明晃晃的。路边还有一些残雪未化，上面浮着黑乎乎的尘土。一阵冷风刮过，枯干的树枝碰撞着，发出噼噼啪啪的响声。博士戴了一顶当地那种旧式破棉帽子，帽檐压得很低，试图遮住脸上的青紫伤痕。他站在一边，呆呆地看着阿炳他们把他的行李塞进后备厢，不说话，也不插手。一副黑墨镜把眼里的表情也给严严实实地遮住了。他走到我跟前，伸手在贴身衣兜里摸索了许久，终于掏出一大沓诗稿，塞在我手中："没什么意义了。留给你看着玩吧。"

"多保重。回京再见。"

车子载着博士渐渐远去，慢慢消失在残雪覆盖的原野尽头。

我翻开诗稿，见扉页上是水墨轻勾的满天若隐若现的飞絮。在"流浪族"的题名下写着几行工整的小诗：

春天的坟墓散发着桃花的香味
送葬的队伍兴奋地敲打着鼓槌
娶亲的哭声驱走了寂寞的狗吠
我们死了就会静止成松针

我长出了一口气。抬起头来，极目远眺。在博士经过的路上，一排排经历了四季轮回的白杨树，正在瑟瑟的风中兀立着。

《中国作家》1993年第1期

温故一九四二

刘震云

第一章

　　一九四二年，河南发生大灾荒。一位我所敬重的朋友，用一盘黄豆芽和两只猪蹄，把我打发回了一九四二年。当然，这顿壮行的饭，如果放到一九四二年，可能是一顿美味佳肴；同时就是放到一九四二年，也不见得多么可观。一九四三年二月，美国《时代周刊》记者白修德、英国《泰晤士报》记者哈里逊·福尔曼去河南考察灾情，在母亲煮食自己婴儿的地方，我故乡的省政府官员，宴请两位外国友人的菜单是：莲子羹、胡椒辣子鸡、栗子炖牛肉、豆腐、鱼、炸春卷、热馒头、米饭、两道汤，外加三个撒满了白糖的馅饼。这饭就是放到今天，我们这些庸俗的市民，也只能在书中和大饭店的菜本上看到。白修德说：这是他所吃过的最好的筵席之一。我说：这是我所看到的最好的筵席之一。但他又说：他不忍心吃下去。我相信我故乡的省政府官员，绝不会像白修德这么扭扭捏捏。说到底，一九四二年至一九四三年，我故乡发生了吃的问题。但吃的问题应该仅限在我们这些普通的百姓身上。我估计在我们这个东方文明古国，无论发生什么情况，县以上的官员，都不会发生这种问题。不但不存在吃的问题，性的问题也不会匮乏。

还有一个问题，当我顺着枯燥泛出霉尿味的隧道回到一九四二年时，我发现五十年后我朋友把他交给我的任务的重要性，人为地夸大了。吃完豆芽和猪蹄，他是用一种上校的口气，来说明一九四二年的。

一九四二年夏到一九四三年春，河南发生大旱灾，景象令人触目惊心。全省夏秋两季大部绝收。大旱之后，又遇蝗灾。灾民五百万，占全省人口的百分之二十。"水旱蝗汤"，袭击全省一百一十个县。

灾民吃草根树皮，饿殍遍野。妇女售价累跌至过去的十分之一，壮丁售价也跌了三分之一。寥寥中原，赤地千里，河南饿死三百万人之多。

死了三百万。他严肃地看着我。我心里也有些发毛。但当我回到一九四二年时，我不禁哑然失笑。三百万人是不错，但放在当时的历史环境中去考察，无非是小事一桩。在死三百万的同时，历史上还发生着这样一些事：宋美龄访美、甘地绝食、斯大林格勒大血战、丘吉尔感冒。这些事件中的任何一桩，放到一九四二年的世界环境中，都比三百万要重要。五十年之后，我们知道当年有丘吉尔、甘地、仪态万方的宋美龄、斯大林格勒大血战，有谁知道我的故乡还因为旱灾死过三百万人呢？当时中国国内形势，国民党、共产党、日军、美国人、英国人、东南亚战

133

场、国内正面战场、陕甘宁边区，政治环境错综复杂，如一盆杂拌粥相互搅和，摆在国家最高元首蒋介石委员长的桌前。别说是委员长，换任何一个人，处在那样的位置，三百万人肯定不是他首先考虑的问题。三百万是三百万人自己的事。所以，朋友交给我的任务是小节而不是大局，是芝麻而不是西瓜。当时世界最重要的部分是白宫、唐宁街十号、克里姆林宫、希特勒的地下掩体指挥部、日本东京，中国最重要的部分是重庆黄山官邸。这些富丽堂皇地方中的衣着干净、可以喝咖啡洗热水澡的少数人，将注定要决定世界上大多数人的命运。但这些世界的轴心我将远离，我要蓬头垢面地回到赤野千里、遍地饿殍的河南灾区。这不能说明别的，只能说明我从一九四二年起，就注定是这些慌乱下贱的灾民的后裔。最后一个问题是，朋友在为我壮行时，花钱买了两只猪蹄，匆忙之中，他竟忘记拔下盘中猪蹄的蹄甲；我吃了带蹄甲的猪蹄，就匆匆上路；可见双方是多么大意。

第二章

我姥娘将五十年前饿死人的大旱灾，已经忘得一干二净。我说："姥娘，五十年前，大旱，饿死许多人！"

姥娘："饿死人的年头多得很，到底指的哪一年？"

我姥娘今年九十二岁。与这个世纪同命运。这位普通的中国乡村妇女，中华人民共和国成立前是地主的雇工，成立后是人民公社社员。在她身上，已经承受了九十二年的中国历史。没有千千万万这些普通的肮脏的中国百姓，波澜壮阔的中国革命和反革命历史都是白扯。他们是最终的灾难和成功的承受者和付出者。但历史历来与他们无缘，历史只漫步在富丽堂皇的大厅。所以俺姥娘忘记历史一点没有惭愧的脸色。不过这次旱灾饿死的是我们身边的父老乡亲，是自己人，姥娘的忘记还是稍稍有些不对。姥娘是我的救命恩人。这牵涉到另一场中国灾难——一九六〇年。老人家性情温和，虽不识字，却深明大义。我总觉中国所以能发展到今天，仍给人以信心，是因为有这些性情温和、深明大义的人的存在，而不是那些心怀叵测、并不善良的人的存生。值得我欣慰的是，仗着一位乡村医生，现在姥娘身体很好，记忆力健全，我母亲及我及我弟弟妹妹小时候的一举一动，仍完整地保存在她的记忆里。我相信她对一九四二年的忘却，并不是一九四二年不触目惊心，而是在老人家的历史上，死人的事确是发生得太频繁了。指责九十二年中许许多多的执政者毫无用处，但在哪位先生的执政下他的黎民百姓经常、到处被活活饿死，这位先生确应比我姥娘更感到惭愧。这个理应惭愧的前提是：他的家族和子孙，绝没有发生饥饿。当我们被这样的人统治着时，我们不也感到不放心和感到后怕吗？但姥娘平淡无奇的语调，也使我的激动和愤怒平淡起来，露出自嘲的微笑。历史从来是大而化之的。历史总是被筛选和被遗忘的。谁是执掌筛选粗眼大筐的人呢？最后我提起了蝗虫。一九四二年的大旱之后，出现了遮天蔽日的蝗虫。这一特定的标志，勾起了姥娘并没忘却的蝗虫与死人的联系。她马上说："这我知道了。原来是飞蚂蚱那一年。那一年死人不少。蚂蚱把地里的庄稼都吃光了。牛进宝他姑姑，在大油坊设香坛，我还到那里烧过香！"

我说："蚂蚱前头，是不是大旱？"

她点着头："是大旱，是大旱，不大旱还出不了蚂蚱。"

我问："是不是死了很多人？"

她想了想："有个几十口吧。"

这就对了。一个村几十口，全省算起来，也就三百万了。我问："没死的呢？"

姥娘："还不是逃荒？你二姥娘一股人，三姥娘一股人，都去山西逃荒了。"

现在我二姥娘、三姥娘早已不在了。二姥娘死时我依稀记得，一个黑漆棺材；三姥娘死时我已二十多岁，记得是一颗苍白的头，眼瞎了，像狗一样蜷缩在灶房的草铺上。她的儿子我该叫花爪舅舅的，在村里当过二十四年支书，从一九四八年当到一九七二年，竟没有置下一座像样的房子，被村里人嘲笑不已。放下二姥娘、三姥娘我问："姥娘，你呢？"

姥娘："我没有逃荒。东家对我好，我又去给东家种地了。"

我："那年旱得厉害吗？"

姥娘比着："怎么不厉害，地裂得像小孩子的嘴。往地上浇一瓢水吱吱冒烟。"

这就是了。核对过姥娘，我又去找花爪舅舅。花爪舅舅到底当过支书，大事清楚，我一问到一九四二年，他马上说："一九四二年大旱！"

我："旱成甚样？"

他吸着我的"阿诗玛"烟说："一入春就没下过雨，麦收不足三成，有的地块颗粒无收；秧苗下种后，成活不多，活的也长尺把高，结不成子。"

我："饿死人了吗？"

他点头："饿死几十口。"

我："不是麦收还有三成吗？怎么就让饿死了？"

他瞪着我："那你不交租子了？不交军粮了？不交税赋了？卖了田地不够纳粮，不饿死也得让县衙门打死！"

我明白了。我问："你当时有多大？"

他眨眨眼："也就十五六岁吧。"

我："当时你干什么去了？"

他："怕饿死，随俺娘到山西逃荒去了。"

撇下花爪舅舅，我又去找范克俭舅舅。一九四二年，范克俭舅舅家在我们当地是首屈一指的大户人家。我姥爷姥娘就是在他家扛的长工。东家与长工，过从甚密；范克俭舅舅几个月时，便认我姥娘为干娘。俺姥娘说，一到吃饭时候，范克俭他娘就把范克俭交给我姥娘，俺姥娘就把他放到裤腰里。一九四九年以后，主子长工的身份为之一变。俺姥娘家成了贫农，范克俭舅舅的爹在"镇反"中让枪毙了；范克俭舅舅成了地主分子，一直被管制到一九七八年。他的妻子、我的金银花舅母曾向我抱怨，说她嫁到范家一天福没享，就跟着受了几十年罪，图个啥呢？因为她与范克俭舅舅结婚于一九四八年底。但在几十年中，我家与范家仍过从甚密。范克俭舅舅见了俺姥娘就"娘、娘"地喊。我亲眼见俺姥娘拿一块月饼，像过去的东家对她一样，大度地将月饼赏给叫"娘"的范克俭舅舅。范克俭舅舅脸上露出感激的笑容。我与范克俭舅舅，坐在他家院中一棵枯死的大槐树下（这棵槐树，怕是一九四二年就存在吧？），共同回忆一九四二年。一开始范克俭舅舅不知一九四二年为何物："一九四二年？一九四二年是哪一年？"这时我想起他是前朝贵族，不该提一九四九年以后实行的公元制，便说是民国三十一年。谁知不提民国三十一年还好些，一提民国三十一年范克俭舅舅暴跳如雷："别提民国三十一年，三十一年坏得很。"

我吃惊："三十一年为什么坏?"

范克俭舅舅："三十一年俺家烧了一座小楼!"

我不明白："为什么三十一年烧小楼?"

范克俭舅舅："三十一年不是大旱吗?"

我答："是呀,是大旱!"

范克俭舅舅："大旱后起蚂蚱!"

我："是起了蚂蚱!"

范克俭舅舅："饿死许多人!"

我："是饿死许多人!"

范克俭舅舅将手中的"阿诗玛"烟扔了一丈多远："饿死许多人,剩下没饿死的穷小子就滋了事。挑头的是毋得安,拿着几把大铡刀、红缨枪,占了俺家一座小楼,杀猪宰羊,说要起兵,一时来俺家吃白饭的有上千人!"

我为穷人辩护："他们也是饿得没办法!"

范克俭舅舅："饿得没办法,也不能抢明火呀!"

我点头："抢明火也不对。后来呢?"

范克俭舅舅诡秘地一笑："后来,后来小楼起了大火,麻秆浸着油。毋得安一帮子都活活烧死了,其他就做鸟兽散!"

"嗯。"

是这样。大旱。大饥。饿死人。盗贼蜂起。

与范克俭舅舅分手,我又与县政协委员、一九四九年之前的县书记坐在一起。这是一个高大的、衰败的、患有不住摆头症的老头儿。虽然是县政协委员,但衣服破旧,上衣前襟上到处是饭点和一片一片的油渍。虽是四合院,但房子破旧,瓦檐上长满了枯黄的杂草。还没问一九四二年，他就对他目前的境况发了一通牢骚。不过我并不觉得这牢骚多么有理，因为他的鼎盛时期，是一九四九年之前当县书记的时候。不过那时的县书记，不能等同于现在的县委书记，现在的县委书记是全县上百万人的父母官，那时的县书记只是县长的一个笔录，何况那时全县仅二十多万人。不过当我问起一九四二年，他马上不发牢骚了，立即回到了年轻力壮的鼎盛时期，眼里发出光彩，头竟然也不摇了。说："那时方圆几个县，我是最年轻的书记，仅仅十八岁！"

我点头。说："韩老，据说一九四二年大旱很厉害？"

他坚持不摇头说："是的，当时有一场常香玉的赈灾义演，就是我主持的。"

我点头。对他佩服。因为在一九九一年，中国南方发水灾，我从电视上见过赈灾义演。我总觉得把那么多鱼龙混杂的演艺人集合在一起，不是件容易的事。没想到当年的赈灾义演，竟是他主持的。接着老人家开始叙述当时的义演盛况及他的种种临时抱佛脚的解决办法。边说边发出爽朗开心的笑声。等他说完，笑完，我问："当时旱象如何？"

他："旱当然旱，不旱能义演？"

我绕过义演，问："听说饿死不少人，咱县有多少人？"

他开始摇头，左右频繁而有节奏地摇摆。摆了半天说："总有个几万人吧。"

看来他也记不清了。几万人对于当时的笔录书记，似也没有深刻的记忆。我告别他及义演，不禁长出一口气，也像他一样摇起头来。

这是在我故乡河南省延津县所进行的旱情采访。据《河南省志》载，延津也是当时旱灾最严重的县份之一。但我这些采访都是零碎的、不完全、不准确的，五十年后，肯定夹杂了许多当事人的记忆错乱和本能的按个人兴趣的添枝或减叶。这不必认真。需要认真的，是当时《大公报》重庆版派驻河南的战地记者张高峰的一篇报道。这篇报道采访于当年，发表于当年，真实可靠性起码比我同乡的记忆更真实可靠一些。这篇报道的标题是：《豫灾实录》。里边不但描写了旱灾与饥饿，还写到饥饿的人们在灾难里吃的是什么。这使我深深体会到，翻阅陈旧的报纸比到民间采访陈旧的年头便当多了。我既能远离灾难，又能吃饱穿暖居高临下地对灾难中的乡亲给予同情。

这篇报道写于一九四三年一月十七日。

△记者首先告诉读者，今日的河南已有成千成万的人正以树皮（树叶吃光了）与野草维持着那可怜的生命。"兵役第一"的光荣再没有人提起，"哀鸿遍野"不过是吃饱穿暖了的人们形容豫灾的凄楚字眼。

△河南今年（指旧历，乃是一九四二年）大旱，已用不着我再说。"救济豫灾"这伟大的同情，不但中国报纸，就是同盟国家的报纸也印上了大字标题。我曾为这四个字"欣慰"，三千万同胞也引颈翘望，绝望了的眼睛又发出了希望的光。希望究竟是希望，时间久了，他们那饿陷了的眼眶又葬埋了所有的希望。

△河南一百十县（连沦陷县份在内），遭灾的就是这个数目，不过灾区有轻重而已，兹以河流来别：临黄河与伏牛山地带为最重，洪河汝河及洛河流域次之，唐河淮河流域又次之。

△河南是地瘠民贫的省份，抗战以来三面临敌，人民加倍艰苦，偏在这抗战进入最艰难阶段，又遭天灾。今春（指旧历）三

四月间，豫西遭雹灾，遭霜灾，豫南豫中有风灾，豫东有的地方遭蝗灾。入夏以来，全省三月不雨，秋交又雨，入秋又不雨，大旱成灾。豫西一带秋收之荞麦尚有希望，将收之际竟一场大霜，麦粒未能灌浆，全体冻死。八九月临河各县黄水溢堤，汪洋泛滥，大旱之后复遭水淹，灾情更重，河南就这样变成人间地狱了。

△现在树叶吃光了，村口的杵臼，每天有人在那里捣花生皮与榆树皮（只有榆树皮能吃），然后蒸着吃。在叶县，一位小朋友对我说："先生，这家伙刺嗓子！"

△每天我们吃饭的时候，总有十几二十几个灾民在门口鹄候号叫求乞。那些菜绿的脸色，无神的眼睛，叫你不忍心去看，你也没有那些剩饭给他们。

△今天小四饥死了，明天又听说友来吃野草中毒不起，后天又看见小宝死在寨外。可怜那些还活泼乱跳的下一代，如今都陆续地离开了人间。

△最近我更发现灾民每人的脸都浮肿起来，鼻孔与眼角发黑。起初我以为是因饿而得的病症。后来才知是因为吃了一种名叫"霉花"的野草中毒而肿起来。这种草没有一点水分，磨出来是绿色，我曾尝试过，一股土腥味，据说猪吃了都要四肢麻痹，人怎能吃下去！灾民明知是毒物，他们还说："先生，就这还没有呢！我们的牙脸手脚都是吃得麻痛！"现在叶县一带灾民真的没有"霉花"吃，他们正在吃一种干柴，一种无法用杵臼捣碎的干柴，所好的是吃了不肿脸不麻手脚。一位老夫说："我做梦也没有想到吃柴火！真不如早死。"

△牛早就快杀光了，猪尽是骨头，鸡的眼睛都饿得睁不开。

△一斤麦子可以换二斤猪肉，三斤半牛肉。

△在河南已恢复了原始的物物交换时代。卖子女无人要，自己的年轻老婆或十五六岁的女儿，都驮到驴上到豫东驮河、周家口、界首那些贩人的市场卖为娼妓。卖一口人，买不回四斗粮食。麦子一斗九百元，高粱一斗六百四十九元，玉米一斗七百元，小米十元一斤，蒸馍八元一斤，盐十五元一斤，香油也十五元。没有救灾办法，粮价不会跌落的，灾民根本也没有吃粮食的念头。老弱孺终日等死，年轻力壮者不得不铤而走险，这样下去，河南就不需要救灾了，而需要清乡防匪，维持地方的治安。

△严冬到了，雪花飘落，灾民无柴无米无衣无食，冻馁交迫。那薄命的雪花正象征着他们的命运。救灾刻不容缓了。

第三章

重庆黄山官邸。这里生机盎然，空气清新，一到春天就是满山的桃红和火焰般的山茶花。自南京陷落以后，国民政府迁都重庆，这里是蒋介石委员长的住处。当时蒋在重庆有四处官邸，这是其中之一。领袖的官邸，与国家沦陷、国家强弱没有关系；这里既不比南京的几处官邸差，也不比美国的白宫、英国的唐宁街十号逊色。领袖总是领袖，只要能当上领袖，不管当上什么肤色、民族的领袖，都可以享受到世界一流的衣、食、住、行。虽然所统治的民众大相径庭。所以，我历来赞成各国领袖之间握手言欢，因为他们才是真正的阶级兄弟；各国民众之间，既不必联合，也没什么可说的。即使发生战争，也不可怕，世界上最后一颗炮弹，才落在领袖的头上。如果发生世界性的核战争，最后剩下的，就是各国的几位领袖，因为他们这时住在风景优美的地球上空，掌握着核按钮。掌握按钮的人，历来是不会受伤害的。黄山官邸以云岫楼和松厅为中心结构，蒋住云岫楼，仪态万方的宋美龄住松厅。当然，夜间就难说了，如果两人有兴致的话。在两处住宅之间的低谷里，专门挖有防空洞，供蒋、宋躲他们阶级兄弟日本天皇陛下的飞机。至于蒋、宋的日常生活，这不是我们所能想象的，反正整日吃喝，比五十年后我们十二亿人中的十一亿九千九百九十九万人还要好，还要不可想象。虽然蒋只喝白水，不饮酒、不抽烟，安假牙，信基督，但他也肯定知道，榆树皮和"霉花"是不可吃的，可吃的是西餐和中餐中的各种菜系。一九四二年，蒋与他的参谋长、美国人史迪威发生矛盾，在黄山官邸吵嘴，即要不欢而散，宋美龄挽狂澜于既倒，美丽地笑着说："将军，都是老朋友了，犯不着这样怄气。要是将军能赏光到我的松厅别墅去坐一坐，将会喝到可口的咖啡！"

这是我在一本书上读到的。读到这里，我对他们吵不吵嘴并不感兴趣，反正吵嘴的双方都已经去屎了，不在这个世界上了。我注意到：一九四二年，中国还是有"可口的咖啡"，虽然我故乡的人民在吃树皮、柴火、稻草和使人身体中毒发肿的"霉花"，最后饿死三百万人。当然，这样来故意对比，说明我这个人无聊，把什么事情都弄得庸俗化。我也知道，对一个泱泱大国政府首脑的要求，不在他的夫人有没有咖啡，只要他们每天不喝人血（据说中非的皇帝就每天喝人血），无论喝什么，吃什么，只要能把国家治理好，就是一个民族英雄和历史伟人。我在另一本书上看到，蒋为了拉拢一部地方武装，对戴笠说："你去办一办。记住，多花几个钱没关系。"这钱从何而来呢？我只是想说，一九四二年，当我故乡发生大旱灾、大饥饿的消息传到黄山官邸时，蒋委员长对这消息不该不相信。当然，也不是不信，也不是全信，他说：可能有旱灾，但情况不会这么严重。他甚至怀疑是地方官员虚报灾情，像军队虚报兵员为了吃空额一样，想多得一些救济粮和救济款。蒋委员长的这种态度，在几十年后的今天，受到许多书的指责。他们认为委员长不体察民情、不爱民如子、固执等。他们这种爱民如子、横眉冷对民贼独夫的态度，也感染了我的情绪。但当我冷静下来，我又是轻轻一笑。这时我突然明白，该受指责的不是委员长，而是几十年后这些书的自作聪明的作者。是侍从在梦中，还是丞相在梦中？侍从在梦中。不设身处地，不身居高位，怎么能理解委员长的心思？书籍的作者，不都是些百无一用的书生吗？委员长是委员长都当上了，头脑不比一个书生聪明？是书生领导委员长，还是委员长领导书生？是委员长见多识广，还是书生见多识广？一切全在委员长——万般世界，五万万百姓，皆在委员长心中。只是，当时的委员长的所思所想，高邈深远，错综复杂，并不被我们所理解。委员长真不相信河南有大旱灾、旱灾会饿死人吗？非也。因为从委员长的出身考察，相对于宋美龄小姐来说，委员长还算是苦出身。委员长自己写道：

> 我九岁丧父……当时家里的悲惨情况实在难以形容。我家无依无靠，没有势力，很快成了大家污辱和虐待的对象。

这样一个出身的人，不会不知道下层大众所遭受的苦难。在一个省的全部范围内发生了大旱灾，情况严重到什么程度，他心里不会没底。但他认为：可能有旱灾，但不会这么严重。于是书生们上了当，以为委员长是官僚主义。其实在梦中的是书生，清醒的是委员长。那么为什么心里清楚说不清楚呢？明白情况严重而故意说不严重呢？这是因为摆在他面前的，有更多的，比这个旱灾还严重的混沌不清需要他理清楚处理妥当以至不犯历史错误的重大问题。须知，在东方饿死三百万人不会影响历史。这时的委员长，已不是一个乡巴佬，而是一个领袖。站在领袖的位置上，他知道轻重缓急。当时能导致历史向不同方向发展的事情大致有：一、中国的同盟国地位问题。当时同盟国有美、英、法、苏等。蒋虽是中国的领袖，但同盟国的领袖们坐在一起开会，如开罗会议，蒋就成了一个普通人，成了一个小弟兄，成了一个无足轻重的人。大家在一起，似乎罗斯福、丘吉尔、斯大林，都不把蒋放在眼里。不把蒋放眼里，就是不把中国放到眼里。由此以来，在世界战局的分布上，中国就常常是战略的受害者。而中国最穷，必须在有外援的情况下才能打这场战争，所以常常受制于人，吃哑巴亏；带给蒋个人的，就是仍受"侮辱和虐待"。这是他个人心理上暗自痛恨的。二、对日战争问题。在中国正面战场，蒋的军队吸引了大部分在华日军；虽然不断丢失土地，但从国际战略上讲，这种牵制本身，就给其他同盟国带来莫大的利益；但同盟国其他领袖并没认清这一点或是认清了这一点而故意欺辱人，所给的战争物资，与国民党部队所担负的牵制任务，距离相差非常大；从国内讲，国民党部队在正面战场牵制日军，使得共产党在它的根据地得到休养生息，这是蒋的心腹大患，于是牵涉到了对共产党的方针。蒋有一著名的理论："攘外必先安内"。这口号从民族利益上讲，是狭隘的，容易激起民愤的；如果从蒋的统治利益出发，又未尝不是一个统治者必须采取的态度。如只是攘外，后方的敌人发展起来，不是比前方的敌人更能直捣心脏吗？关于这一方针，他承受着巨大的国际、国内压力。三、国民党内部、国民政府内部各派系的斗争。蒋曾很后悔地说：北伐战争之后，我不该接受那么多军阀部队。一九四九年后说：我不是被共产党打倒的，我是被国民党打倒的。可见平日心情。四、他与他的参谋长——美军上将史迪威将军，发生了严重的战略上和个人间的矛盾，这牵涉到对华援助和蒋个人在美国的威信问题。史迪威已开始在背后不体面地称这位中华民族的领袖为"花生米"——以上所有这些问题，包括一些我们还没觉察到而蒋在他的位置上已经觉察到的问题，都有可能改变历史的方向和写法，这时，出现了一个地方省（当时全国三十多个省）的旱灾，显得多么无足轻重。死掉一些本就无用、是社会负担的老百姓，不会改变历史的方向；而他在上层政治的重大问题上处理稍有不慎，历史就可能向不利于他的方向发展，后来一九四五年至一九四九年，就证明了这一点。上述哪一个重大问题，对于一个领袖来讲，都比三百万人对他及他的统治地位影响更直接，更利益交关。从历史地位上说，三百万人确没有一粒"花生米"重要。所以，他心里清楚旱灾，仍然要说：可能有旱灾，但不会那么严重。于是他厌恶那些把他当傻瓜当官僚以为他不明真相而不厌其烦向他提供真情况的人，特别是那些爱管闲事、爱干涉他国内政的外国人。这就是蒋委员长此时此刻的心境。当然，这是站在蒋的立场上考察问题；如果换一个角度，当我们站在几千万灾民的立场上去考察，就觉得蒋无疑是独夫民贼，置人民的生死于不顾了。世界有这样一条真理：一旦与领袖相处，我们这些普通的百姓就非倒霉不可。蒋的这种态度，使受灾的几千万人只有吃树皮、稻草、干柴和"霉花"，而得不到一个政府所应承担的救济、调剂和帮助义务。于是，人口在大面积死亡。但这不是事情最重要的部分，事情最重要的部分是：在大面积受灾和饿死人的情况下，政府向这个地区所征的实物税和军粮任务不变。

陈布雷说：委员长根本不相信河南有灾，说是省政府虚报灾情。李主席（培基，河南省政府主席）的报灾电，说什么"赤地千里""哀鸿遍地""嗷嗷待哺"，等等，委员长就骂是谎报滥调，并且严令河南的征实不能缓免。

这实际等于政府又拿了一把刀子，与灾害为伍，在直接宰杀那些牲口一样的两眼灰蒙蒙、东倒西歪的灾民。于是，死的死了；没死的，发生大面积背井离乡的逃荒。五十年后的今天，我们也会像蒋委员长那样说：情况不会那么严重吧？这是一种事物的惯性，事物后特别过很长一段时间后再来想事物，我们总是宽宏大量地想：事情不会那么严重吧？但在当时，可知历史是一点不宽容的。为了证明这一点，我们又得引用资料。我认为这种在历史中打捞事件的报告式的文字，引用资料比作者胡编乱造要更科学一些。后者虽然能使读者身临其境，但其境是虚假的；资料也可能虚假，但五十年前的资料，总比五十年后的想象更真实一些。一九四二年，美国驻华外交官约翰·S.谢伟思在给美国政府的报告中写道：

河南灾民最大的负担是不断加重的实物税和征收军粮。由于在中条山失陷之前，该省还要向驻守山西南部的军队和驻守在比较穷困的陕西省的军队提供给养，因而，负担也就更加沉重了。在陕西省的四十万驻军的主要任务是"警戒"共产党。

我从很多人士那里得到的估计是：全部所征粮税占农民总收获的30%—50%，其中包括地方政府的征税，全国性的实物土地税（通过省政府征收）以及形形色色、无法估计的军事方面的需求。税率是按正常的年景定，而不是按当年的实际收成定。因此，收成越坏，从农民征收的比例就越大。征粮要缴纳小麦，因此，他们所收获的小麦更大一部分要用于纳粮。

有很可靠的证据表明，向农民征收的军粮是超过实际需要的。中国军官的一个由来已久的，仍然盛行不衰的惯例，就是向上级报告的部队人数超过实际所有的人数。这样他们就可以吃空额，谋私利。洛阳公开市场上的很大一批粮食，就是来自这个方面……

人们还普遍抱怨，征粮征税负担分配不公平。这些事是通过保甲长来办，他们自己就是乡绅、地主。他们通常都是要使自己和他们的亲朋好友不要纳粮纳税太多。势力还是以财富和财产为基础：穷苦农民的粮食，往往被更多地征去了，这就正像是他们的儿子，而不是甲长和地主的儿子，被拉去当兵一样。

河南的情况是如此之糟，以致在好几年中都有人逃荒到陕西、甘肃和川北。结果是河南的人口相对减少，而留下来的，人和赋税负担相对加重了。在前线地区，农民的日子最苦，那里受灾也最重。因此，来自那里的人口流动也最多。来自郑州的一位传教士说，早在当年的饥荒袭来之前，那个地区的许多田园就已荒无人烟了。

这种情况今年发展到了顶点。最盲目的政府官员也认识到，在小麦歉收后，早春将发生严重缺粮。早在七月间，每天就有约一千名难民逃离河南，但是，征粮计划不变。在很多地区，全部收成不够纳粮的需要。在农村发生了一些抗议，但都是无力的，分散的，没有效果的。在少数地方，显然使用了军队对付人民。吃着榆树皮和干树叶的灾民，被迫把他们最后一点粮食种子交给税收机关。身体虚弱得几乎走不动路的农民还必须给军队交纳军马饲料。这些饲料比起他塞进自己嘴里的东西，其营养价值要高得多。

以上是谢伟思的报告。为什么我引用谢的文字而不引证别的书籍呢？因为谢是外国人，不身在复杂的其中，也许能更客观一些。但谢伟思所说的，还不是最严重的，即：在灾难中的灾民，并不被免除赋税，而是严令其仍按正常年景税赋征收，因而实际上税赋已超过正常年景还不是重要的，更重要的，是统治这些灾民的一些官员，还借灾民的灾难去投机发财。据美国记者白修德亲眼看见，有些部队的司令把部队的余粮卖给灾民，发了大财。来自西安和郑州的商人，政府的小官吏、军官以及仍然储蓄着粮食在手的地主，拼命以罪恶的低价收买农民祖辈留下来的田地。土地的集中和丧失同时进行，其激烈程度与饥饿的程度成正比。

当我们被这么一些从委员长一直到小官吏、地主所统治的时候，我们的命运操纵在他们手里，我们对他们的操纵能十分放心吗？

后来，就必然出现了大批的脱离了土地的灾民，出现一个由东向西的大规模的流民图。这流民中，就包括河南延津县王楼乡老庄村的俺二姥娘、俺三姥娘全家，包括村里许多其他父老乡亲。他们虽然一辈子没有见过委员长，许多青壮年一听委员长还自觉立正，但是，委员长在富丽堂皇的黄山别墅的态度，一颦一笑，都将直接决定他们的生死和命运。委员长思索：中国向何处去？世界向何处去？他们思索：我们向哪里去逃荒？

第四章

花爪舅舅直到现在还有些后悔。当初在洛阳被抓了壮丁，后来为什么要逃跑，没有在部队坚持下来呢？我问："当时抓你的是哪个部队？"

花爪舅舅："国军。"

我："我知道是国军，国军的哪一部分？"

花爪舅舅："班长叫个李狗剩，排长叫个闫之栋。"

我："再往上呢？"

花爪舅舅："再往上就不知道了。"

我事后查了查资料，当时占据洛阳一带的国民党部队，隶属胡宗南。我问："被抓壮丁后干什么去了？"

花爪舅舅："当时就上了中条山，派到了前线。日本人的迫击炮，啾啾地在头上飞。打仗头一天，班副和两个弟兄就被炸死了。我害怕了，当晚就开溜了。现在想起来，真是后悔。"

我："是呀，大敌当前，民族矛盾，别的弟兄牺牲了，你开溜了，是不大像话，该后悔。"

花爪舅舅瞪我一眼："我不是后悔这个。"

我一愣："那你后悔什么？"

花爪舅舅："当初不开溜，后来跑到台湾，现在也成台胞了。像通村的王明芹，小名犟驴，抓壮丁比我还晚两年，后来到了台湾，现在成了台胞，去年回来了，带着小老婆，戴着金壳手表，镶着大金牙，县长都用小轿车接他，是玩的不是？"

我明白了花爪舅舅的意思。我安慰他："现在后悔是对的，当初逃跑也是对的。你想，一九四三年，离抗日战争结束还有两年，以后解放战争还有五年，谁也难保证你在诸多的战斗中不像你们班副一样被打死。当然，如果不打死，就像犟驴一样成了台胞；如果万一打死，不连现在也没有了。"

花爪舅舅想了想："那倒是，子弹没长眼睛；我就是这个命，咱没当台胞那个命。"

我说："你虽然没当台胞，但在咱们这边，你也当了支书，总体说混得还算不错。"

花爪舅舅立即来了精神："那倒是，支书我一口气当了二十四年！"

但马上又颓然叹口气："但是十个支书，加起来也不顶一个台胞哇。现在又下了台，县长认咱是谁呀。"

我安慰他："认识县长也没什么了不起，不就是一个犟驴吗？舅舅，咱们不说犟驴了，咱们说说，俺二姥娘一家、三姥娘一家，当初是怎么逃荒的，你身在其中，肯定有许多亲身经历。"

一说到正题，花爪舅舅的态度倒是变得无所谓，叙述得也简单和枯燥了。两手相互抓着说："逃荒就逃荒呗。"

我："怎么逃荒，荒怎么逃法？"

他："俺爹推着独轮车，俺二大爷挑着箩筐，独轮车上装些锅碗瓢盆，箩筐里挑些小孩。路上拉棍要饭，吃树皮，吃杂草。后来到了洛阳，我就被抓了兵。"

我不禁埋怨："你也说得太简单了，路上就没有什么现在还记得的事情？"

他眨眨眼："记得路边躺着睡觉特冷，半夜就冻醒了。见俺爹俺娘还在睡，也不敢说话。"

我："后来怎么抓的兵？"

他："洛阳有天主教办的粥厂，我去挤着打粥，回来路上，就被抓了兵。"

我："抓兵俺三姥爷三姥娘知道不？"

他摇摇头："他们哪里知道？认为我被人拐跑了。再见面就是几年之后了。"

我点点头。又问："你被抓兵他们怎么办？"

他："几年后我才听俺娘说，他们扒火车去陕西。扒火车时，俺爹差点让火车轧着。"

我："俺二姥娘家一股呢？"

他："你二姥爷家扒火车时，扒着扒着，火车就开了，把个没扒上来的小妹妹——你该叫小姨，也给弄失散了，直到现在没找见。"

我点点头。又问："路上死人多吗？"

他："怎么不多，到处是坟包，到处是死人。扒火车还轧死许多。"

我："咱家没有饿死的？"

他："怎么没有饿死的，你二姥爷，你三妗，不都是饿死在道儿上？"

我："就没有一些细节？"

这时花爪舅舅有些不耐烦了，愤怒地瞪我一眼："人家人都饿死了，你还要细节！"

说完，丢下我，独自撅撅地走了，把我扔在一片尴尬之中。这时我才觉得朋友把我打发回一九四二年真是居心不良，我在揭亲人和父老的已经愈合五十年的伤疤，让他们重新露出血淋淋的创面；何况这疤疖也结得太厚，被岁月和灰尘风干成了盔甲，搬动它像搬动大山一样艰难费劲。没有风，太阳直射在一大溜麦秸垛上。麦秸垛旁显得很温暖。我蹲在麦秸垛旁，正费力地与一个既聋又瞎话语已经说不清楚且流鼻涕水的八十多岁的老人说话。老人叫郭有运。据县政协委员韩给我介绍，他是一九四三年大逃荒中家中受损失最重的一个。老婆、老娘、三个孩子，全丢在了路上。五年后他从陕西回来，已是孤身一人。现在的家庭，属于重起炉灶。但看麦秸垛后他重搭的又经营四十多年的新炉灶，证明他作为人的能力，还属上乘。因为那是我故乡乡村中目前还不常见的一幢不中不西的二层小楼。但如果从他年龄过大而房子很新的角度来考察，这不应算是他的能力，成绩应归功于坐在我们中间当翻译的留着分头戴着"戈尔巴乔夫"头像手表的四十岁的儿子。他的儿子一开始对我的到来并不欢迎，只是听说我与这个乡派出所的副所长是光屁股同学，才对我另眼相看。但听到我的到来与现实中的他没有任何关联，而是为了让他爹和我共同回到五十年前，而五十年前他还在风里云里飘，就又有些不耐烦。老人家的嘴漏风，呜里呜啦，翻译不耐烦，所得的五十年前的情况既生硬又零碎。我又一次深深体会到，在活人中打捞历史，实在不是一件容易的事。郭有运在一九四三年逃荒中的大致情况是：

一上路，他娘就病了；为了给他娘治病，卖掉一个小女；为卖这个小女，跟老婆打了一架。打架的原因不单纯是卖女心疼，而是老婆与婆婆过去积怨甚深，不愿为治婆婆的病卖掉自己的骨肉。卖了小女，娘的病也没治好，死在黄河边，软埋（没有棺材）在一个土窑里。走到洛阳，大女患天花，病死在慈善院里。扒火车去潼关，儿子没扒好，掉到火车轮下给轧死了。剩下老婆与他，来到陕西，给人拦地放羊。老婆嫌跟他生活苦，跟一个人拐子逃跑了。剩下他自己。

麦秸垛前，他一把鼻涕一把泪地摊着手："我逃荒为了啥？我逃荒为图大家有个活命，谁知逃来逃去剩下我自己，我还逃荒干什么？早知这样，这荒不如不逃了，全家死还能死到一块，这死得七零八落的。"

这段话他儿子翻得很完全。我听了以后也感到是一个怪圈。我弄不明白的还有，现在不逃荒了，郭有运的新家有两层小楼，为什么还穿得这么破衣烂衫，仍像个逃荒的样子呢？如果不是老人家节俭的习惯，就是现实中的一切都不属于他。这个物质幸福的家庭，看来精神上并不愉快。这个家庭的家庭关系没有或永远没法理顺。

我转过头对他儿子说："老人家也不易，当年逃荒那个样子！"

谁知他儿子说："那怪他窝囊。要让我逃荒，我绝不会那么逃！"

我吃了一惊："要让你逃，你怎么逃？"

他儿子："我根本不去陕西！"

我："你去哪儿？"

他儿子："我肯定下关东！关东不比陕西好过？"

我点头。关东肯定比陕西富庶，易于人活命。但我考察历史，我故乡没有向关东逃荒的习惯：闯关东是山东、河北人的事。我故乡遇灾遇难，流民路线皆是向西而不是往北。虽然西边也像他的故乡一样贫瘠。当然，一九四二、一九四三年还有一个特殊情况，就是东北三省已被日本人占了，去了是去当亡国奴。我把这后一条理由向他儿子谈了，谁知他一挥手上的"戈尔巴乔夫"，发出惊人论调："命都顾不住了，还管地方让谁占了？向西不当亡国奴，但它把你饿死了。换你，你是当亡国奴好呢，还是让饿死呢？不当亡国奴，不也没人疼没人管吗？"

我默然，一笑。他提出的问题我解答不了。我想这是蒋委员长的失算，及他一九四九年逃到台湾的深刻原因。假如我处在一九四二年，我是找不管不闻不理不疼不爱我的委员长呢，还是找还能活命的东北关外呢？

告别郭有运和他的儿子，我又找到十李庄一位姓蔡的老婆婆。但这次采访更不顺利，还没等我与老婆婆说上话，就差点遭到他儿子的一顿毒打。姓蔡的婆婆今年七十岁，五十年前，也就二十岁。在随爹娘与两个弟弟向西逃荒时，路上夜里睡觉，全家的包袱、细软、盘缠、粮食，全部被人席卷一空。醒后发现，全家人只好张着傻嘴大哭。再向西逃没有活路。她的爹娘只好把她卖掉，保全两个弟弟。一开始以为卖给了人家，但人贩子将她领走，转手又倒卖给窑子，从此做了五年皮肉生涯。直到一九四八年，国共两党的军队交战，隆隆炮声中，她逃出妓院，逃回家乡，像郭有运老汉一样，她现在的家庭、儿子、女儿一大家人，都是重起炉灶另建立的。她五年的肮脏非人生活，一直埋藏在她自己和大家的心底，除非邻里吵架时，被别的街坊娘儿们重新抖搂一遍。但到了二十世纪八十年代后期，她的这段生活，突然又显示出它特有的价值。本地的、外地的一些写畅销书的人，都觉得她这五年历史有特殊的现实意义，纷纷来采访她，要以她五年接客的种种情形，写出一本《我的妓女生涯》的自传体畅销书。从这题目看，畅销是必然的。众多写字的来采访，一开始使这个家庭很兴奋，原来母亲的经历还有价值，值得这些衣着干净人的关心。大家甚至感到很荣耀。但时间一长，当儿女们意识到写字的关心他们的目的，并不是为了关心他们自身，而是为了拿母亲的肮脏经历去为自己赚钱，于是她的儿女们，这些普普通通的庄稼人，突然感到自己受了骗，受了污辱。于是对再来采访的人，就怒目而视。为此，他们扬扬自得仍兴奋地沉浸在当年情形中的母亲，受到了她的儿女们的严厉斥责。母亲从此对五十年前的事情又守口如瓶；已经说过的，也断然反悔。这使已经写下许多文字的人很尴尬。《我的妓女生涯》也因此夭折。这桩公案已经过去好几年了，现在我到这里来，又被她的儿子认为是来拿他母亲的肮脏经历赚钱的，要把已经夭折的"妓女生涯"再搭救起来。因此，我还没能与老婆婆说上话，他儿子的大棒，已差点落到我的头上。我不是一个多么勇敢的人，只好知难而退。而且我认为为了写这篇文章，去到处揭别人伤疤，特别是一个老女人肮脏的脓疮时，确实不怎么体面。我回去告诉了在乡派出所当副所长的我的小学同学，没想到他不这么认为，他怪我只是方式不对。他甩了甩手里的皮带说："这事你本来就应该找我！"

我："怎么，你对这人的经历很清楚？"

他："我倒也不清楚，但你要清楚什么，我把她提来审一下不就完了？"

我吃一惊，忙摆手："不采访她罢，用不着大动干戈。再说，她也没犯罪，你怎么能说提审就提审！"

他瞪大眼珠："她是妓女，正归我打击，我怎么不可以提审？"

我摆手："就是妓女，也是五十年前，提审也该那时的国民党警察局提审，也轮不到五十年后的你！"

他还不服气："五十年前我也管得着，看我把她抓过来！"

我忙拦住他，用话岔开，半天，才将气呼呼的他劝下。离开他时，我想，同学毕竟是同学呀。

为了把这次大逃荒记述下去，我们只好再次借助于《时代周刊》记者白修德。文章写到这里，我已清楚地意识到，白修德，必将成为这篇文章的主角。这不是因为别的，是因为一九四二年的河南大灾荒，已经没有人关心。当时的领袖不关心，政府不关心，各级官员在倒卖粮食发灾难财，灾民自己在大批死去，没死的留下的五十年后的老灾民，也对当年处以漠然的态度。这时，唯有一个外国人，《时代周刊》记者白修德，倒在关心着这片饥荒的土地和三百万饿死的人。自己的事情，自己这样的态度，自己的事情让别人关心、同情，说起来让五十年后的我都感到脸红。当然，白修德最初的目的，也不是为了关心我们的民众，他是出于一个新闻记者的敏感，要在大灾荒里找些可写的东西。无非是在找新闻的时候，悲惨的现实打动了他，震撼了他，于是产生了一个正常人的同情心，正义感，要为之一呼。这就有了以后他与蒋介石的正面冲突。说也是呀，一个美国人可以见委员长，有几个中国人，可以见到自己的委员长呢？怕是连政府的部长，也得事先预约吧。我们这些无依无靠的灾民，像自己父母一样的各级官员我们依靠不得，只好依靠一个其他力量并不强大的外国记者了。特别是后来，这种依靠竟也起了作用，这让五十年后的我深受震动、目瞪口呆。

白修德在一本《探索历史》的书中，描述了他一九四三年二月的河南之行。同行者是英国《泰晤士报》记者哈里逊·福尔曼。在这篇文字开头我曾说到，在他们到达郑州时，曾在我的家乡吃过一顿"他能吃过的最好的筵席之一"。他们当时的行走路线是，从重庆飞抵宝鸡，乘陇海线火车从宝鸡到西安，到黄河，到潼关，然后进入河南。为防日本人炮击，从潼关换乘手摇的巡道车，整整一天，到达洛阳。所走的正是难民逃难的反方向。到达河南后，骑马到郑州，然后由郑州搭乘邮车返回重庆。从这行走路线看，是走马观花，只是沿途看到一些情形。记下的，都是沿途随时的所见所闻。这些所见是零碎的，所谈的见解带有很大的个人见识性。何况中美国情不同，这种个人见解离实际事务所包含的真正意蕴，也许会有一段距离。但我们可以抛开这些见识，进入他的所见，进入细节；他肉眼看到的路边事实，总是真实的。我们可以根据这些真实的事实，去自己见识一九四三年的河南灾民大逃荒。我试图将他这些零碎的见闻能归纳得条理一些：

一、灾民的穿戴和携带。灾民逃出来时，穿的都是他们最好的衣服，中年妇女穿着红颜绿色的旧嫁衣，虽然衣服上已是污迹斑斑；带的是他们家中最有价值的东西，烧饭铁锅、铺盖，有的还有一座老式座钟。这证明灾民对自己的故乡已彻底失去信心，没有留恋，决心离开家乡热土；连时间——座钟都带走了。白修德与他的伙伴在潼关车站睡了一夜。他说，那里到处是尿臊味、屎臭味和人身上的臭味。为了御寒，许多人头上裹着毛巾，有帽子的把帽耳朵放下来。他们在这里的目的，是为了等待往西去的火车，虽然这种等待是十分盲目的。

二、逃荒方式。不外是扒火车和行走。扒火车很不安全。白修德说，他沿途见到许多血迹斑斑的死者。一种是扒上了火车，因列车被日本人的炮弹炸毁而丧命；有的是扒上了车厢顶，因夜里手指冻僵，失去握力，自己从车厢顶摔下摔死的；还有的是火车没扒上，便被行走的火车轧死的。轧死还好些，惨的是那些轧上又没轧死的。白见到一个人躺在铁轨旁，还活着，不停地喊叫，他的小腿被轧断，腿骨像一段白色的玉米秆那样露在外面。他还见到一个把臀部轧得血肉模糊还没死去的人。白修德说，流血并不使他难过，难过的是弄不明白这些景象究竟是怎么回事。这么无组织无纪律的迁徙，他们各级政府哪里去了？——这证明白修德太不了解中国国情了。

扒不上火车或对火车失望的，便是依靠自己的双腿，无目的无意识地向西移动。白修德说，整整一天，沿着铁路线，"我见到的便是这些由单一的、一家一户所组成的成群结队一眼望不到头的行列"。这种成群结队是自发的、无组织的，只是因为饥荒和求生的欲望，才使他们自动地组成了灾民的行列。可以想象，他们的表情是漠然的，他们也不知道，前边等待他们的是什么。唯一留在心中的信心，便是他们自己心中对前方未来的希望。也许能好一些，也许熬过这一站就好了。这是中国人的哲学，这又是白修德所不能理解的。灾民的队伍在寒冷的气候中行走。不论到哪里，只要他们由于饥寒或筋疲力尽而倒下，他们就再也起不来了。独轮车装着他们的全部家当，当爹的推着，当娘的拉着，孩子们跟着。缠足的老年妇女蹒跚而行。有的当儿的背着他们的母亲。在路轨两旁艰难行走在行列中，没有人停顿下来。如果有孩子伏在他的父亲或母亲的尸体上痛哭，他们会不声不响地从他身旁走过。没有人敢收留这啼哭的孩子。

三、卖人情况。逃荒途中，逃荒者所带的不多的粮食很快就会被吃光。接着就吃树皮、杂草和干柴。白边走边看到，许多人在用刀子、镰刀和菜刀剥树皮。

这些树据说都是由爱好树木的军阀吴佩孚栽种的。榆树剥皮后就会枯死。当树皮、杂草、干柴也没得吃时，人们开始卖儿卖女，由那些在家庭中处于支配地位的人，去卖那些在家庭中处于被支配地位的人。这时同情心、家属关系、习俗和道德都已荡然无存，人们唯一的想法是要吃饭，饥饿主宰了世界上的一切。九岁男孩卖四百元，四岁男孩卖两百元，姑娘卖到妓院，小伙子往往被抓丁。抓丁是小伙子所欢迎的，因为那里有饭吃。如我的花爪舅舅。

四、狗吃人情况。由于沿途死人过多，天气又冷，人饥饿无力气挖坑，大批尸体暴尸野外，这给饥饿的狗提供了食品。可以说，在一九四三年的河南灾区，狗比人舒服，这里是狗的世界。白修德亲眼看到，出洛阳往东，不到一个小时，有一具躺在雪地的女尸，女尸似乎还很年轻，野狗和飞鹰，正准备瓜分她的尸体。沿途有许许多多像灾民一样多的野狗，都逐渐恢复了狼的本性，它们吃得膘肥肉厚。野地里到处是尸体，为它们的生存与繁殖提供了食物场。有的尸体已被埋葬了，野狗还能从沙土堆里把尸体扒出来。狗可能还对尸体挑挑拣拣。挑那些年轻的、口嫩的、女性温柔的。有的尸体已被吃掉一半，有的脑袋上的头肉也被啃得一干二净，只剩下一个骷髅。白将这种情况，拍了不少照片。这些照片，对日后的没被狗吃仍活着的灾民，倒是起了不小的作用。

五、人吃人情况。人也恢复了狼的本性。当世界上再无什么可吃的时候，人就像狗一样会去吃人。白说，在此之前，他从未看到过任何人为了吃肉而杀死另一个人，这次河南之行，使他大开眼界，从此相信人吃人在世界上确有其事。如果人肉是从死人身上取下的倒可以理解，反正狗吃是吃，人吃也是吃；但情况往往是活人吃活人，亲人吃亲人，人自我凶残到什么程度？白见到，一个母亲把她两岁的孩子煮吃了；一个父亲为了自己活命，把他两个孩子勒死，然后将肉煮吃了。一个八岁的男孩，逃荒路上死了爹娘，碰到汤恩伯的部队，部队硬要一家农民收容弃儿。后来这个孩子不见了。经调查，在那家农户的茅屋旁边的大坛子里，发现了这孩子的骨头；骨头上的肉，被啃得干干净净。还有易子而食的，易妻而食的。——写到这里，我觉得这些人不去当土匪，不去合伙谋杀，不去组成三K党，不去成立恐怖组织，实在辜负了他们吃人吃亲人吃孩子的勇气。从这点出发，我对地主分子范克俭舅舅气愤叙述的一帮没有逃荒的灾民揭竿而起，占据他家小楼，招兵买马，整日杀猪宰羊的情形，感到由衷的欢欣和敬佩。一个不会揭竿而起只会在亲人间相互蚕食的民族，是没有任何希望的。虽然这些土匪，被人用浸油的高粱秆给烧死了。他们的领头人叫毋得安。这是民族的脊梁和希望。

第五章

河南开始救灾。因为委员长动作了。委员长说要救灾，当然就救灾了。不过，在一九四二、一九四三年，首起救灾民于水深火热之中的，仍然是外国人。虽然我们讨厌外国人，不想总感谢他们，但一到关键时候，他们还真来帮我们，让我们怎么办呢？这时救灾的概念，已不是整体的、宏观的、从精神到物质的，仅仅是能填一下快饿死过去人的肚子，把人从生命死亡线上往回拉一把。外国主教们——本来是来对我们进行精神侵略——在委员长动作之前，已经开始自我行动了。这个行动不牵涉任何政治动机，不包含任何政府旨意，而纯粹是从宗教教义出发。他们是受基督委派前来中国传教的牧师，干的是慈善事业。这里有美国人，也有欧洲人；有天主教徒，也有新教徒。尽管美国人和意大利人正在欧洲互相残食，但他们的神父在我的故乡却携手共进，共同从事着慈善事业，在尽力救着我多得不可计数的乡亲的命。人在战场上是对立的，但在我一批批倒下的乡亲面前，他们的心却相通了。从这一点上说，我的乡亲们也不能说饿死得全无价值。教会一般是设粥场；而有教会的地方，一般在城市如郑州、洛阳等。我的几个亲戚，如二姥娘一家、三姥娘一家，都喝过美国、欧洲人在大锅里熬制的粥。我的花爪舅舅，就是在洛阳到粥厂领粥的路上，被胡宗南将军抓了壮丁的。慈善机构从哪里来的粮食熬粥呢？因为美国政府对蒋也不信任了，外来的救济物资都是通过传教士实行发放的；而这些逃窜的中国灾民，虽然大字不识，但也从本能出发，对本国政府失去信任，感到唯一的救星就是外国人、白人。白修德记载：

教士们只是在必要时才离开他们的院子。因为唯有在大街上走着的一个白人才能给难民们带来希望。他会突然被消瘦的男子、虚弱的妇女和儿童围住。他们跪在地上，匍匐着，磕着头，同时凄声呼喊："可怜可怜吧！"但他们恳求的实际上不过是一点食物。

读到这里，我一点不为我的乡亲脸红。如果换了我，处在当时那样的处境，我也宁愿给洋人磕头。教会院子周围，到处是逃难的人群。传教士一出院子，就被围得水泄不通。乡亲们都聚集到外国人周围了。我想这时如外国人振臂一呼，乡亲们肯定会跟他们揭竿而起，奋勇前进，视死如归，再不会发生八国联军时抵抗外国人的情形了。儿童和妇女们，每日坐在教会门口；每天早晨，传教士们必须把遗弃在教会门前的婴儿送进临时设立的孤儿院去抚养——连后代也托付给洋人了。唯有这些少数外国人，才使我的乡亲意识到生命是可贵的。我从发黄的五十年前的报纸上看到，一个外国天主教神父在谈到设立粥厂的动机时说：至少要让他们像人一样死去。

教会还开办了教会医院。教会医院里挤满了可怕的肠胃病患者。疾病的起因是：他们都食用了污秽不堪的东西。许多难民在饥饿难当时，都拼命把泥土塞进嘴里，以此来装填他们的肚子。医院要救活这些人，必须首先想办法把泥土从这些人的肚子里掏出来。

教会还设立了孤儿院，用来收留父母饿死后留下的孩子。但这收留必须是秘密的。因为如大张旗鼓说要收留孩子，那天下的孤儿太多了；有些父母不死的，也把自己的孩子丢弃或倒卖了。外国人太少，中国孤儿太多；换言之，中国孩子想认外国人做爹的太多，外国人做爹也做不过来。一个资料这样记载：

饥饿甚至毁灭了人类最起码的感情：一对疯狂的夫妇，为了不让孩子们跟他们一起出去，在他们外出寻找食物时，把他们的六个孩子全都捆绑在树上；一位母亲带着一个婴儿和两个大一点的孩子外出讨饭，艰难的长途跋涉使他们非常疲倦，母亲坐在地上照料婴儿，叫两个大一些的孩子再走一个村子去寻找食物，等到两个孩子回来，母亲已经死了，婴儿却还在吸吮着死人的乳头；有一对父母杀死了他们的两个孩子，因为他们宁愿这样做也不愿再听到孩子乞求食物的哭叫声。传教士们尽力沿途收捡弃儿，但他们必须偷偷地做，因为这消息一经传扬出去，立刻就会有无数孩子被丢弃在他们的门口，使他们无法招架。

儿童是一个国家或一个政府的晴雨表。就像如果儿童的书包过重、人为规定的作业带到家里还做不完压得儿童喘不过气，证明这个国家步履蹒跚一样，如果一个政府在儿童一批批饿死它也听任不管而推给外国人的话，这个政府到底还能存在多长时间，就值得怀疑了。连外国人都认为，如果身体健康，中国的儿童是非常漂亮的，他们的头发有着非常好看的自然光泽，他们那杏仁一样的眼珠闪动着机灵的光芒。但是，现在这些干瘦、萎缩得就像稻草人似的孩子，在长眼睛的地方却只有两个充满了脓液的裂口，饥饿使得他们腹部肿胀，寒冷干燥的气候使得他们的皮肤干裂，他们的声音枯竭，只能发出乞讨食物的微弱哀鸣——这只代表儿童本身吗？不，也代表着国民政府。如果坐在黄山别墅的蒋委员长，是坐在这样一群儿童的国民头上，他的自信心难道不受影响吗？他到罗斯福和丘吉尔面前，罗、丘能够看得起他吗？

毕竟，蒋还是人——说到谁还是个人这句话，每当我听到这句话，譬如，一个妻子说丈夫或丈夫说妻子："你也算个人！"我心里就感到莫大的悲哀。这是多么轻蔑的话语！这是世界的末日！但蒋还是个人，当外国记者把一张狗吃人的照片摆在他面前时（多么小的动因），他毕竟也要在外国人之后关心我故乡三千万灾民了。他在一批人头落地后，也要救灾了。即：中国也要救灾了。但中国的救灾与外国人的救灾也有不同。外国人救灾是出于作为人的同情心、基督教义，不是罗斯福、丘吉尔、墨索里尼发怒后发的命令；中国没有同情心，没有宗教教义（蒋为什么信基督教呢？纯粹为了结婚和性交或政治联姻吗?），有的只是蒋的一个命令——这是中西方的又一区别。

那么中国政府又是怎么救灾的呢？我再引用几段资料。也许读者对我不厌其烦地引征资料已经厌烦了，但没有办法，为了保持历史的真实性，就必须这么做，烦也没办法，烦也不是我的责任，这不是写小说，这是朋友交给我的任务与我日常任务的最大区别。我也不想引用资料，资料束缚得我毫无自由，如缚着绳索。但我的朋友给我送了一大捆资料。我当时有些发怵："得看这么多资料吗？"

朋友："为了防止你信马由缰和瞎编！"

所以，我只好引用这些资料。至于这些资料因为朋友的原因过多地出现在我的文字里，请大家因为我暗含委屈而能够原谅我。

中国政府在一九四三年救灾的资料：

△委员长下达了救灾的命令。

△但是，愚蠢和效率低下是救济工作的特点。由于各地地方

官员的行为恶劣，可怕的悲剧甚至进一步恶化。

△本来，陕西省与河南省相毗邻，陕西的粮食储存较为丰富，作为一个强有力的政府，就应该下令立刻把粮食从陕西运到河南以避免灾祸。然而，这样一来便有利于河南而损害了陕西，就会破坏政府认为必不可少的微妙的权势平衡，而政府是不会答应的。（中国历来政治高于人，政治是谁创造的呢？创造政治为了什么呢？）此外，还可以从湖北运送粮食到河南，但是湖北的战区司令长官不允许这样做。

△救济款送到河南的速度很慢。（纸币有什么用，当那里再无食物可以购买的话，款能吃吗？）经过几个月，中央政府拨给的两亿元救济款中只有八千万元运到了这里。

甚至这些已经运到的钱也没有发挥出救灾作用。政府官员们把这笔钱存入省银行，让它生利息；同时又为怎样最有效地使用这笔钱争吵不休。在一些地区，救济款分配给了闹饥荒的村庄。地方官员收到救济款后，从中扣除农民所欠的税款，农民实际能得到的没有多少。就连国家银行也从中渔利。中央政府拨出的救济款都是面额为一百元的钞票。这样的票面已经够小了，因为每磅小麦售价达十元至十八元。但是，当时的粮食囤积者拒绝人们以百元票面的钞票购买粮食。要购买粮食的农民不得不把这钞票兑换成五元和十元的钞票，这就必须去中央银行。国家银行在兑换时大打折扣，大钞票兑换小钞要抽取百分之十七的手续费。河南人民所需要的是粮食，然而直到三月份为止，政府只供应了大约一万袋大米和两万袋杂粮。从秋天起一直在挨饿的三千万河南人民，平均每人大约只有一磅粮食。

△救灾之时，农民们仍处在死亡之中，他们死在大路上、死

在山区里、死在火车站旁、死在自己的泥棚内、死在荒芜的田野中。

当然，并不是所有的政府官员都这么黑心烂肺，看着人民死亡还在盘剥人民。也有良心发现，想为人民办些好事或者想为自己树碑立传的人。我历来认为，作为我们这些普通百姓，只要能为我们办些或大或小的好事，官员的动机我们是不追究的，仅是为了为人民服务也好，或是为了创造政绩升官也好，或是为了向某个情人证明什么也好，我们都不管，只要为我们做好事。仁慈心肠的汤恩伯将军就在这时站了出来，步洋人的后尘，学洋人的样子，开办了一个孤儿院，用来收留洋人收剩余的孤儿。这是好事。汤将军是好人。但这是一个什么样的孤儿院呢？白修德写道：

在我的记忆中，中央政府汤恩伯将军办的孤儿院是一个臭气熏天的地方。连陪同我们参观的军官也受不了这种恶臭，只好抱歉地掏出手绢捂住鼻子，请原谅。孤儿院所收容的都是被丢弃的婴儿，四个一起放在摇篮里。放不进摇篮的干脆就放在稻草上。我记不得他们吃些什么了。但是他们身上散发着呕吐出来的污物和屎尿的臭气。孩子死了，就抬出去埋掉。

就是这样，我们仍说汤将军好。因为汤将军已是许多政府官员和将军中最好的了。就是这样的孤儿院，也比没有孤儿院要好哇。

还有的好人在进行募捐和义演。所谓募捐和义演，就是在民间募捐，由演员义演，募得义演的钱，交给政府，由政府再去发放给灾民。一九四二年的《河南民国日报》，在十一月份的报纸上，充斥了救灾义演、救灾音乐会、书画义卖、某某捐款的报道。我所在家乡县的县政府韩书记，就曾主持过一场义演。我相信，参加募捐和义演的人，心都是诚的，血都是热的，血浓于水，流下不少同情我们的眼泪。但问题是，募捐和义演所得，并不能直接交到我们手中，而是要有组织地交给政府，由政府再有组织地分发给灾民。这样，中间就经过许多道政府机构——由省到县，由县到乡，由乡到村——的中间环节，这么多道中间环节，就使我们很不放心了。中央政府的救济款，还层层盘剥，放到银行生利息，到了手中又让大票兑小票，收取百分之十七的手续费；这募捐和几个演员赚得的钱，当经过他们手时，能安全迅速通达到我们这里吗？我们不放心哩。

这些就不说了。政府是爹娘，打骂克扣我们，就如同打掉我们的牙我们可以咽下；问题严重还在于，我们民间一些志人志怪、有特殊才能的人，这时也站了出来。不过不是站到我们灾民一边——站在我们一边对他有什么用呢？而是站在政府一边，替政府研究对付饥饿的办法。如《河南民国日报》一九四三年二月十四日载：

财政科员刘道基，目前已发明配制出救荒食品，复杂的吃一次七天不饿，简易的吃一次一天不饿。

任何一个中国人，五十年后，在读到这条简短消息时，我想情感都是很复杂的。看来不但政府依靠不得，连一个科员，我们自己的下层兄弟，也指望不得了。如这种发明是真实的，可行的，当然好；政府欢迎，不用再救灾；我们也欢迎，不用再死人。不但当时的政府欢迎，在以后几十年的中国历史上，饿死人的事也是不断发生的，如有这种人工配制吃一次七天不饿的东西，中国千秋万代可保太平。但这种配制没有流传到今天，可见当时它也只是起了宣传作用、稳定人心作用，并没有救活我们一个人。也许刘道基先生是出于好心、同情心、耐心和细心，也许想借此升官，但不管他个人出于什么动机，这配制也对我们无用。我们照常一天一天在饿死，死在大路上、田野中和火车站旁。

——这就是一九四三年在蒋介石先生领导下的救灾运动。如果用总结性的话说，这是一场闹剧，一场只起宣传作用或者只是做给世界看做给大家看做给洋人洋人政府看的一出闹剧。委员长下令救灾，但并无救灾之心，他心里仍在考虑世界和国家大事，各种政治势力的平衡。这是出演闹剧的症结。闹剧中的角色林林总总，闹剧的承受者仍是我们灾民。这使我不禁想起了毛泽东的一句话：问苍茫大地，谁主沉浮？我说：我们死不死，有谁来管？作为我们即将死去的灾民，态度又是如何呢？《大公报》记者张高峰记载：

河南人是好汉子，眼看自己要饿死，还放出豪语来："早死晚不死，早死早托生！"

娘啊，多么伟大的字眼！谁说我们的民族没有宗教？谁说我们的民族没有向心力，是一盘散沙？我想就是佛祖面临这种情况，也不过说出这句话了。委员长为什么信基督呢？基督教帮过你什么？就帮助你找了一个老婆；而深入中国人灵魂深处的佛家教义，却在一九四二至一九四三年，帮了你政治的大忙。

当然，在这场灾难中，三千万河南人，并不是全饿死了，死的还是少数：三百万。十分之一。逃荒逃了三百万。剩下的河南人还有两千多万。这不死的两千多万人，在指望什么呢？政府指望不得，人指望不得，只有盼望大旱后的土地，当然，土地上也充满了苛捐杂税和压榨。但这毕竟是唯一可以指望的东西。据记载，大旱过后的一九四三年冬天（指年初的冬天），河南下了大雪；七月份又下了大雨。这是好兆头。我们盼望在老天的关照下，夏秋两季能有一个好收成。只要有了可以果腹的粮食，一切都好说，哪怕是一个充满黑暗、丑恶、污秽和盘剥的政府，我们也可以容忍。我们相信，当时的国民政府，在这一点上，倒能与我们心心相通，希望老天开眼，大灾过去，风调雨顺，能有一个好收成。不然情况继续下去，把人一批批全饿死了，政府建在哪里呢？谁给政府中的首脑和各级官员提供温暖的住处和可口的食物然后由他们的头脑去想对付百姓的制度和办法也就是政治呢？人都没有了，它又去统治谁呢？但老天没有买从政府到民众两千多万人的账，一九四三年祸不单行，大旱之后，又来了蝗灾。这更使我们这些灾民的命运雪上加霜。

第六章

蝗灾发生于一九四三年秋天。关于蝗灾的描写，我知道主编《百年灾害史》的朋友另有安排，我这篇《温故一九四二》，重点不在蝗虫。关于蝗虫，中国历史上有更大规模的阵仗；另一位我所敬重的朋友，正在描写它们。但这并不影响我对它们的提及，因为我们分别描写的是不同年代的蝗虫。他写的是一九二七年的山东的蝗虫，我写的是一九四三年生活在我故乡的蝗虫，蝗灾相似，蝗虫不同。据俺姥娘说，一九四三年的蝗虫个大，有绿色的（我想是年轻的），有黄色的（我想是长辈），成群结队，遮天蔽日，像后来发生的太平洋战争或诺曼底登陆时的轰炸机机群一样，老远就听到嗡嗡的声音，说俯冲，大家都俯冲，覆盖了一块庄稼地；一个时辰，这块庄稼地就没有了。一九四三年的春天，风打麦，颗粒无收；秋天又遇到蝗虫，灾民的生活，就可想而知了。蝗虫来了，人死了，正在继续一批一批地死去。据俺爹俺姥娘讲，蝗虫不吃绿豆，不吃红薯，不吃花生，不吃豇豆，吃豆子、玉米、高粱。为了维护自己的生命，我故乡还没死光的难民，与蝗虫展开了大战。政府我们没办法，它的盘剥和压榨往往通过一架疯狂运转的机器，何况他们有枪；但蝗虫我们可以面对面地与它作战，且没有谋反暴动的嫌疑。这是蝗虫与政府的区别。怎么搏斗？三种办法：一、把床单子绑在竹竿上挥舞，驱赶蚂蚱。但这是损人利己的做法，你把蚂蚱赶走，蚂蚱不在你这块田里，就跑到了别人田里；何况你今天赶走，明天就又来了。二、田与田之间挖大沟，阻挡蚂蚱的前进。蚂蚱吃完这块地，向另一块转移时，要经过大沟，这时就用舂米的碓子砸蚂蚱，把它们砸成烂泥；或用火烧；这种做法有些残忍，但消灭蝗虫较彻底；我想被乡亲们杵死的蚂蚱，也一定像当年饿死的乡亲一样多。三、求神。我姥娘就到牛进宝的姑姑所设的香坛去烧过香，求神保护她的东家的土地不受蚂蚱的侵害。但据资料表明，乡亲们所做的这一切，都是白费。蚂蚱太多，靠布单子，靠沟，靠神，都没有解决问题，蝗虫照样吃了他们的大部分庄稼。灾民在一九四二年是灾民，到一九四三年仍是灾民。

自然的暴君，又开始摇撼河南农民的生命线，旱灾烧死了他们的麦子，蝗虫吃了他们的高粱，冰雹打死了他们的荞麦，最后的希望又随着一棵棵垂毙的秋苗枯焦，把他们赶上死亡的路途。那时的河南人，十之八九困于饥饿中。

照此下去，我想我故乡的河南人，总有一天都会被饿死。这是我们和我们的政府不愿意看到的。后来事实证明，河南人没有全部被饿死，很多人还流传下来，繁衍生息，五十年后，俨然又是在人口上的中国第二大省。当时为什么没有死绝呢？是政府又采取什么措施了吗？不是。是蝗虫又自动飞走了吗？不是。那是什么？是日本人来了——一九四三年，日本人开进了河南灾区，这救了我的乡亲们的命。日本人在中国犯了滔天罪行，杀人如麻，血流成河，我们与他们不共戴天；但在一九四三年冬至一九四四年春的河南灾区，却是这些杀人如麻的侵略者，救了我不少乡亲们的命。他们给我们发放了不少军粮。我们吃了皇军的军粮，生命得以维持和壮大。当然，日本发军粮的动机绝对是坏的，心不是好心，有战略意图，有政治阴谋，为了收买民心，为了占我们的土地，沦落我们的河山，奸淫我们的妻女，但他们救了我们的命；话说回来，我们自己的政府，对待我们的灾民，就没有战略意图和政治阴谋吗？他们对我们撒手不管。在这种情况下，为了生存，有奶就是娘，吃了日本的粮，是卖国，是汉奸，这个国又有什么不可以卖的呢？有什么可以留恋的呢？你们为了同日军作战，为了同共产党作战，为了同盟国，为了东南亚战争，为了史迪威，对我们横征暴敛，我们回过头就支持日军，支持侵略者侵略我们。所以，当时我的乡亲们，我的亲戚朋友，为日军带路的，给日军支前的，抬担架的，甚至加入队伍、帮助日军去解除中国军队武装的，不计其数。五十年后，就是追查汉奸，汉奸那么多，遍地都是，我们都是汉奸的后代，你如何追查呢？据资料记载，在河南战役的几个星期中，大约有五万名中国士兵被自己的同胞缴了械。我们完整地看一下资料：

一九四四年春天，日军决定在河南省进行大扫荡，以此为他们在南方进行一次更大规模的攻势做准备。河南战区名义上的司令官是一位目光炯炯的人物，名叫蒋鼎文。在河南省内，他最拿手的好戏是在他的辖区内恐吓行政官员。他曾责骂河南省主席，使这位主席在恐慌之中与他合作制定了一个计划，这个计划剥夺了农民手中最后一点粮食。日军进攻河南时使用的兵力大约为六万人。日军于四月中旬发起攻击，势如破竹地突破了中国军队的防线。这些在灾荒之年蹂躏糟蹋农民的中国军队，由于多年的懒散，它本身也处于病态，而且士气非常低落。由于前线的需要，也是为了军官们自己的私利，军队开始强行征用农民的耕牛以补充运输工具。河南是小麦种植区，耕牛是农民的主要生产资料，强行征牛是农民不堪忍受的。

农民们一直等待着这个时机。连续几个月以来，他们在灾荒和军队残忍的敲诈勒索之下，忍着痛苦的折磨。现在，他们不再忍受了。他们用猎枪、大刀和铁耙把自己武装起来。开始时他们只是缴单个士兵的武器，最后发展到整连整连地解除军队的武装。据估计，在河南战役的几个星期中，大约有五万名中国士兵被自己的同胞缴械了。在这种情况下，如果中国军队能维持三个月，那真是不可思议的事情。整个农村处于武装暴动的状态，抵抗毫无希望。三个星期内，日军就占领了他们的全部目标，通往南方的铁路也落入日军之手，三十万中国军队被歼灭了。

日本为什么用六万军队，就可以一举歼灭三十万中国军队？在于他们发放军粮，依靠了民众。民众是广大而存在的。一九四三年至一九四四年春，我们就是帮助了日本侵略者。汉奸乎？人民乎？白修德在战役之前采访一位中国军官，指责他们横征暴敛时，这位军官说："老百姓死了，土地还是中国人的；可是如果当兵的饿死了，日本人就会接管这个国家。"这话我想对委员长的心思。当这问题摆在我们这些行将饿死的灾民面前时，问题就变成：是宁肯饿死当中国鬼呢？还是不饿死当亡国奴呢？我们选择了后者。

这是我温故一九四二，所得到的最后结论。

附　录

温故一九四二、一九四三年时，除了这场大灾荒，我感兴趣的，还有这些年代所发生的一些杂事。这些杂事中，我最感兴趣的，是从当时的《河南民国日报》上，看到两则离异声明。这证明大灾荒只是当年的主旋律，主旋律之下，仍有百花齐放的正常复杂的情感纠纷和日常生活。我们不能以偏概全，一叶知秋，瞎子摸象，让巴掌山挡住眼。这就不全面了。我们不能只看到大灾荒，看不到人的全貌。从这一点说，我们对委员长的指责，也有些偏激了。另外，我们从这两则离异声明中，也可以看到时代的进步。下边是全文：

紧要启事

缘鄙人与冯氏结婚以来感情不和难以偕老经双方同意自即日起业已离异从此男婚女嫁

各听自便此启

张荫萍冯氏启

声明启事

敝人旧历十二月初六日赴洛阳送货敝妻刘化许昌人该晚逃走将衣服被褥零碎物件完全带走至今数日音信全

无如此人在外发生意外不明之事与敝人无干自此以后脱
离夫妻关系恐亲友不明特此登报郑重声明偃师槐庙村中
正西街门牌五号田光寅启

    一九九三年十二月北京十里堡

前　科

——谈天说地之八

陈建功

一

"作家，试试吗？"

当啷啷，苏五一把手铐掏出来了。怪不得他的裤兜儿老那么鼓鼓囊囊，原来揣的是这玩意儿，他的手背向上弓着，把这玩意儿拢在他的手指头中间。这手特白，还又瘦又长，就跟眼下酒桌上时髦的，被漂白过的凤爪一样。这又让我想起了一位当钢琴家的朋友，那一位的手也是这样，修长的，白皙的，没事的时候，很悠闲地很绵软地待在袖管里，一旦搁到了琴键上，那白白的，突起的骨节，会泛出一片冷冷的辉光来，透着那么儒雅，那么自信。而现在，苏五一这只手，非但不亚于那位钢琴家，反而因为手指间有黄澄澄手铐相映照，儒雅、自信之外，更平添了几分君临天下的高傲。对这只手欣赏得正入境，只见那上拱的手背慢慢地翻将过来，亮出了张开了嘴巴的铐子。他漫不经心地举起了小臂，手腕轻轻地向前一扣——这动作真他娘的潇洒透了，像什么？像河边柳下甜言蜜语哄着姑娘的小伙子，顺手捡起了一块石头子儿，朝水里那么一丢——"当!"一道黄光朝横在我们座位前的铁栏杆飞去。"咔!"手铐的一端一下子咬住了栏杆，另一端还扯在他的手里。他直直地拽着那铁链，顺着汽车的颠动，腰长挺挺儿地颤了两下，那神气，就跟这奔驰的警车是一匹狂荡的马，而他，正拽着马缰绳，闯入了无人之境似的。

笑一笑，点点头。

其实昨天我就跟他声明过了，您就可劲儿跟我这儿"牛"吧，我愿意满足一切人的自尊心。

"怎么样？"人家还不依不饶，非得让你把"服气"那两个字明明白白地吐出来。

"挺棒的。"又点了点头，瞄了他一眼，我又说，"我敢说不棒吗？我敢那么说，您就敢把这玩意儿冲我扔过来。"

他嘻嘻地笑了起来。

正是黄昏，白花花的阳光变成了金灿灿的一抹，斜斜地照过来。小马路两旁是一排一排平房，平房的上空弥漫着纱一样的轻烟。一间一间自盖小厨房的窗口里，不断传出菜下油锅的滋啦声。一个老头儿，一耸一耸地努着嘴里的牙签儿，蹒跚地走出来，在路旁支他的帆布躺椅。一个女人，在院门口卸着自行车后架上的菠菜。几个孩子正在前面的马路中央"跳房子"……警车鸣鸣地号着，卷起一股一股烟尘，从老头儿和女人身边冲过去，从画着"房子"的路面压过去，把一张张惊愕的面孔甩到后面。

警车里唯一穿便服的，就是我了。从车窗外看热闹的人的眼神里不难看出，他们都把我当成了被抓的杀人犯，至少也是个流氓小偷儿。这挺让人觉得开心。不过，更开心的，倒是我们这股子虚张声势的劲头儿——"快来人哪！快来人吧，出事儿啦！"报案的老太太在电话里说得上气不接下气，那架势就跟她家的铺底下发现了大卸八块的尸体。听了半天才算是听明白了，不过是有那么一个在公共厕所门口耍流氓的家伙，那小子的全部罪行，也就是他不该管不住自己，向异性亮出了男性公民应该敝帚自珍的东西。再说，老太太们也已经把他扭住了，即使民警们溜溜达达到了那儿，也能稳稳当当把兔崽子擒回来。老太太们这一惊一乍的当然可以理解，在首善之区，这种听见闹猫都恨不能扭送派出所的老太太多了去啦，可我们，似乎不必这样：出动四个精壮汉子，又是提警棍，又是揣手铐，一路警笛嘶叫，闹得鸡飞狗跳的吧？

"您哪，至少，对敌人心慈手软，要不怎么您是作家呢！"苏五一不以为然地摆摆手。这当然是我预料中的。当我的心里升起这种滑稽感的时候，我已经意识到这心思瞒不过他了。当然，还把这当个事儿说，更是我的"修行"不到家的表现。只见他把目光从车窗外收了回来，头靠到靠背上，仰脸儿朝上望着。警笛仍旧在车顶上嘶叫。过了一会儿，苏五一又歪过了脑袋，高声对我说："我告诉您，逮着逮不着，那都另说，无所谓！这一趟，得让那些不安分的小子，全他妈心惊肉跳三五天是真的！这叫什么？这叫无产阶级专政的威慑力！"

我大概又笑了笑。

"啧，你看，你又不信。"

"信，信。"我说。

他斜眼看了我一眼。

"真的，挺棒。"我又补了一句。

………

警车急急地拐过一个弯儿，他的身子挤到了我的身上。

"要不，人家都说你们这号知识分子难对付呢……"他把身子往外挪了挪。

"怎么难对付了？"

"我能跟您说透吗？说透了不就不含蓄了？"他乐呵呵地晃了一下脑袋，不再说下去，把脸扭向窗外，少顷，又扭脸瞥了我一眼，笑了笑，说，"您这'挺棒'用得可够勤的呀。"

"真的挺棒。这两天净跟着您了，能不长进吗？"我说。

他不再理我，欠起身，撩开警服的前襟儿，从拴在裤腰带上的一串钥匙里，找出了一把，拽着它屈下腿挺过肚子往铁栏杆上的手铐那儿凑。车子一颠一簸，他的钥匙老是对不上，这姿势颇不雅观。终于，他把手铐打开了，坐了下来，把手铐又一次拢在那弓起的五指间。他也不说话，那捏着手铐的手，冲我的身前递了过来，我张开手掌，啪，他把它拍到了我的手里。

这玩意儿沉甸甸的，攥在手里满满一把，我把它哗啦哗啦地揉搓了几下，忽然想起北京的老头儿们喜欢揉搓的保定铁球。

我知道他这一拍是什么意思。

北京的老百姓们，对看热闹真是有无穷的兴致。新华里临街的公厕门前，居然围了密密层层的好几十号人，其中有那么几位的手里，还端着饭碗，嘴里甚至还吧唧吧唧地嚼着。简陋的公厕对他们来说，有那么点"久居鲍鱼之肆，不闻其臭"的意思，而警察抓人，不敢说千载难逢百年不遇，到底透着新鲜。热闹送到了家门口，谁要不看那可就亏了。又有谁愿错过？警车就是在这众望所归中莅临的。当我们从警车里鱼贯而出的时候，周围突然变得鸦雀无声，我却觉出了四周的每一个瞳仁里都透着的快意，透着被焕发起的期待，而那一个个瞳仁又告诉我，他们对我更是情有独钟：身穿便服的我现在已经不再让他们误认为是罪犯，相反，还就因为这身便服，再加上我的年龄，再再加上我的微凸的肚皮，我被人们看成了三个小伙儿的上司。当然，我知道，最有说服力的，是我手里攥着的黄澄澄的铐子。

"这当官儿的够派呀！"有人悄悄地说。

"至少也是个分局长！"北京的老百姓里，对自己的判断充满自信的人多如牛毛。

"让开，警察来啦！"有人高声嚷嚷。

人群闪开了一条通道，放我们走进去，随即又封死了，把我们围在中间。

那个"敝帚"不够自珍的家伙可怜巴巴地站在那儿，他的身边，是三五个臂带"联防"红箍的老头儿老太太。那家伙的年龄和我相仿，是一位眉眼清秀、白白净净的中年汉子。说实在的，也就是这会儿我才仿佛突然明白，原来这耍流氓的人，并不见得全是满脸横肉。不过，不管怎么说，眉清目秀的流氓比起满脸横肉的流氓来，好像总是有那么点让人惺惺惜惺惺似的。比如眼前的这位，一脸沮丧。下颌还有点微微发抖。这模样就让我这心里挺不落忍：这人就算不是有病，也可怜得可以，不然，得熬到什么份儿上，才色胆包天，敢冒天下之大不韪，干出这等事？……想归想，脸上还是正气凛然的——我们干什么来啦？何况，苏五一岂止正气凛然，这会儿应该说威风八面。

"是你吗？耍流氓的？"挑出一根修长白皙的中指，戳了戳那位的肩膀。

实话跟您说，事后我偷偷试了半天：一会儿伸出食指，一会儿伸出中指，试了无数回，我觉得，伸食指要比伸中指方便得多，令人百思不解的是，苏五一为什么要舍易就难，偏偏要挑出根中指来？

"是他，就是他！"不等那可怜的家伙说话，老太太们先七嘴八舌地告发起来。

"冲谁耍流氓啦？事主在不在？"苏五一扬起下巴，目光在周围的人群里搜寻。

老太太们闪开了身子，从身后推出了一个面红耳赤的姑娘。

"他冲你耍流氓了？"

"啊，是，我……我刚从厕所出来，他就……就……"姑娘的目光游移，支支吾吾。

"行啦，你也甭说啦，跟着上派出所去一趟。"苏五一说完了，回头看了看我，我知道，该我上了。

刚才把手铐拍过来，就是这意思。

在电影电视里，是看见过警察给犯人铐手铐的，譬如美国的警察，往往抡起手铐那么一钩，就跟肉店的伙计抡起大铁钩子，往整扇的猪肉上甩似的。中国的警察庄严一点，没这么随便，可也够利索的了：郑重地走到犯人面前，啪，啪。左一下，右一下，拍两下巴掌，那手铐也铐上了。这回轮到自己来一回了，美国警察那一手咱玩不了，咱就中国特色吧。板着脸，郑重其事地走过去，这会儿心里突然冒出了一股子什么滋味？还真有点说不清道不明的。是不是有那么点发虚，好像老大对不起人似的？甭管怎么说，您铐的可是一个大活人哪，咱从来都是"宁可天下人负我，不可我负天下人"不是？再说，咱也没干过这茬活儿，不知怎么下手哇。那家伙倒挺自觉，看我拿着手铐过去，早早儿就把胳膊抬起来，把手并一块儿，伸过来了。我把半月形的一半托在他的一只手腕上，把另一半扣过去。也邪了，电影里看民警啪啪那两下子，觉得那手铐挺松快的呀，轮到自己上去铐了，这才觉得这手铐的钢圈并不算大，真的也啪啪，弄不好就得把人家白生生的手腕子给夹了。我用一只手托着手铐的一半，另一只手的手指把那手腕上的皮肉往边儿上推，趁着有了那么一点空隙，将那手托的另一半一压，只听咔的一声，算是把一只手给铐上了。我拎起手铐的另一头，找犯人的另一只手腕的时候，苏五一过来了。拍了拍我的肩膀，插到我和犯人中间。我知趣地让开了地方，只见他漫不经心地提起了手铐，当它再被提起的时候，钢圈的两瓣已经张开了。像一位说快板书的，立起了那两块竹板儿，马上就要击板开说一样。那"竹板儿"凑到犯人的手腕边，只见上边的那一瓣猛地向下一扣，啪，大功告成，一个黄澄澄的圆，把那白生生的手腕箍了进去……

警车依然呜呜地叫，拉着我们回派出所。

"戴手铐的旅客"，蹲在一进车门的空地儿上。

我在外地坐长途车旅行的时候，见过那些走亲戚的农民带上车的鸡，它们被缚住双足，也是被扔在那个地方。

我坐在前排，他就蹲在我的膝盖前面。

"首长，首长，我……我错了，我认罪，您打我，骂我吧，罚钱也行……可我……我求您，甭告诉我爱人，行不？我求您……"他突然趴到了我的脚下，先是结结巴巴地说，一会儿竟呜呜地哭起来了。

"别，别介!"我赶紧把被他攥住的脚缩了回来，那会儿好像已经忘了这是你抓来的违法分子了，竟手足无措地喊了起来。

要命的是，他居然也把我当成了"首长"?

"去!"苏五一伸过他的脚，把脚尖往远处点了点，示意这位离远点。

他乖乖儿地退了回去。

"这人哪，老是处理不好'老大'跟'老二'的关系，你说，这是怎么回事?……没辙，这'老二'，就是调皮，一不当心，就给'老大'找了麻烦啦!"也不知道苏五一是在对我说，还是在自言自语。听下去，才明白他是在教育蹲着的那位，"早知今日，何必当初?'老大'管严点啊，净让'老二'乱跑，也不讲个交通秩序，违章了吧?后悔了吧……"

那位不再吱声。

苏五一也不再说什么，头靠到座席靠背上，闭目养神。

"我说'首长'，"苏五一的眼睛仍然在闭着，"您对这些家伙挺仁义的呀……"

"谁?我?"我冲蹲着的那位瞟去一眼，扭脸看着苏五一，他的眼睛现在算是睁开了。

"可不，您没瞧您刚才铐手铐那架势呀。那哪是铐手铐哇，那是萨马兰奇给奥运会的金牌得主发奖啊!"

…………

二

早在六年前就想写这篇小说了，不信您可以查一查1987年年初的《光明日报》。那时候我刚刚写完了《鬏毛》，反应挺"火"，于是就来了个《光明日报》的女记者韩小惠，说是想写写"作家动态"，请问下一步的打算。按说一个写家是不应该早早就为自己尚未出世的作品做广告的，不过，她可是个老朋友了，甚至在我开始学着写小说的时候，和她就是"一条战壕里的战友"——我们一起被《北京文学》约稿，凑到一块儿写小说。后来各行其道，却也离不开舞文弄墨，这么久的交情，是很难不从实招来的。这么着，《前科》也就早早儿地被预报出去了。

然而，到了今天才写。

或者说，到了今天，才算是有了一点写下去的把握。

我不知道别的写家是不是也会遇到和我类似的困难，唯独我一个人低能也未可知。

之所以写不下去，是因为对这位苏五一最初的心思，总是琢磨不透。

这位苏五一现今已经成了我最好的朋友之一，时不时就过来看看我，有时候甚至是他夜里巡逻的时候，没什么事了，偷偷上楼来陪我喝二两。有时候专门给我带来一位有趣的人物，为我提供很多趣闻。当然，更实际的帮助也有：冬储大白菜的时候，他率领他们所里的几位小民警，把一抱一抱的大白菜给我送上了楼。最有趣的是，有一次他在现场值勤中不知怎么逮着了一部"大哥大"，深更半夜给我打过来，对他们正在进行的任务来了一次"现场直播"："……我们在楼丛里猫着呢，真××冷。您说，这叫人干的活儿吗？那家黑着灯，没动静……您说什么？……没事，我这用的不是执勤的电话，是一个小子借我的，大款的，没错儿，'大哥大'……闷得慌啊，跟您聊聊哇，您不就想打听这玩意儿，写出来骗钱吗！……没错儿，这滋味儿真××不好受，一宿哇！……得，不能跟您说了，那边过来一个人影儿，保不齐兔崽子回来了……哦，不是，咱接着聊……我们派人去看了！派街道居委会的老太太去的，嘻，假装收救灾的捐款呗……说朝里屋看啦，没动静。我们估计这小子得……得，甭说了，这回是真的回来了……"

交情到了这个份儿上了，还是没好意思问他，您当初跟我这儿人模狗样的，是当真，还是装孙子呀？

中国这地面上的人物，有时候就是让人眼晕。往高了说，毛泽东见了斯大林，谈了一溜够，也没让伟大的斯大林明白他想的是什么，愣把伟大的导师急得眼儿绿。这毛泽东还是湖南人氏呢，要是北京人氏，不得气得导师把盒子炮拍出来？

北京人的正话反说，反话正说，有时候连最地道的北京人听着都不把牢。

有一位上海来的编辑到我家，抱怨北京的某某作家不通情理。

"他怎么能说我是骂他？我怎么能骂他？我是诚心诚意地去约稿的呀！他可好，听我说了一大堆好话，最后倒跟我这儿板了脸，说：'您这可是骂我。'我……我……说的真的全是好话，也全是真心话，我可没有半点讽刺的意思。再说，我又何必偏挑向您求稿的时候讽刺您？……"

我忍不住哈哈大笑："他应该怎么说？在您说了一大堆好话以后。他说'谢谢！——Thank you'？那说不定是个老外。他说'过奖过奖，不敢当，不敢当'？俗了。北京人哪能俗哇。他不给您来个正话反说，怎么能透着幽默？"

有一位记者到我家，嘲笑王朔"放狂话"。

"狂得可以，狂得可以?! 说他那《爱你没商量》一不留神就写成《红楼梦》，顶不济也是一本《飘》。你们北京的侃爷，可真敢吹!"

您瞧，王朔该怎么说才好? 说我这剧比《红楼梦》差一大截儿，比《飘》也还有一段儿? 傻不傻? 要要小聪明，来个反话正说吧，还是没有人听明白，惹出一肚子气来。

北京人哪，难怪您老是让人摸不透，您又老是让人觉得挺有味儿。

我自认为这双贼眼还是能分得清谁说的是真话，谁说的是假话，什么是正话，什么是反话，哪样儿是玩笑，哪样儿是认真的，毕竟在北京混了这么多年。

可想想和苏五一开初认识的那几天，我还是一阵阵儿犯嘀咕：那会儿，他是在正儿八经地"教育"我呢，还是跟我开心打镲玩儿呢?

三

不要说在警察里了，搁哪儿，苏五一也够得上是个美男子。

小伙子身材挺拔，高鼻梁，低颧骨，下巴微翘，薄唇紧闭，满脸英武之气。他又属于那种注重仪容的人，坐定的时候，永远把大檐儿帽摘下来，露出一头柔软细密的黑发。起身的时候呢，几乎每一次都举起右手，叉开修长的五指，顺着发型，梳理一下，这才小心翼翼地戴上他的大檐儿帽。后来我才知道，我们相识那几天，他正搞着对象。有时候，我们正说着事儿。他忽然说："哟，我有点事儿，您先待着! 一溜烟儿地走了，有时候，都到伙房买下各自的饭了,他却不吃了,不知干什么去了。

其实他去的地方不远,就在派出所旁边的一栋楼上,那是他的女友的家。他结婚以后才告诉我:"那会儿我没少了盯着她家窗台儿上那盆花!她妈不在家,我就偷空儿去会会。中午要是家里有好吃的呢,也有暗号通知我——她妈老说:'哟,小苏子,你怎么那么有口福哇,老赶上我们家吃好吃的!'……"

苏五一的聪明,当然不是光用在搞对象上了。跟了他几天,我才知道"管片儿民警"有那么大的学问。他把管片儿里所有地痞流氓不良少年的外号背给我听——大龙小凤泥鳅狗蛋二刁四喜傻鹿愣青茄皮儿紫包儿告瓜儿蛐蛐儿大肚儿小瘪儿……他记得滚瓜烂熟像是背绕口令。他还知道大龙和二刁争风,小凤和四喜吃醋,蛐蛐儿和茄皮儿"叫横",大肚儿和小瘪儿"谁也不夹谁"……至于这帮小子谁专事偷鸡,谁专事摸狗,谁惯于溜门谁长于劫道,甚至谁撬锁爱用改锥,谁撬锁喜用铁棍,谁习惯自上往下掰,谁习惯从下向上扛,他全都了如指掌。因此,哪儿出了案子,只要他到现场看看,说不定就能圈出自己管片儿里嫌疑分子的名单来。管片儿民警的差使,也不光是破案。就说苏五一,没少了给管片儿里的孤老户干活儿,甚至连在服刑的犯人的家属都得侍候。换煤气罐啦,买取暖的煤啦,虽然在那连绵不绝的感激声中,他会骂骂咧咧地说:"得啦得啦,给您家那不争气的东西写封信,争取早点回来,让咱也少受这份累,比什么都强!"……

我们认识的当天办的第一桩案子,是传唤东华里的"黑子"。

东华里、新华里和我家那栋楼眼皮底下的兴华里,都是苏五一的"管片儿"。苏五一说,钢材厂丢了300公斤钢锭,一卷电缆,他怀疑是黑子干的。

那天中午快吃饭的时候，黑子被传唤来了。

一看其样便知，这位是在地道的北京南城外，平民百姓的排房里、大杂院里滚大的。看这类小青年有两条：第一你看他的脸上、脑袋上是不是有疤疤伤痕。穷人家的孩子，养得不那么金贵，小时候满屋里乱爬乱滚，不定哪儿就磕个口子，长个墩疮；大了呢，精力过剩，阳气充盈，一脸的"青春美丽痘"，又没人告诉他怎么整，上房揭瓦，偷鸡摸狗，让事主打，让互不服气的半大小子们打，让喝多了酒的老爹打……几乎没有不留下痕迹的。第二你得看他的眼睛，那是一双没有多少光泽的眼睛，是一双永远不会正视别人的眼睛，可你又觉得，这双眼睛的后面，好像还有另一双眼睛，在窥视你，揣摩你，特别是当他走进的不是别的地方，而是派出所的时候。

"苏叔，……您……您找我？"挺热的天，穿着一件国防绿的军裤，敞着怀，里面露着个光板儿的胸脯子，那胸脯子好像还沾了点黑黑的油泥。

如果不是这一次来了这么个差使，我对派出所的了解，也就是大门口那个办户口的屋子而已。而这位黑子却显然是常来常往的了，到了派出所，直接就找到了宿舍，推开了门，张口就喊"苏叔"。其实，这位"苏叔"一点也不比他大，从面相看，说不定比他还小。有趣的是，"苏叔"对这称呼似乎习以为常。更有趣的是，"苏叔"并不像我们在无数的电影电视里所看到的那样：把他领到一间空屋子里，让他坐到一把方凳上，自己呢，威严地坐到桌子后面，神色严峻地开始讯问。

想到这儿立刻觉得自己特可笑。因为我也准备好了，也坐到那张桌子的后面，人模狗样地板起脸子，努力从眼珠子里挤出两道凶光来。

"来啦？吃饭了没有？过来，坐这儿！""苏叔"就那么随随便便地迎过去。用手拢住了黑子的肩膀，拉他一起坐到铺板搭成的床上。

宿舍里一共住十个人，除了我们，有两位民警正在他们自己的铺上睡觉，我知道他们昨晚出了一夜现场。还有一位躺床上看《参考消息》，一边看，一边吹口哨。他们对这边的事毫无兴趣，只有我，坐在苏五一和黑子的对面，看他们真的像叔侄一样扯闲篇。

"黑子，回来以后怎么样，都干什么啦？"苏五一漫不经心地问他。

"回来"，指的是"劳教""劳改"之类。这我听出来了。

"没干什么呀，我就是跟我哥修车来着……哪儿也没去呀？"黑子翻着眼皮，那神态好像努力在想，语气却是嘟嘟囔囔的，像是受了多大的委屈。

"得嘞黑子，又跟我来这一套不是？实话跟你说，就别打马虎眼啦。想不想回家呀？带衣服来没有？不行咱们就奔分局？……我可告诉你，奔了分局我可帮不上你了，你说，咱哥们儿对你怎么样，咱哥们儿能害你吗？就这儿，说了，没事，该干吗干吗去，政府的政策也不是不知道，是不是？……"

"我……我真的没干什么？真的，苏叔，我哪儿也没去，您说，我妈刚把我给盼回来，我敢再'滋扭'吗？"还是一肚子委屈的样子。

苏五一没说话，斜着眼睛看了看他，那神情好像在运气。垂下眼睑想了想，说："你妈在家干什么呢？"

"烙饼啊。"

"你看，我就猜出来了，你们家老吃烙馅儿饼。上回路过你们家，你妈还非让我吃了一个呢。是他妈好吃！操，是你妈的馅儿饼好吃还是大牢里的窝窝头好吃？说！上回还××没吃够啊？……告诉你，你把我的中午饭可耽误了，一会儿，你可得领我回去吃馅儿饼去……"

"×。不就俩馅儿饼吗！"黑子进屋的时候，嘴角的那块肌肉是紧绷着的，说到这会儿，好像一下子放松了许多。

"这不结了？说吧，说完了咱哥儿俩一块儿，吃你妈烙的馅儿饼去，什么也不耽误！"

"……"黑子嘴角的肌肉又绷起来了。

"你可真他妈'面'！我都他妈给你把话说到这份儿上了，你还这儿给我玩'深沉'！……黑子，说不说？不说，我他妈陪着你，咱不吃馅儿饼了，咱们哪，别怄着，一块儿，分局吧！"

"苏叔，您……您别火呀。我说，我说还不行？"黑子支支吾吾，眼珠子一劲儿地往苏五一脸上瞟。

"说呀！"苏五一吼起来。不过我看得出，他那嘴角一颤，闪过一丝得意，当然，黑子是不会发现的。因为随即苏五一急赤白脸，粗声大嗓地接着跟他吼："你不能让我两头坐蜡不是？我他妈的在所长那儿一劲儿保你，这才没捕你，你可好，这儿一个劲儿给我撤劲儿。有种儿你丫的别说，死扛，你说你就是孙子，咱哥儿俩一块儿。你吃你的窝头去，我挨我的处分……"

…………

再往下，结果就不消说了。黑子反倒磕磕巴巴地求起了"苏叔"，劝他甭生气：我说还不行吗，我不说对得起您吗苏叔，我要是再跟您斗心眼儿嘿，您就×我八辈儿祖宗。"苏五一好像老大不情愿才"消了气"，起身到桌边取来纸笔，记录黑子的供述。

我不知道，苏五一后来或是时不时地用话"敲打"我几句，或是时不时让我在关键时刻上去"萨马兰奇"一回，和这时我"得罪"了他是不是有关系。不过天地良心，我绝没有一丝一毫小瞧他的意思，恰恰相反，他刚才传讯黑子来的那一手儿，已经让我服了。可我非但没让他知道我的五体投地，反倒干了一桩让人误解的蠢事。

"我……我偷了钢厂的30米电缆。"黑子一开始就交代了。

苏五一往记录纸上一笔一画地写着。他写得太慢了，我实在不明白，这么简单的几个字何以磨蹭这么半天。当然，对此道一无所知的我，只有耐心在一边熬着的份儿。再说，别看我是个写家，小伙子绝对没有启用我的意思。

"老陈，"他忽然抬起头来，"电缆的'缆'字怎么写？"

我赶忙在一张废纸上把"缆"字给他写了出来。写完了，不由得瞥了那黑子一眼，好像倒是我干了什么见不得人的事情。

回想起来，全是他娘的多心。黑子这会儿哪有心思笑话我们，他自己的账还算不过来呢，再说，他不会觉得这事有什么不正常的，可以肯定地说，他也不会写，最后看他往笔录上签名时费的那个劲儿，你就不难明白。

"我还偷过……偷过几块钢锭……"什么事也没发生似的黑子接着供。

苏五一仍然沉住了气在写着。过了一会儿，他抬头看了看黑子，又转脸儿看了看我。

我知道他要干什么，没等他开口，赶忙把"锭"字给他写了出来。

　　中午吃饭的时候，我开始干那桩蠢事，其实在干那蠢事前我还着着实实把小伙子夸了一顿，当然我不会那么肉麻，我笑着说："小苏子你小子可够毒的，让人家黑子进了套儿，把该"吐"的全"吐"了，到了儿还是把人家送进了分局。"苏五一得意地嘿嘿一笑，说："我心眼儿够好的啦，谁让他偷的超了500块？我不是对他说啦，我倒想放他，可由不得我啦。再说，我算是对得起他，我不是还跑了他家一趟，给他妈报了信儿。还把他妈烙的馅儿饼给他捎来啦。"我说："要不说你"毒"呢，到了儿还得让人家黑子感激你，下回还得上你的套儿……"这时我才很随便地说一句，往后凡有不会写的字，只管空下来，反正我也在一旁听着呢，事后补上就是了。我说，咱哥们儿不能在兔崽子面前丢份儿不是！

　　他歪过脸看了我一眼，没说什么。

　　午饭以后，我们一起去东华里的居委会了解另一桩案子。太阳很毒，眼前白花花的一片，晃得眼睛有些难睁。骑着车，沿着曲曲弯弯的胡同绕来绕去，不知怎么，苏五一好像忽然变得高兴起来。

　　"人家都说，你们这'献身文艺'的，是'卖身文艺'，是吗？"

　　"怎么个意思？"

　　"比如想演个电影电视的吧，这当女明星的，非得先跟导演睡了才行，是吗？"

　　"这我可不知道。我不认识女明星，认识，恐怕人家也不把这事告诉我。"

"噢，对了，你是写小说的。不是我说你呀，你们，闹不好更坏，写得那么花，不干那事写得出来吗？"

"别人花不花咱管不着，咱自己不花就成了。"

"你也一样，花了，恐怕也不把这事告诉我。"

我们一起大笑起来。

"我跟你说，我和那帮小流氓小痞子的打交道多了，你知道现在这犯罪率为什么这么高？我看，报上说得没错儿，全是你们这号的搞精神污染搞的！"

"是吗？"我忽然觉得特开心，我说，"要那么着，倒简单啦，把作家全他娘的逮起来，世界就干净啦。"

"逮不逮的再说，让你们来见识见识，受受教育是真的！"苏五一撇撇嘴，看了看我，"啧，你看，你笑什么，你又不信！"

"我哪儿敢不信哪，挺棒，真的，你说得挺棒。"我是不假思索地粲然一笑，把"挺棒"两个字说出来的。再也没有任何一句话更适合表达我这时的心态了。随后我很快为这两个字而越发扬扬得意起来。难怪苏五一后来说我"用得够勤的"。

"我知道这会儿你心里想什么。"苏五一说。

"说说看。"

他一笑，没往下说。

我相信我瞒不过他，就跟黑子瞒不过他一样。

"您甭老觉得冤得慌。您想啊，又不是您一个，比您有名儿的作家多啦，谁不得来呀？……再者说了，我们是什么？我们是……算了，难听，不说了，我们就是工具。今儿让我们去给专列保卫，我们就得到铁路边儿上戳着去。明儿让我们'严打'了，我们就得没日没夜地逮人……您呢，您比我们高，您有文化不是，会写字不是？那您也得想明白了，您也是工具。您不是工具，国家花钱养您干吗？让您写改革，您就得写改革；让您写整顿，您就得写整顿；让您下来跟我们转，你就得下来；甭老觉得冤。工具嘛，干他妈什么不是干？……"

"嘿，你这一套真他妈?！就冲你这一套嘿，我没白来，我来得不冤！我今儿晚上就把铺盖卷儿搬过来，就跟你学着怎么当好这工具！我明跟你说呗，你的话说到了这个份儿上，我算是彻头彻尾服了您嘞！"我喊起来。

打这儿开始没几个星期，我们就成了铁哥们儿，可说老实的，至今我也没闹明白，是他把我给"教育"好了，还是我把他给"污染"了，或者根本就说不上谁把谁怎么样，我们哥儿俩本来就都是活得挺明白的人。——不，不，还是他比我活得更明白，他棒，他把我给教育好了，我真的服了他，别看他不会写"缆"，也不会写"锭"。

四

很久以后我才明白，这地界就是这种哲学的故乡。

也是苏五一的功劳。因为他的引见，后来使我更多地结识了左近一带的居民们。

一个在新华里街边儿遛鸟的老头儿告诉我，人哪，总得有几招儿，才能活得那么踏实。

"您得听听，您得记下来，保不齐什么时候您就得用上。"他说。

他告诉我，什么时候家里出了事，譬如闹了耗子吧，可千万不能起急，也不用动气。您看看东家，再问问西家，看看他们是不是也闹耗子。没跑儿，一准儿也闹得欢着呢。那您生什么气呀，您哪，踏踏实实的，活吧。

还有呢？

还有，譬如物价涨了，您也别抱怨。您抱怨什么呀？又不只是您一家受着。别人能过，咱也能过，看谁熬得过谁。

还有呢？

还有，您老得想着，咱是草民。草民是什么意思？草！驴吃也行，马啃也行。受点子委屈，那叫委屈吗？咱有委屈吗？您有什么想不开的？活吧。

我信，因为那天我已经受过苏五一的启蒙了。

那天和苏五一分手后，满腔的郁闷一扫而光。

俗话说，退一步想，天高地阔。诚哉斯言。

一边骑着自行车往家走，一边想，刘厚明在哪个派出所呢？刘心武又在哪儿？还有理由、赵大年……这一回，全北京的作家们大概是一网打尽啦。都跟我似的，提着警棍，捏着手铐，跟在苏五一们的前后，去搜查、逮捕、审讯、取证、出现场，坐在警车里满北京号呢。

我有什么气不忿儿的？

想起了那哥儿几个可能是个啥模样，甚至忍不住想乐。

厚明会是什么模样？梗着硬化了的颈椎，也上前"萨马兰奇"一番？就他那双手？怕是连手铐怎么个铐法儿都掰扯不清吧？厚明是全国青联的副主席，虽说是虚职，这"官"还是不小的。没少了带着这个团，那个团，这回非洲，下回欧洲，替社会主义争脸。我和他一起参加过几次活动，在台底下看他主持全国青联的会，看他给人家发奖，看他给英雄纪念碑献花圈，就跟国家元首似的，还知道理理花圈上的挽带，一脸的严肃，像着呢，如果让他这样"萨马兰奇"一回，不知做何感想？

悲天悯人的刘心武呢？谦恭好礼的老北京赵大年呢？风度翩翩的报告文学家理由呢？……

妻子不在家。我们的女儿还小，为了让我安心写作，她们都在姥姥家住。车子快骑到家的时候，想起来回去还没有饭辙，拐到一家干净点的小饭铺，胡乱吃了点东西，回了家，沏上一杯茶，躺到沙发上，继续胡思乱想。

最遗憾的，是让陈祖芬逃了。其实，最该"萨马兰奇"一回的，是陈祖芬。

"哎呀，我可去不了，真的，我就怕接触那些流氓小偷，我写的全是光明的东西，我接触不了阴暗面……"据说，当文联的领导把上级的指示告诉她的时候，她在电话里急赤白脸地嚷嚷起来。

据说，这情况又被反馈回了那位发指示的领导同志那儿，那位领导语重心长地说："越是这样，越要锻炼锻炼嘛！"

没错儿，越不敢"萨马兰奇"的，就越得要她"萨马兰奇"一下！

可惜到了儿还是让陈祖芬逃了，不知是不是因为祖芬不是党员，所以他们不好再逼她。

而刘厚明、刘心武和我，简直就跟被人押送去的差不多。

那几天我们正在友谊宾馆开全国青联委员会，一辆上海轿车拉来了我们文联的书记和作家协会的书记。

这次活动的意义，早已向我们宣布过一次了："这是一场不是'运动'的运动，这是一场'深刻的运动'！"

下面的话同样在电话里给我们传达过了："所有的作家，写长篇的，放下长篇。写剧本的，放下剧本。开会的，请假。限你们三天内到公安局报到。除了老得走不动的，病得下不来床的，谁也不能例外！"

两位领导就是专程到这儿来接我们来了。

真难为这两位，看得出，他们也想不通，可还得苦口婆心地来劝我们。

那时候的我，还是个"士可杀不可辱"的我。

其实，早从苏五一那儿，或是从新华里老者那儿学一招儿，我又何必口干舌燥七窍冒烟滔滔不绝慷慨激昂了足足有三个小时？

那三个小时里我说我当然欢呼这场不是运动的运动，当然欢呼这场比土改是土改吗哦是土改欢呼这场比土改还要深刻的运动，就像我当然欢呼"反对资产阶级自由化"，欢呼"清除精神污染"，欢呼"五讲四美三热爱"，欢呼解决北京的公厕问题，欢呼"门前三包"，欢呼"禁止随地吐痰""禁止乱扔废弃物"一样。我说我对犯罪分子的仇恨一点也不比别人少。我刚买的一辆崭新的"凤凰18"，就让他娘的这帮乌龟王八蛋给偷了，我老婆回家晚点，我就得为她提心吊胆，我家门口安了两把锁，出差三天右眼皮就开始跳。我也恨不得把那些兔崽子统统枪毙可这事不是我能干的呀，我不会侦破不会擒拿不会审讯不会搜查，我不明白干吗偏偏要让我们去侦破去擒拿去审讯去搜查。受受教育？应该应该太应该了。可您不觉得这有点像以前说的，用枪杆子押着作家去深入生活的意思吗？再说您不担心我们都去写派出所拘留所，写逮捕、判刑、枪毙，可能有损社会主义的光辉，反倒造成

"精神污染"吗？再再说我正在写历史小说，写共工写颛顼写刑天写蚩尤，虽说这帮东西也闹腾得可以，可和"刑事犯罪"沾边儿吗？再再再说能不能容我写完了再去"补课"？哪怕容我写完了这一章？不然拎上个把月的手铐警棍，我的情绪怕是找不回来啦……

同样"士可杀不可辱"，同样口干舌燥七窍冒烟滔滔不绝慷慨激昂的，是刘厚明和刘心武。不过，我们的结局也都是同样的。谁也没能在那两位苦口婆心左右为难不动员成功无法复命的领导面前铁石心肠。最后，我们到底坐进了那辆"上海"轿车，让它拉着我们到了公安局，我们微笑着，和局长副局长分局长副分局长握手寒暄，我们说我们很高兴能有这样一次锤炼锻炼磨炼大开眼界的机会……然后我们又分别被送到了各自住家附近的派出所，和所长副所长指导员副指导员握手寒暄，我们说我们很高兴能有这样一次锤炼锻炼磨炼大开眼界的机会……最后，我就到了苏五一的手下。

据说，一个多月以后，当我们圆满结束了这次活动的时候，领导同志根据下面的汇报，对我们几位写家的表现是有个"说法儿"的，很不好意思，据说表现最好的，是我。我这消息的来源，是我早年写小说的入门恩师，《北京文学》的副主编周艳茹，一个最正统的共产党员。她是带着和我分享喜悦的心情跑来告诉我的："听说只有你一个人是真正深入了！你的表现最让派出所的同志满意了！你抱着铺盖卷儿去和他们'三同'——同吃同住同办案了！"

艳茹已经去世了，现在我觉得她那喜形于色的样子还历历在目。

当时我只是一笑，我没有跟她细说，我之所以有如此良好的表现，主要是因为我有结识苏五一的荣幸，他使我忽然活个明白，思路豁然开朗。

五

是的，当天晚上，我就用自行车驮着一个简单铺盖，到派出所去了。

那天正好轮到苏五一在门口的值班室值班，我去跟他一块儿。

派出所是很简陋的，据我所知，这是当时北京最艰苦的派出所之一。其实，波及北京的1976年唐山大地震都已经过去7年了，北京的地震棚也基本消灭了，这个派出所却可以说是当年遍布京城的地震棚中硕果仅存的一个。

据说老派出所在地震时成了危房，只好到这块空地上盖了一圈"干打垒"来办公。现在，它的四围，已经盖起一圈崭新的家属楼了，而派出所，还没有找到合适的地皮，更没有充足的资金。

"干打垒"围起了一个不小的院子。坐北朝南的一溜，主要是办公室、会议室，东边的两间，是伙房，东南角的一大间，因为是在院子一进门的地方，所以成了接待来访，受理报案，办理户籍的值班室，剩下的南房和西房，就都是民警们的宿舍了。

院子里立了几根水泥柱，拉着两行铁丝，上面老是挂满了民警们的衣物。西北角有一个砖砌的盥洗池，从早到晚，不断地有民警在那边儿上刷牙洗脸，可见他们谁也说不好什么时候能睡觉，什么时候才起床。平常的日子，他们分成两班，每天都要有一班人在所里待命，以应付各种任务。可"严打"这日子，已经没有待命这么一说了，警车没日没夜地出动，甚至连警车都不够使的了，从附近的单位又借来了一辆吉普车，一辆面包车，公安分局的预审处也不够用的了，包下了一家很大的旅馆，各派出所逮来的罪犯，够条件的就"报捕"，分局长一批，警车就呜呜地往那儿送。别说民警们一个个熬成个什么样儿了，就连围在"干打垒"四周楼房里的住户，也都给熬得五脊六兽的。

我到了派出所的门外，从自行车后架上卸下驮来的铺盖的时候，警车正好也停在了门口，从车里下来了一个姑娘，她的后面，跟着一个女民警。

那姑娘相貌平平，看那肤色有些像农村人。穿着一条深灰色的的确良裤子，上身是一件紫红色的的确良长衬衫，手里提着一个尼龙网兜，里面装着一些简单的生活用品：毛巾、漱口杯、卫生纸之类。又逮来一个？卖淫还是偷盗？我愣愣地打量她。她往派出所的门里走的时候，歪过脑袋瞥了我一眼，我至今认为就是因为这一眼，才给我带来了那个让人哭笑不得的故事。

和苏五——道在值班室里待了一会儿我就明白，我的铺盖带得实在是多余。值班室的一个角落里倒是立着两张钢丝折叠床，可什么时候能睡下且不必说了，什么时候这值班室里能消停一会儿，让我们有空闲打开这床，铺开那铺盖，都大成问题。

值班室简直是一个不断上演、交叉上演一幕幕小品的小舞台。

九点一刻的时候，送来了一个醉鬼，蹬三轮儿的"板儿爷"说："他说他到永定门，可永定门哪儿啊？到了永定门，这位呼呼睡个不醒，不管你怎么问，也问不出个屁来了。永定门大了去了，我横不能把他扔在永定门大街上吧。明儿您再在大街上见着个尸首，给我安个谋财害命的罪。得嘞，我不要车钱啦，把他给您搁派出所来吧！……"板儿爷还没出门，又进来两位，河南驻马店来的，住下了什么什么旅馆，上街逛。天一黑，找不回去了，只好找到派出所来了。那醉鬼倒不碍事，倒在一米高的柜台底下打上呼噜了，苏五一说，先甭理丫挺的，丫挺的且睡呢，今儿晚上不用咱把被子匀给他就不错。他坐到桌面上，详细询问那俩"驻马店"，还没问出个所以然，拉拉扯扯进来了五个人，一下子把值班室的门口挡个密不透风，后面还跟着一群看热闹的，黑咕隆咚的不知有多少位。

"民警同志，你给评评这个理，我的孩子，我让她回家，他凭什么拦着，凭什么？"那个五十岁上下的女人说。

"我不拦，我不想拦，可我得找派出所说明白，不然你把孩子领走了，出了什么事，我担待不起！"另一方是个六十岁开外的老爷子。

"我不回去，我不回去，我怕我妈打我，她肯定打我！"女孩儿倒没有哭，可她铁青着脸，躲闪着她的母亲，往老爷子身后藏。

"瞧见啦瞧见啦，是我拦她吗？您说，这么着出门，她们娘儿俩不得打起来？"

"那你别管，我家的孩子，我们做家长的，有找她回家的权利。"女人身后一直没说话的一个男人开了腔，"你们家私自扣我们的孩子，这……这就是违法的……"

"可孩子现在在我们家，我们家秋子又没在家，你们非拉她走，有个三长两短，我们怎么交代？"一个三十多岁的男人帮那老者，看那模样，是他的儿子。

"你别搭茬，我们孩儿她舅还没说完呢，你听我们孩儿她舅的，她舅是科长……"来说"权利""违法"之类的那位，是"孩儿她舅"，原来又是个科长，怪不得比起那几位来，有那么点"端"。衣着也透着不同，不到五十岁，肚子有那么点鼓，绷着一身的确良做的短袖猎装，还真有点"派"。

没想到，那女人对"孩儿她舅"职位的宣布，好像没有多少威慑力，那老者和他的儿子还是喋喋不休地声明，自己家绝无扣人之意，但必须到派出所来，当着民警的面交人，而且，还得要求她当面下保证，保证女孩的安全。

"老说这个，老说这个，我让你们听我们孩儿她舅说完行不行？她舅是科长。"女人又一次搬出自己的弟弟。

…………

苏五一也不着急，就跟看小品似的看看这位，看看那位，有时候也不看，想起了什么，翻翻电话本，又打个电话，替"驻马店"问旅馆的事。问完了，接着看。看一会儿，又找出一张小纸片儿，往上唰唰地写什么，看来是给那"驻马店"用的地址。写完了，又接着看，然后把纸片儿给了"驻马店"，让他们出门，打的，走人。

"行了！完了没有？""驻马店"走了，苏五一好像也腾出精神来了，从桌面上跳下来，冲女人老者孩儿舅喊了起来，"一个一个说，瞎吵，想不想让我听明白？"

女人说："对，一个一个说。民警同志，您先听我们孩儿她舅的，她舅是科长！"

"是吗？"苏五一歪过脑袋瞥了"她舅"一眼。

"对，机械厂总务科的。""她舅"递过来一张名片，清了一下嗓子。

苏五一捏着名片，懒洋洋地说："我跟您说，您，先别说，别说……您先办这么一件事，就这会儿，也别远了，到永定门火车站，拿块砖头，朝那人多的地界来一下子。砸着的那位，您问问他，一准儿，是个处长！……您是科长不是？那就先甭说了，再过两年，继续进步了再说吧……"

除了女人和"她舅"，大伙儿都笑了。

"你多大啦？"苏五一也不笑，开始掉脸儿问那女孩。

"十五。"女孩的回答让我一愣，看她身段，说二十你也得信。

"十五？十五你不跟家待着，到人家家里干什么？"

"我妈老打我，骂我，我……我就到秋子家去了……"

"秋子是我那儿子，他俩搞对象呢。"老者说。

"行了行了，别说了，我全明白了。"苏五一伸出右手，张开个巴掌，在脸上一通胡噜，胡噜痛快了，看了看老者，说："你可真敢干，想抱孙子也没有这么急的。鼓动着儿子搞十五岁的，你还替你们家儿子看着，调教人家的闺女，不让她回家，你就不怕犯法？"

…………

"你，更够呛！当妈的，别以为自己没事儿！这么大的闺女，看都看不住，拉也拉不回，这妈，还当个什么劲儿！我告诉你，当妈当不好，也犯法！有胆儿你把她接回去接着打，再打跑了，我跟你要人！"

…………

都不说话了。

"说呀，怎么办?"苏五一高声问。

还是没有人说话。

"不说，可就听我的了! 都到边儿上去，一人给我写篇保证书来……你，保证不打她，让她好好回家! 你，保证不留她，不许她再到你家过夜。听明白啦?"

都说明白了，都到一边写去了。

…………

就这样，一幕幕小品热热闹闹地在值班室里上演，直到凌晨三点，上报的频率才渐渐地放慢了。

那醉鬼还在柜台下瘫着，呼噜声越发惊天地泣鬼神。这呼噜打得人实在受不了的时候，苏五一就蹲到柜台下面去，捏捏他的鼻子，给他一个小耳光，让他调整一下高音低音轻重缓急。有一次刚刚让他给调教好，从柜台下直起腰来，所长老边就进值班室来了。

"所长有事吗?"苏五一问。

"有事。你们兴华里那位，还没拿下来呢?"

"拿下来了"，就是招供了。"没拿下来"，就是没招供。

"哟，都××三点了。"苏五一看了看表，想了想，说，"别他妈抓错了吧?"

"就是，我也怕是抓错了，要不，快一宿了，怎么也得招啦。我说，你清理清理这儿，让事主在这儿辨认一下吧，我看这屋还亮堂点。"所长说。

所长出去了，一会儿又想起什么事似的，回来把苏五一叫了出去。没多会儿，苏五一回来了，领来了两个同事，让他们把那

醉鬼拉了出去。他招呼我帮他把墙根儿那儿的一把长条椅子搬到
日光灯底下。

"这干吗?"

"不是说啦,准备让她辨认吗?"

苏五一告诉我,"兴华里那位",不是他抓的。那是天津公安
局转来的案子。事主在天津跳了海河。被救了上来,一问,原来
那姑娘从河北农村到东北找她哥。到北京转车时,被一个小伙儿
骗到家里强奸,又被抢了钱。她回了火车站,又被另一个老流氓
骗到了天津,玩够了甩掉,走投无路,才跳了河。事主已经被接
来了,因为她说她记得在北京被骗强奸的那一片儿房子,叫"兴
华里"。刚才所里派民警领着事主到兴华里转去了,还真把那间
屋找着了。那家还真住着一位年龄长相和事主说的一样的人,所
以就"传"来啦。按说,不管是什么案子,只要是边所长亲自出
马来问,如果真是罪犯的话,用不了那么长的时间,就一准儿
"拿下来了"。问到这会儿还没招,是不是抓错了还真是有点悬
了。保不齐,那可保不齐。黑咕隆咚的,你敢说那姑娘记那房子
就能记得那么准? 事到如今,也只有让那姑娘出来认一认啦。

"你知道所长刚才把我叫去商量什么? 辨认的人不够,没几
个穿便衣的,所长问我,你能不能算一个,我说啦,老陈没得
说,别看是个作家,没有一点架子,就算一个吧! ……怎么样,
我说得没错儿吧?"

"没错儿没错儿,我算一个!"我主动坐到了刚刚摆好的那把
长椅上。

我这才明白,原来这辨认,也不是那么简单的事。不是说把
事主带来,指着犯罪嫌疑人问:"是不是他?"事主说是,或不

是，了事。辨认时得同时找上四五个人，让犯罪嫌疑人夹在中间。然后让那事主躲在一个不被人发现的地方，认认真真看个遍，从中挑出罪犯来。是呀，这么晚了，让苏五一哪儿去找四五个穿便服的人？再说，这回咱又成了"犯罪嫌疑人"了，让一个被强奸的姑娘上上下下认一认，这不是比当"萨马兰奇""发奖牌"更够味儿的差使吗？

随后走进屋，和我一块儿坐到长椅上的，是三位三十岁上下的男人。两位我认得，是附近单位为了支援"严打"，派来的两辆汽车的司机。另一位我想肯定就是那位真正的犯罪嫌疑人了。这犯罪嫌疑人留着寸头，长着一张胖胖的大脸，腮帮子被刮得铁青。看得出，是让这一夜的审讯给熬的，一副蔫头耷脑的丧气样儿。不过说实话，我想我的尊容也好不了哪儿去，因为我看那俩司机，让日光灯从头顶上一照，说他们是罪犯，也一样有人信。

"你们都听着，我还得给你们交代交代政府的政策。坦白从宽，抗拒从严，你们可比我清楚……别低头，把头抬起来，好好听着！……"苏五一板着脸，站在我们的左侧。这我明白得很，他不能站在中间，中间正对着值班室的后窗户，他不能挡着黑漆漆的窗户外投过来的视线。

听他一声呵斥，我也下意识地抬起了头，一时间，我觉得自己还真的体会到了一点当犯人的滋味儿。

我不能不服气哥儿几个干这一行实在是天衣无缝，我瞪圆了双眼，使劲往黑漆漆的窗外看，愣是什么也没看见，可没过一会儿，边所长领着几位民警进来了，他拍拍苏五一的肩膀，苏五一很快结束了演讲，说："……都去，再想想吧！"那三位在民警的陪同下，分别出去了。我知道，辨认已经结束。

"认出来没有?"苏五一问所长。

"认出来啦!你猜认出了谁了?"

"谁?"

所长用手指着我,呵呵地笑,说:"在这儿呢!"

后来我才知道,那姑娘,就是傍晚时和我在派出所门口照过一面的那位。没错儿,正因为照了那一面,我就成了她辨出的"强奸犯"!

三个人拿这事说笑了一会儿,忽然,所长不笑了,好像有什么心事。

"我就估摸着有点问题,不然,怎么会那么难审!"所长的一只手按在办公桌上,中指和食指交替地弹着。

"怎么着,我去跟那边说说,放人?"苏五一问。

"跟司机说,开车送他回去,一宿了……瞧这事干的!"

"没事,所长,丫挺的有前科,不能呲毛!"

"好哇,这位秦友亮,反正是你们管片儿的,交你办了。"所长边说着边往外走。

"我不管,又不是我传来的!"苏五一说。

"敢!"

所长走了,苏五一冲我咯咯乐。我知道到了没别人的时候,他是得拿我被认出的事开开心的。

"甭乐。请神容易送神难,还是先想想所长说的,怎么送人家回家吧。"我说。

"瞧你说的,这有什么难的?你以为我说不管,是怕丫挺的秦友亮啊?跟所长那儿炝炝蹶子,开开玩笑罢了!"

212吉普车的声音在门外响起来。

苏五一从值班室走出去，站在汽车的门边。一个黑黝黝的身影从北边的排房那边走过来。借着屋里照出的灯光，看得出，就是他们说的那位秦友亮，腮帮子青青的那位。

"小秦子，今儿怎么样？"苏五一递给了他一根烟。

"哟，谢谢……谢谢……"小秦子挺意外的样子，忙着从口袋里往外找打火机，替苏五一点上烟。

"听我说，小秦子。"

"哎，哎。"一口烟好像还没来得及往下咽。顺着鼻嘴，冉冉地往外冒。

"他今天呢，叫你来，是为了帮助你，没别的意思。"

"是，是。"

"你呢，就得正确对待政府的帮助，不应该有什么想法。"

"哎哟，我能有什么想法呀，我感谢您还来不及呢。这一晚上了，先是所长，陪我熬着，现在又是您……我能有什么想法呀，您这么辛苦，还不是为了我吗？……"

砰，212的车门关上了，发动机又轰轰地响起来。

苏五一回到值班室里。

"怎么样？"他问我。

我笑着说很受教育，很受启发，我真是得向这位小秦子学，他是"理解万岁"的典范，"娘打了儿子不恨娘"的标兵，这一晚上，我可没白跟着耗，我又大大地长进了。

苏五一像个哥们儿似的往我的肩膀后一拍，哈哈大笑，他说是那么回事，人民群众的确就是那么好，别说有前科的了，就是浑身没有一点渣儿的，也没脾气。他又拍了我的膀子一下，说你说的还真是那么回事，你真的长进了。

没过一个月，当我"下来"的日子快到期的时候，我更得到了一次向全社会宣布自己"长进了"的机会：上级派来了几位摄影记者，为我拍了几张"参加严打"的照片，有参观过军事博物馆的"严打展览"的朋友告诉我，在那儿看见了我的一张好大好大的照片，说明是："作家陈建功在派出所和所长研究案情。"天哪，我哪有这水平和这资格？我只是遵了摄影家之命坐在了那儿，和所长凑着脑袋看了几秒钟的报纸，咔嚓，被拍下一张。

不管怎么说，这的确是给了我一次机会，让我表示了对领导组织我们参加这场"不是运动的运动"，这场"深刻的运动"的理解万岁。

不过，这机会给我带来的麻烦大概就无人知晓了：又一个月以后，文联一位管保卫的同志找我谈话，问我"在生活作风方面是不是有足够的检点和自持"，问话是很客气很委婉的，却使我出了一身冷汗。

有人给公安局去了匿名的"检举信"，字字血声声泪地控诉说陈某人野蛮地强奸了她。

那信，据说不仅匿名，而且还是从报纸上剪下一个一个印刷体的字，拼贴成的。公安局连笔迹都无从查找。

当然是为了对我负责，他们把信转到了文联。

幸好我经过了几个月前的锻炼磨炼锤炼，似乎有一种曾经沧海难为水的镇静。当时我好像又想起了那位"小秦子"，那楷模使我的回答越发冷静。我说没什么，没什么，我衷心地感谢组织，感谢公安局，我理解理解非常理解，不能说没有想法，这想法只是两个字，理解……我没有把这事告诉苏五一，我想，如果他知道这件事，一定会认为我是彻头彻尾地出师了。

好像是说远了，我应该把话题拉回来，说说此后不久发生的，我和那位"小秦子"之间的故事。

六

第二天我们就逮住了那个真正的强奸犯。那个姑娘尽管指错了地方，让派出所抓错了人，但她的记忆应该说已经是很不错的了。她说她被强奸后立刻就被轰了出去，走出那条小胡同，她看见了一个公厕，不远又看见了钉有邮政编码的红牌牌，还有写着"兴华里"的白牌牌。她说的这些，后来都得到了证实。第一次的错误主要是因为天黑，也因为没有找管片儿民警苏五一跟着。她领着民警找到了一个公厕，又找到了它对着的胡同，她看一栋小破房子似曾相识，说就是这儿，结果害得"小秦子"在派出所里过了大半夜。第二天我们领着她再去时，才发现还有另一个公厕，顺着那胡同走几步，那姑娘指着一栋房子确认无疑。苏五一领我们走了进去。开门的那小子一见是民警，立马就筛糠，没费几句话，就对自己的罪行供认不讳。

我们把那兔崽子和有关案卷一起送到了公安分局，坐警车往回走的时候，我忽然又想起了昨晚那位"小秦子"，忍不住好奇地问苏五一，那位"小秦子"犯的是什么"前科"。

"小秦子？秦友亮？"苏五一沉吟片刻，说，"他哥叫秦友光，跟他们兴华里的一个小妞儿好得要死要活，都快结婚了，那妞儿接她爸的班，进了合资饭店。要不怎么说人穷志短，马瘦毛长呢，本来在兴华里这儿活着，踏踏实实的，秦哥秦哥地叫，甜着呢，一进了"合资"，就他妈不是她了。也难怪，成天瞅着别人过好日子，不说也过那日子吧，至少，是不是跟秦友光过兴华里的日子，她得掂量掂量啦。没仨月，要吹。秦友光倒有点爷们劲儿，不找她算账，找她爸玩儿命，他说他知道，都是那老东西挑唆的，还专挑了个日子，趁那妞儿不在家，哥儿俩一块儿上，把妞儿她爸她哥打个满脸花。就这么着，折进去了，现在，他哥还在天堂河劳改呢。"

"真不值当的。"我说。

"要我说，势利眼，欠揍，要换上我，也得揍丫挺的。"

"你可是执法的，你说的可是'法盲'才说的话。"许他拿我开涮，也兴我抄抄他苏五一的"拐子"。

"是。可你不知道，小秦子那一家子，全他娘的指着那妞儿给他们作脸哪，那哪是秦友光搞对象啊，全家都围着那妞儿转！……这么跟你说吧，哥儿俩，老早死了爹，妈又扔下他们走了，不知哪儿去了。由他们那奶奶拉扯大，容易吗？他们那奶奶干什么的？过去天桥唱小曲儿的。是，天桥是出了侯宝林新凤霞，可侯宝林新凤霞不就一个吗，更多的是谁？小秦子奶奶这号的。解放了，翻身做主人，可天桥没了，平地抠饼的地方找不着了，靠什么过日子？再说，就是有天桥，那么大岁数也没法儿唱了呀。靠什么？靠卖破烂儿。就这么个人家，住那么窄巴的一间破房，兴华里谁不知道？这孙子竟然还能搞个妞儿，容易吗？到了儿到了儿还让人给甩了，他一家子不找人玩儿命？"

我没说话。

"话又说回来，玩儿命有你个好？你是没赶上，秦友光被判的第二天，我给老太太送判决书去，老太太都有点神经了，不说，也不哭。接过了判决书，愣呆呆地像根木头。我心说，我甭这儿陪着啦，省得老勾人家的伤心事。可出了门，又不放心，回头万一这屋里的出点事，算谁的？在门外转了一会儿，听见屋里竟然哼哼唧唧地唱起来了，给我吓得。"

"唱什么？"

"我回去啦。老太太您唱什么呢？她说了，小苏子，你来，正好，我给你唱唱《十二郎》，听完了你就明白了。别给你妈惹事。你妈养活你不容易。我心说，这哪儿和哪儿啊。可说实话，听着听着，觉得这老太太呀，这会儿可不就得唱这个？我记不住，真的记不住，大概意思是说，一个老太太，养了十二个儿子，老大在州里当捕快——老太太还给我解释，说捕快是什么？捕快就是警察呀！——老二在县里当衙役——老太太又说，衙役是什么？也是警察呀！——老三开的煎饼铺，老四卖的是烤白薯。老五办的绸布庄，春夏秋冬给送衣服。老六撑船走通州，走亲串友我不愁……反正啊，五行八作，全让她儿子给占全了。十一郎开的是棺材铺。老太太连棺材都甭操心了，第十二郎更绝，出家当了和尚——老太太连念经放焰口的人都有了……你瞧，你得乐不是？我乍一听，也乐了，我差点说，甭说您家没有当捕快的当衙役的，就是有。这年头，该判也得判。转念一想，我这儿较个什么真儿啊，你是给这老太太送她孙子的判决书来啦，人家神经兮兮地唱，你有什么可笑的？"

我也不笑了。

"现在秦友亮靠什么养活他奶奶？"

"这么跟你说吧，你在你家的后窗户里看兴华里，没少看见鸽子吧？"

是。我住五层。从后窗户看，整个兴华里都在我的眼皮子底下。我又是在北屋写作，常常有一群一群的鸽子，带着嗡嗡的鸽哨声，从我的窗外掠过。有时候，鸽子还落在我的窗台上，咕咕地叫。如果到了天黑，它们还乐不思蜀的话，我这儿还会招来几只噼啪作响的"二踢脚"，明摆着是它们的主人们在轰它们回家。

"保不齐那"二踢脚"里，就有秦友亮的。"苏五一说。

"那干吗？"

"他可养了不少鸽子，他就靠倒腾鸽子卖卖鱼虫儿什么的养活他奶奶呢。"苏五一说。

这天傍晚，我回到了和兴华里仅一条小马路之隔的那栋六层楼上的家。一场雷阵雨刚刚下过，天空澄澈如洗，如果说，这一天的傍晚和其他的傍晚有什么不同的话，那就是我对窗外飞过的鸽子有了更多的注意，所以我今天忽然觉得天上的鸽子变得格外多了起来，它们嗡嗡地，仿佛从很远的天外飘过来，嗖地，呼啸着从窗外掠过，俯冲下去，到了远远的地方，又轻盈地扬上高空。一会儿，掠过了灰色的一群，一会儿，又掠过了白色的一群。鸽哨的声音时而缥缈辽远，使人遐思悠悠，时而却轰然而至，给人一种钻心透骨的震撼。

那首《十二郎》究竟是什么调子的小曲？是"莲花落"？还是"单弦儿"？

站在窗前俯视兴华里，兴华里像一片刚刚被机耕过的黑色的土地。

一排一排灰色的屋顶，就像一道一道被卷起的土垄。这屋顶上间或有一两间自家加盖的阁楼突兀而起，我三岁的女儿偶尔来这儿住几天的时候，曾经指着那阁楼喊道："拖拉机！拖拉机！拖拉机在耕地呢！"

我追踪着飞翔的鸽子，看看它们往哪一间房上落。

我想，那应该就是那位唱《十二郎》的老人的家，当然，那也就是秦友亮的家。

从这天开始，伏案之余，想休息一下的时候，我常常不由自主地把目光投向窗外，投向那鸽子，投向那一排一排简陋的房屋。最初那几天，我甚至总把进入眼帘的画面编进我从苏五一那儿听到的那个故事里去——一个身材高挑衣着入时的姑娘，推着深红色的自行车，沿着几乎被自盖的饭棚子堵死的小路，走进了兴华里。一个老太太，提着一个灰色的铁桶，蹒跚地走到公用的自来水龙头前，哗……自来水把铁桶砸得山响。她提起了它，一寸一寸地往自家的屋里挪。两户人家吵得天翻地覆，男人们在互相拉扯，女人们在互相詈骂，街道的老太太在中间拦。凌晨的薄雾中，传过来屋门的开启声、自行车的丁零声、水桶的叮咚声，这是居民们又开始一天的生活了……然而，这里，却一次也没有真正出现那个秦友亮的身影。

我一点儿也不讳言我的期待里带有某种功利的目的。我们站到一起，接受了一次"辨认"，这作为一篇故事的开头，已经有足够的韵味。没有想到，我们的家竟又只有咫尺之遥，倘若能看到他的家，他的老奶奶，他的街坊邻居，当然，最重要的是看见他，那么，这故事该有一个多么有趣的发展！

可惜，没有。他一次也没有出现。

然而，几个月以后，时值深秋的一个傍晚，他却突然出现在我家的门口。

他当然不是找我来了。他对我一无所知。而我，虽不敢说对他了解得有多深，毕竟有过期待，也有过想象，对他的到来，可以说是喜出望外。

他是找他的鸽子来了。他敲开了门，嗫嚅地说："……师傅。麻烦您一下，我……我的鸽子在您家窗台儿上，它……它老不下来，您……让我进去抓一下，行不？……"

我一看那张圆圆的、被刮得铁青的脸，笑了。甚至他这嗫嚅的神态都和那天晚上毫无二致。我让开身子，请他进来。他径直走到我的书房，打开了纱窗。我还真没留意一只鸽子不知什么时候待在了我的窗台上。他伸出一只手，把鸽子搂了回来。他用另一只手替它捋了捋毛，它乖巧地待在他的手里，只是滴溜溜地闪着一对莹莹的眼珠子。

他一边谢我，一边往门外走。

我问他，是不是叫秦友亮。

他吃惊地停下来，瞪着我："您……您怎么知道我的名字？"

我说："你不知道我的名字，你也应该认出我的呀，你忘啦？"

"哎哟，真对不住您，真……真想不起来了。"

我说："夏天的时候，你是不是让派出所传过一回？"

"是呀。"眼神里还是一片惊疑。

"后来让你进了派出所的值班室，和几个人一块儿，坐一把条椅上挨训。想起来没有？"

"有这回事。那您是……您是那民警？可那不是您，那是小苏子呀！"

我没办法了。看来，这位当时就没敢放开眼神四面看看。我告诉他。我就坐在他的身边，和他一块儿听着小苏子的训话。

"哥们儿，您……您那会儿也……也进去了？"

我笑了，告诉他"没错儿。"

"那……那您，您犯的是什么事？"

"精神污染啊。"我哈哈地笑起来。

笑够了，我当然把实情告诉了他。

"怪不得您这儿有这么多书。原来您是干这个的。嘿，听说您干这行，可来钱啦!"他递给我一根烟，我挡了回去。我不会抽烟。

"听他娘的瞎扯，明跟你说吧，幸亏我还不抽烟呢，有的写东西的，抽烟，一晚上写的，还不够烟钱呢。"

他看着我嘿嘿地笑。

"笑? 真的，我没蒙你。"

"我是笑您。您也说'他娘的'? 您可是……是作家，可以说您是作家吧?"

"作家? 作家可不如你! 不信你问问小苏子去，好嘛，那天夜里我跟你这儿可学了不少! ……坐下，喝点什么?"

"不喝不喝，我这就走，省得打搅您……您净跟我逗，我有什么可学的?"

"好，学问大! 要是我，白白让人扣了一晚上，我冤不冤哪，我不玩儿命，也得骂两句出出气呀……你可好，态度好着呢，还说，没事。理解万岁，还没忘了给人家民警道辛苦呢。"

"什么时候来着?"

"小苏子在出车送你的时候哇。"

"噢……那会儿。怎么，您是不是以为我那是装孙子呢? 嗯，您可真逗! 我可没装，真的，咱天生就是孙子，咱装干吗? 认熊最好啦，好死不如赖活着不是! ……再说，我有气，该找谁找谁。干吗跟人家小苏子过不去? 都是混饭吃的，谁跟谁呀。人家小苏子也没跟我过不去不是? 我在农场劳教的时候，人家没少了去帮我奶奶。再再说，我横？我找不自在呀！那会儿，我敢横吗？那是什么时候？我没事往枪口上撞？"

"要不说得拜你为师呢……得，咱哥儿俩认识，可是有缘。"我说，"我还没吃饭呢，要不，你陪陪我，咱找地方喝二两去？"

"哟，对不起，对不起，不敢当，不敢当，我这就走，这就走。"

我说："我是实心实意地请你！跟你小哥们儿聊得开心，我老婆孩子都不在，也闷得慌。再说，你不觉得咱哥儿俩特有缘？"

"没错儿，甭管真的假的，一块儿受了小苏子一通训嘛。再说，您可没架子。真的，没架子，我跟您，是有缘。"

临出门的时候，秦友亮说："咱也别远了去，就兴华里把角儿的小酒馆，喝二两，怎么样？那地方……您可别嫌弃，那地方就是惨点儿。"

"你别给我说这个，再惨的地界我也见过。我挖过十年煤呢。我在小酒馆喝过。"我说。

"陈哥，您可真痛快。咱奔派出所拐个弯儿，把小苏子也叫上吧，就是不知道他今儿是不是在那儿备班儿。"秦友亮说。

"是，是得叫上他，让兔崽子再教育教育咱们。"我说。

七

下楼以后我们碰上了一群衣冠楚楚香气四溢的男女，他们好像在谈着一个什么开心的话题，嬉笑着从小轿车上下来。一辆是红色的"夏利"，一辆是灰色的"切诺基"，还有一辆是米黄色的"拉达"。他们潇洒地甩着轿车的车门，楼门口响起了一片优越的砰砰声。从"切诺基"上下来的那位，我知道他住我的楼上，

602室的主人，他优雅地朝我点了点头，环顾了一下他的客人们。领着他们拥入了楼门。楼门外飘拂着他们留下的衣香。

"嘀，你们楼真住着人物哇。"秦友亮扭脸朝门里看了一眼。

我说："不是'人物'，是'人物'的儿子。"

他告诉我，得先跟他回家一趟，跟老太太打声招呼。

我们一起顺着一条岔道，走进了兴华里。

"我好像见过他们，特别是开'切诺苳'的那位。"秦友亮说，"夏天的时候，他们在你们楼前面滑旱冰来着。"

我当然知道这件事。我相信，不光我，我们附近几栋楼的居民，只要他们那天在家，大概没有不留下深刻印象的。秦友亮说起来，当然也毫不奇怪。我们这栋楼的前面，是一片开阔的水泥地。我想大概是这场地又勾起了602小伙儿的玩儿兴？夏天的一个傍晚，小伙子把他的哥们儿姐们儿招来了，不知道是不是刚才那几位。不过，有一点是肯定的，来的姑娘一个个如花似玉。小伙儿一个个风度翩翩。他们每人蹬着一双旱冰鞋，拉扯着，笑闹着，把宁静的黄昏闹得沸沸扬扬。没多会儿，四周就围上了不少看热闹的人，甚至连楼上不少住户，都被欢笑声召出了阳台。探着脑袋往下看，就像农村的场院来了一伙儿耍把戏的。天色渐黑时，开心的男女们一个个甩下了脚下的旱冰鞋，把它们扔进了小车的后备厢。然后又一个个钻进了车里。把一片空荡荡的水泥地。留给了眼巴巴的看客们。

那会儿我也站在阳台上朝下看着。面对那空荡荡的水泥地，说不上心里是一种什么感觉。也整个儿一个空荡荡？

"×，全他娘的白活了！"不知是谁喊了这么一嗓子，不少人都笑了起来，近观的，远看的。

"不知道是在骂人家，还是在说自己。"

"我也听见这一嗓子了。人家活人家的，你活你的，甭比，人比人得气死，比个什么劲儿。再说，人家那么活，该着，天下都是人家老爷子打下来的，甭生这份气。"秦友亮的脸色冷冷的。声音也是冷冷的。

我不由得又瞥了他一眼，这感觉怎么跟当初认识苏五一时一样？他说的，是真心，是反话？天知道。

走过了两排房子，他领我从第三排房前面的一条路走进去。

"我只见过他们一次，刚才是第二次。"秦友亮说。

"他们没在这边住。他们在城里有房。久不久地，过来玩玩儿。"我说。

"噢，我想起来了，有时候，你们楼上好像有人开舞会，特吵，是他们吧？"

"没错儿，一两个礼拜一次吧。"

"哦。"

其实，关于他们，我或许还可以告诉他更多的一点什么，可我却又打消了这念头。说了，他会不会又冷冷地来一句：人家活人家的，咱活咱的，比个什么劲儿？

不过，如果我想写一部新的《日下旧闻考》的话，是一定要把我和这家芳邻的故事写进去的。

我们这个楼至今还实行着轮流收房租水电费的制度。这制度当然不是什么人给我们规定的。不过，不管是电业公司还是自来水公司，他们每个月都是只管查整单元的总电表或总水表而已，那么，只好由住户们自己组织起来。挨家挨户地查分表，收钱。再到银行把该交的钱交上。这真是一桩苦不堪言的工作，且不说收来的钱每每和那总表对不上，你得挖空心思，把国家规定的水价电价一分一分地抬高，好把那差额凑齐，这就得劳多大的神了。一次一次地爬楼梯，一次一次地敲门：查表，一次，收钱，一次；收钱对不上数，又一次。遇上出差的，家里没人的，更得无数次。我们这栋楼里，"雷锋"是有的，一楼的小脚老太太，就是一个活"雷锋"，可是这位"雷锋"不识数，而识数的呢，又都忙得没工夫当"雷锋"，唯一的办法，就是轮流。

各家各户，谁收水电费，谁怕602。

他家没人，老是没人。什么时候来。不知道。哪儿去找他们？不知道。

有一次又轮到我收水电费，我把602的房门擂得山响。出乎我意料的是，当我正要失望地走开的时候，忽然听到屋里传出了响动。

我又一次敲门，敲了好半天，里面那人就是不出来。我只好作罢。

那一次，602的房租水电费是我给垫付的。没有多少钱，垫付一下，并没有什么。可是我觉得，明明有人，敲门不开，至少主人缺少起码的礼貌，即便你有所不便，等你方便时，下楼找我一趟，交上应该交的费用，也是可以的吧？我当时毕竟还留了一张字条，从门底下塞了进去。

我是在几周以后才找到那家的主人的，和以往一样，他们男男女女来开"派对"。我敲门，这回开了，我觉得自己不像是来讨债的，却像是来要饭的。是的。那么高雅的"派对"，音乐柔美悦耳，男士风流倜傥，小姐暗香袭人，我却说，请给我28块3毛6……28块3毛6掏给了我，我像干了什么亏心事，跟主人说有扰有扰，匆匆忙忙地退了出来。忽然想起了什么，又鼓起勇气对主人说，以后若是听见没完没了的敲门，喊收水电费，请务必开一下门，省得老在您来客人的时候打扰，不好意思。

"没有人哪，我们都不在这儿住，平常没有人哪。"602诧异地瞧着我。

"是吗？可前几周，我来敲门。可听见您屋里有动静——"并不是成心和人家论是非，听他这么一说，倒为这家的安全担上了心。

602想了想，一拍额头，笑了起来，他努起嘴，吹了一声口哨，一条北京种的狮子狗摇摇晃晃地跑了过来。

"就是它，莎莎。哦，还有贝贝，今儿没来。它们在这儿住呢，好多哥们儿想让它们给生儿子，我们让它们一块儿住几天，培养培养感情……它可没法给您开门，开了门，也没法给您钱。"他笑得更欢了，弯下身，按住小狗的脑袋胡噜了两下，一拍它的屁股，它又摇摇晃晃地跑了。

我明白了，那几天。这儿成了狗的婚姻介绍所。

…………

有必要把这些当个事说吗？是的，秦友亮说得没错儿，人家怎么活，咱都管他不着，人家的狗怎么活，咱更不用操心啦。

何况，已经到了秦友亮的家了。

站在他家的门前，算是知道了他家在这鳞次栉比的一片中的位置。如果说，我住的那栋楼像是戳在兴华里面前的一个大屏幕的话，这一排排的平房就是观众席了。秦友亮的家，就在观众席第三排最靠西边的地方。它太偏了，站在我家的楼上，必须从后窗户里探出头来，才有可能看到这间房子，难怪我没有发现它。

这实在是一个简陋的家，不过我并不感到意外，和苏五一逮那个真的强奸犯的时候，我已经来过了兴华里。见识过这儿的住房了。而秦友亮的家，不仅房子简陋，家具也比其他人家简单、破旧得多。就一间房，面积不算小。里面却摆了一张双人床，一张单人床。这就把屋里挤得没多少地方了。秦友亮说，他哥在家的时候，哥儿俩睡双人床，奶奶睡单人床。这不奶奶瘫在床上了嘛，他哥一时又回不来，他让奶奶睡在大床上了。这样翻个身不是方便嘛。除了床，还有一张八仙桌，一个五斗橱，橱上放着一台黑白的电视机，还有一部录音机。我们进门的时候，老人家正仰靠在床上看电视。

秦友亮没有把老人家介绍给我，也没有把我介绍给老人家的意思。我主动和老人家打了一声招呼，她好像也没听见，我想这一家人大概从来就没有这样的习惯，或者说，秦友亮的朋友们，从来也没有谁会把这躺着的老太太当一回事，而老太太呢，也不认为孙子的朋友和自己有什么相干。

瘦得像一具骷髅的她，正专心致志地看电视：京剧《四进士》。

秦友亮让我坐下等他一会儿，说着就出了屋门。到了对面的饭棚子里。没过多一会儿，端过来了一碗糊糊状的东西，像是杏仁霜，又像是炒面。他先把碗搁在八仙桌上，又从桌下拉出一个小小的炕桌，把炕桌架在老人的身前。老人伸出一只枯干的手，捉住碗里的铁勺，哆哆嗦嗦地把勺里的东西往嘴里送。一切都是那么默契，双方对同一程式，都早已烂熟，因此，谁也不说话。也无须说话。孙子看着奶奶。看她默默地吃，时而过去，帮她用炕桌上的毛巾，擦一擦嘴，又回到自己的座位上，看她默默地吃。

如果没有那咿咿呀呀的《四进士》，这里还有什么可以显示一点生气？

"你家干吗要弄这么高的一个门槛儿？"我问。

"哪光我家呀，兴华里家家都是高门槛儿。"秦友亮说。

"是吗，我还真没留意。"

"不把门槛儿弄高了，夏天就得发大水。"

"怎么会？"

"您可不知道，您没看见兴华里四周的高楼吗，连上您住的那栋也算上，一块儿，把我们围起来啦。严严实实。不透风就甭说了，地势也全高上去啦，夏天一下雨，整个儿一个水淹七军！"

我愣了一下，好像不知道该说什么好了。我觉得挺惭愧，好像兴华里水淹七军，有我不可推卸的责任似的。

我们这个世界真逗，就我这号的，不知为什么，沾边不沾边，时不时就惭愧一下子。几天前作家协会开会，大伙儿还一起反省了"贵族化"的倾向呢。专业作家的专业，是不是就是专业的"反省"和专业的"惭愧"？

沉默了一会儿。

"你的鸽子养在哪儿？"我觉得我应该找一个不至于再惭愧的话题。

"房上有几个鸽子窝。还有几个哥们儿家，也替我搭了几个。一般的，弄来就到鸽子市卖啦，好的，才多养几天，等卖好价钱。"

"鱼虫儿呢，不是也捞鱼虫儿吗？"

"捞，天天早上骑车到南边，20里地吧。那儿有野坑子，到那儿捞鱼虫儿。"

"怎么样，来钱儿吗？"

"来钱！大街上卖鱼虫儿的您没见过？两毛钱一勺儿，哪天也得闹个两张儿三张儿的。说实在的，我不缺钱，我攒了好几万啦。您帮我出出主意，咱是买辆'大发'，干出租呢。咱还是奔广州，倒衣服去？"

这话题倒不错。可是躺床上的老太太，却支支吾吾地嚷嚷起来了。

"我哪儿也不去，挨家陪您！不学开车，也不出远门儿！"秦友亮冲他奶奶喊。

老人不再嚷嚷，继续看她的《四进士》。

"我哥要是不回来，我什么事也干不成。"秦友亮的眼睛里闪着幽幽的光。

我们离开了他的家，一起往派出所走，去找苏五一。

月光挺好，整个天空清亮清亮的。

"老太太不是怕你出门，而是怕你惹祸。"我说。

"没错儿。开车，闹不好就撞死一口子，跑买卖，闹不好就打一架。她就不知道，捞鱼虫儿也背，哪天掉水塘里淹死了呢？"秦友亮呵呵地笑起来。"我看您是明白人，您给出个主意，是干出租，还是跑买卖？……我奶奶的话。甭听。"

我哪儿懂得拿这主意！

"主意你自己拿。"我说，"不过，你要是想买车，我倒有个路子。你要是想下广州呢，那边我也有亲戚。帮忙，我还行。"

"嗯，有您这句话，我心里可踏实多啦。……陈哥，我……

我叫您陈哥行不行？您说，我……我得怎么谢您？"

"你要是能像刚才那哥儿几个似的，混出个人样儿来，就算是谢了我啦。"

"哪哥儿几个？"

"刚才，我们楼门口见过的。"

"操，那我可比不了。他爹一批条儿，钢材就跑他家去了。什么不是他们家的？国家都是他们家的！玩儿似的就把钱赚了！"

"那你就甭跟他们比，跟自己比，把日子过好点。"

"那还用说吗，谁不想过好日子呀。我早想了，我要是发了财，先他娘的把我们家房给换了，就他妈这狗地方，是人待的吗！"

"还想干吗？"

"我娶仨媳妇！……您别笑，我是给气糊涂了。我知道，那犯法了不是？谁让那些妞儿净给我眼面前添堵呢，晃，晃，天天眼面前晃，就没一个是给我预备的，我冤不冤哪，我都他妈二十七啦……"

那天晚上我们三个人在那家小酒馆里都喝得晕晕乎乎。出门的时候，互相拉着手，就跟三个英雄共赴刑场似的。

这个画面，也是小酒馆的那位姑娘事后告诉我的，而我，一点也记不得了。

据说，站在他们酒馆的门口，我们哥仨为了排座次，争竞了好半天。

开始的时候，我是站到了他们俩人的中间，像一个老大哥，牵着俩小老弟。

"不行……不行……我……我的位置不……不对……五一，你。你站中间，你……你是我的老师，你带领我……带领我反精神污染，前……前进……"

我真想象不出，那时的我，是个什么样子。

据说苏五一更逗，咧着嘴，嘻嘻笑着，当仁不让地往中间站，抓着我们两位的手说："对，对，这……这就对……对了！我……我说刚才怎么觉得……觉得有……有那么点……不对劲儿！……"

秦友亮却跟他急了："扯臊！……你……你靠边，让……让我陈哥站中间，论……论学问，论……论年龄，没……没你的事……"

苏五一说："我……我知道……知道你，你丫的不……不就想……想自己……自己当……当老大……吗？我让……让你，谁……谁让你丫……你丫就……就要发财……发财了呢……，你……你来，行，他……他不行……，连……连手铐都……都不会铐……，能……能当……当大……大哥……"

我们就这么拉着、扯着、推着、让着、说着、笑着离开了那家小酒馆。

第二天醒过来的时候，我发现不知怎么已经回到了自己的家，而那两位，躺在我家的地毯上，还在呼呼地睡着。

八

不能说从此就成了那小酒馆的常客。不过一个月去那么一两回的，总是免不了的。

与其说是为了"喝"，不如说是为了"品"。

这小酒馆特有味儿。在此之前老是从这儿经过，可不知为什么没有注意到它的存在。门脸儿不大，一丈来宽、两丈来深的铺面，摆了两溜方桌。不管白天黑夜，老是开着门，还老是满满当当的人。也不管什么时辰，总有奔饭来的，也总有奔酒来的。就说早上八九点那会儿吧，你一准儿能从这里揪出俩"酒腻子"来，到了半夜十点呢，兴许就闯进来个没吃晚饭的。当初被秦友亮和苏五一领着一走进来我就明白，这是到了"引车卖浆者流"中间来了。

　　特别是晚上，进来的好像大多是熟脸儿，这哥那哥的，谁都得打几个招呼。喝着喝着，隔着桌子就扔开了烟，远远地就拼上了酒。我第一回进来那次，秦友亮就和隔桌的划上了拳。两人相隔足有半间屋，吆五喝六，吐沫星子乱飞，观战的人一边喊着"掌柜的，拿酒来吧"，一边又添油加醋，唯恐没人出溜桌子。有时候不拼酒，幽幽地唱歌，一个人唱，全饭馆的人听。没人说话。只有顺着手指头，顺着鼻眼悠悠飘升的青烟。有时候又不唱，三五一伙儿地侃，侃的净是哲学：

　　"……这地球，这地球我盼着丫挺的爆炸！没劲。忒劳神！爆炸了，都清净！……什么什么？问我干吗还造儿子？没劲才造儿子呢，造儿子不劳神哪……造出来？造出来就后悔呀，造出来就明白啦，不是省油的灯！所以更觉得没劲啦！连他妈造儿子都是个麻烦，这地球上还有什么劲？你说，有什么劲？"

　　"……我们单位那几个头儿，又得换啦，还让我们提意见，谁合适，谁够格，民主民主。我说，你们他娘的别换啦，也别民主了，就这么挺好的。换一个，来套四居室，换一个，安排他的七姑八姨儿，谁受得了？好不容易，喂肥了一个，您又下去了，

227

又上来一个饿得瘪的，我们还得喂他一道。咱们哪，还就是原来那个吧，好歹，他不要四居室了不是？好歹，甭说七姑八姨儿了，连他娘的他二舅的小姨子都安排好了不是？……"

你不能不来，听听他们的哲学，当然，也听听他们那幽幽的歌。

第一次来的时候我就发现，秦友亮是这儿的歌王。

我知道旧北京的饭馆里有那么一家，可能是"致美楼"，那老板爱听，也爱唱，所以他准备了胡琴，供有同好者用餐之余一展清音。

我没有想到，这么一个衰颓拥挤的小酒馆，居然也可以边喝边唱。

这里准备的，是吉他。

那次和秦友亮、苏五一喝得微醉，秦友亮回头朝柜台那儿看了一眼。那小姑娘就心领神会，立刻递出一把吉他来。

秦友亮低下头，旁若无人地唱《橄榄树》。曲子和歌词都是再熟悉不过的了，可是我从来也没听过有哪一位歌手这么唱《橄榄树》。

那是一头狼在悲凉地嚎。

我盯住了他那铁青色的两腮，我想他如果能到舞台上去唱一定能风靡京城。当然。他未必会作曲，会作词，他只能唱人们耳熟能详的歌，可是，他能把所有的耳熟能详唱得陌生。

唱完了《橄榄树》，苏五一说，唱《十二郎》。

我知道，这首歌，是为我点的。

秦友亮唱这首小调的时候，我开始丢掉戒备，忘情地喝酒，一直喝到晃晃悠悠。

我发现，每次从这小酒馆回去，坐到自己的写字台前，我的心就像鼓满了风的帆。

秦友亮不光在酒馆里唱，有时又在酒馆外边的小树丛里唱。那时候，小树丛里坐着很多和他一样的年轻人，黑乎乎的看不清他们的眉眼，你只能听到从他们中间传出来一把吉他的弹拨声，继而听到一头狼在嚎，或者是一群狼一块儿嚎。我知道他们都来自兴华里，那个又窄又闷的屋子把他们逼出来，这是他们唯一可以大口地喘气的地方。

这使我激动不已的路边吉他队，后来被我写进了和赵大年一块儿合搞的室内剧《皇城根》，可惜拍摄时，这一段被删去了。

来的时候多了，我发现，秦友亮来到小酒馆，不仅仅是为了唱，更为了那个老给他递琴的姑娘。

那姑娘不能说有多么漂亮。不过，一双善解人意的眼睛，饱满的成熟的身材，就已经足以使小伙子心驰神往了。在我的印象中，和秦友亮一起喝酒的时候，除了要吉他，他从来没有看过她一眼。然而我凭着直觉，一眼就认定，在他们之间，存在着一个"场"。

"……'场'？什么意思？"

"想娶人家当媳妇的意思。"我冲秦友亮笑着。

"没错儿，我想娶仨媳妇呢。这算一个！"他故意装出一副漫不经心的样子，"等着，等我发了财……"

我只好作罢。

此后不久发生的事，至今使我怀着深深的歉疚，尽管秦友亮不知道我竟在这中间扮演了这样一个角色。

我是无意的。不过我知道，这哥们儿后来受的伤害，皆因我的冒失。

不知道秦友亮有没有机会看到这部作品，虽然我写的时候，已经把他的真名隐去，但我相信，个中奥妙，他一看便知。

一个很偶然的机会，使我把兴华里的这家小酒馆介绍给了我的芳邻，602的那个小伙子。后来我知道了，他也姓陈，和我同姓。

一个晚上，大概又是从城里开车过来开"派对"，那位"小陈"很突然地敲开了寒舍的门，说有一些朋友来他家玩。很偶然地说起我住在这里，其中有两位小姐是读过我的作品的，很想结识，唯不知是否在忙着，能否给个面子，到楼上来坐坐。

人的弱点是不必讳言的。如果我听说对我感兴趣的是两位男士，或许也没有这么高的热情。虽然并不抱任何非分之想，但觉得能让两位小姐有请，是很愉快的事。随后自然是随他上楼，到那套装修华美的屋子里去会那两位小姐。

屋子是来过的。来这里收过房租水电费。这屋子的别致之处是：除了缘墙而设的一圈没有扶手的沙发以外，几乎没有更多的家具。看得出，这是他们为了开舞会、办"派对"方便。我在进来时，几个男士和几个小姐正坐在沙发上聊，一对舞伴在屋里转来转去，一会儿在这个屋，一会儿转到了那个屋。寒暄过后，我客气地请说得正上劲儿的男士继续聊，原来他在讲一个"荤故事"。

"……通信员过来了：'连长，首长命令，出击吧！'连长说：'好！全连注意，敌人上来了，全是女的，出击吧！'……"

小姐们在哧哧地笑。

为了表示自己不是傻蛋，只好也笑笑。

小姐们开始把话题扯到了文学，问这个作家那个作家，问这桩离婚那桩离婚，敷衍来敷衍去，说到了流行音乐。

谁说的？"女人的肤浅会大大削弱她们的美貌"，哪儿啊，恰恰相反，女人的美貌会大大掩盖她们的肤浅。这就是为什么在明知她们肤浅以后，我还要和她们滔滔不绝的原因。女人的美貌岂止能遮掩自己的肤浅，她还会勾出男人的肤浅呢，我，便是这理论的最好注脚。我在鬓影衣香的包围下灵魂出窍，惹祸的根苗便在这滔滔不绝中种下，我告诉她们真正的好歌手或许在民间，不信你们不用走多远，就在兴华里的小酒馆，你就能听到从别的歌手的嘴里听不到的声音……回想起来，这纯粹是一种自以为高明的炫耀，或者说，是为了在小姐们肤浅的男友们面前，显示自己的深刻。

小姐们被说得意兴遄飞，她们说要去听。要去唱。甚至要去一起喝。我心里暗暗地一笑。我知道她们不过是想换换口味。我说我很忙恕不奉陪，其实我在那一刹那觉得她们如果真的由我陪同踏进那酒馆，我会在所有熟悉的目光中读出惊诧。

我没去，却有人陪她们去。

这也罢了，去了不说，竟又把柜台后递琴的那姑娘勾了走。

我的罪过大了去了。

消息是苏五一告诉我的。这已经是第二年夏天的事了。那天夜里，他巡逻完了，没什么事，从兴华里过，看见了我屋里的灯光。上楼来和我聊天。

"你不知道吧，你们楼上，602那小子，把兴华里小酒馆那个妞儿，勾上啦！"

"什么？"

"您犯什么愣啊，净来您这楼上跟他们一块儿跳舞。您就没见过？"

我说，没有没有。我这写着东西呢，天天不出家，我哪儿就碰上了。

"好嘛，挺热乎的，我还见着她和他们一块儿上车走呢。"

我一时说不出话来。

"您楼上那哥们儿，带了男男女女的几个。去酒馆喝过一次。那次小秦子也在，一块儿唱歌儿来着。后来，他们又来了几次。再后来，就看见那妞儿和他们一块儿啦……"

我的话都到了嘴边了，最后还是没勇气告诉他，这事的罪魁祸首是谁。

"那……那小秦子怎么着了？"

"什么'怎么着'？"

"嗯，小秦子没找他们玩儿命？"

"找谁玩儿命？"

我指了指楼上。

"嘿，瞧您说的，那妞儿和小秦子有什么关系？"

我说："你是装傻还是真傻？小秦子跟我这儿都承认了，那是人家想娶的媳妇。"

"您可真逗！他想娶，娶来了吗？他连说也没跟人家说呀！天天去那儿唱。就算你有那心，你倒说呀！再说，那妞儿跟 602 那位玩玩。谁管得着哇，咱知道人家怎么个玩儿法？民不举，官不究，我他娘的就是想帮他小秦子一把，都不知从哪儿下嘴！"

第二天晚上。鬼使神差一般，我放下了手头的工作，到了那个小酒馆。

那个姑娘还在柜台后面忙碌着。

酒馆里没有秦友亮。我退了出去。

我到他家找到了他。

我说我请他去喝酒。

他说不去。

我说："我知道你为什么不去。你××的就那么熊？就没本事把自己喜欢的妞儿弄过来？"

他说："我压根儿就××的没喜欢过她。"

我说："那更好办啦。那就不耽误到小酒铺喝酒啦。"

他说："可我不想喝，我反胃。"

我没办法。我回家了。

回到家，想趴到桌上写我的小说，却无论如何也进不去。站到窗前，望着灯光熠熠的兴华里愣神。忽听楼下传来汽车的刹车声，男男女女的喧哗声，随后又是带有几分优越的，砰砰的甩车门的声音。

又跳舞来了？

我走到自己的屋门口，差点开门出去。我想看看那酒馆的小妞儿是不是也跟了来。

想到自己全是多管闲事。我又回到了的窗前。

砰砰的舞曲响起来了。天花板上，还传下来沙沙的脚步声。

忽然，隐隐地，听见楼下传来了一阵凄清沉重的哀乐声。那声音先是远远地拱过来，渐渐地，越来越响，响得人心里栖栖惶惶，没着没落。

楼上的舞曲也戛然而止。

我忙走到客厅。打开电视机。四个频道。没有任何一个频道在播哀乐。

我又回到了北屋的窗前。哀乐仍在继续。

楼上的舞曲也继续。

我把笔掷到桌上，回卧室睡觉。

忽然我想到了这哀乐响起的因由。我下了楼，到了秦友亮的家门外。

哀乐确确实实是从他家里传出来的，在哀乐声里，还听得见他奶奶在支支吾吾地骂。

第二天中午，苏五一到我家来了。

"找小秦子来了！……这小子，喜欢音乐，你喜欢什么不好？买了一盘《哀乐》，昨儿放了一宿。你这儿听见没有？嘿，今儿一大早，好几家找我去啦，说让这哀乐闹得，心里没抓没挠的！我劝他，他小子还跟我贫，说他就喜欢哀乐。是黄色歌曲不是？不是。国家禁止不禁止？不禁止。完了，他倒有理了！"

…………

九

电视台预报：今天晚上，有雷雨大风。

倘若我和秦友亮之间没交情，对兴华里又毫无了解的话，对夏季里一次雷雨大风的预报，是不会动什么心思的。鲁迅夫子说，煤油大王哪知道北京捡煤渣儿老婆子的辛酸。有人说不定得给我上这个纲。可我不是煤油大王，不过"煤气罐"阶级而已，有了"旅儿"，对"捡煤渣儿"阶级的辛酸，的确是知之甚少了。不过"捡煤渣儿的老婆子"，好像也不知道我这一天天爬格子的辛酸。邓小平讲话，都是劳动人民。说得对。那就谁也甭说谁了。老太太，您捡您的煤渣儿，我爬我的格子。都不容易，谁也甭说谁了。

谁也甭说谁了，咱们再一块儿说理解万岁。

我还真的对那项预报挺上心，上午写作的时候，往兴华里瞄了两眼，我想应该在下楼散步的时候到秦友亮家说一声，好让他有个准备。后来因为写得顺，就一直没动窝，等到要起身下楼时，看见兴华里不少人家都在苫屋顶呢。行，没跑儿。秦友亮也知道了。我也就不用去了。

大风是夜里十一点左右起来的。乌云却早早地从西天压了过来。朝窗外看去，居民区的灯光好像都被一层迷迷蒙蒙的水汽罩着。远处的天空闪过几道闪，却听不见一点雷声。窗外的一株株大叶杨也一动不动，阴沉着脸，等待着什么。渐渐地，它们像是有了灵性似的，个个深藏阴森，时不时哼唧几声。忽然一阵狂风漫无边际地卷过，砰砰的窗响，哗哗的树声过后，又万籁俱寂了。"哗——"又一阵狂风突兀而起，把大叶杨的树冠重重地自左向右一晃。"哗——哗——"紧接着，狂风一阵紧似一阵，山呼海啸般扫过。大粒大粒的雨珠，被抛打到狂风所及的地方。夜幕中回荡着乒乒乓乓、叮叮咚咚的击打声。一道闪电唰地闪过，大叶杨湿漉漉的叶片反射出一片小镜子般细碎的光。一声炸雷轰然在当空爆响，仿佛要把天空崩塌。"哗！"雨水无遮无拦地倾泻下来了！

借着兴华里昏黄的灯光，可以看得见雨水砸在房顶上腾起的一片片水雾，那水雾不断腾起，不断被风吹散。就在这雷鸣电闪，风声雨声的交织中，兴华里默默地忍受着。突然，好像不堪忍受了似的，雨声中传来一声喊叫，却立即被风雨之声压了下去。然而。喊叫声越来越大了，循声望去，只见兴华里家家户户的屋门忽然洞开了，原本灯光星星点点的一片，一下变得灯火通明。人们在喊着，叫着，喊叫声中又夹杂着铁锹、铁簸箕蹭到水泥地面的金属声。大敞的屋门里，明亮的灯光照射下，是一个个弯腰弓背，端着簸箕，挥舞铁锹，往门外撩水的身影……

我想起了秦友亮家那高高的水泥门槛儿。看来，比屋顶漏雨更尴尬的事，终于发生了：可以想见，兴华里四周高地的泥水，是怎样千沟万壑般往这洼地流淌。到了家家户户原本都有的门槛儿已经敌不住雨水的倾灌的时候，那里的水至少不会低于20厘米了。嘈杂的喊声愈演愈烈，再往下看时，家家户户的门口，已经没有了往外撩水的身影，倒是看得出他们在搬动家里的家具，看得出，他们已经放弃阻止水漫金山的妄想了。他们在把贵重值钱的东西往床上搬。

我抓起雨衣，跑下了楼。

谁也拦不住仍旧肆虐的风雨，不过，或许我可以帮助秦友亮照顾一下那位瘫痪的老人。

风，毫无减弱的迹象；雨，也没有休止的可能。雨点打得人睁不开眼睛。脚下，黄浊的水流早已淹没了楼前的小路，横着向兴华里涌动。我将手掌遮在眉头上。这才有可能睁开眼寻找道路。走下通往兴华里的土路时，只觉咂的一声，水已经没到了我的膝盖，当即灌满了我的雨靴，从居民家中漂出的茄子、西红柿，在我的腿边碰来碰去。我一步一步往第三排挪，又一步一步往西走，好不容易到了秦友亮家。

"小秦子！……小秦子！……"

没人应声，推门一看，秦友亮不在家。

屋里已经灌进了10厘米的水了，幸好老人已经被安置好了，半躺在床上，身上盖着棉被。

问她孙子哪儿去了，她咿咿呀呀地说不清。

"算了算了，您甭说了。甭说了，我自己找去吧。"

出了门，忽然听见这排房子的西口外有人声喧闹。

怎么？竟然还有笑声、掌声！噢，更多的是嗷嗷声，听那意思，好像有一伙子人在起哄。

谁家？居然还有这种雅兴。

西口直通一条大马路。马路上也已经是一片汪洋了。一辆灰色的"切诺基"窝在水里，显然因为水太深而熄了火。五六个小伙子围着"切诺基"嗷嗷着，有人端着脸盆，舀起水来往那车身上淋，有人索性弓下身子，蹲在水里，将手掌一推一推，把水击向驾驶室，也有的用脚踢，"哗……哗……"水被掀出一个扇面，一下一下地冲到发动机舱里。与其说他们是破坏，不如说他们在找乐。

"让你兔崽子美美地喝上一壶吧"哗！满盛的一盆水，连水带盆扣过去。

"给丫挺的再来一下子！"

我呆呆地看了一会儿。我不知道自己是应该过去制止，还是应该袖手旁观。

正犹豫着，只听咔一声，"切诺基"的车门被打开了，司机从驾驶室里钻了出来，与此同时，从后车门也钻出来一位。

"打丫挺的！"

"给丫挺的脖子里灌两壶！"

秦友亮们虚张声势地喊着，从车里钻出的两位不知就里，落荒而逃。

秦友亮们哈哈大笑，又故意追了两步，有一位还走了两下太空步。

没等他发现我，我回自己的家去了。

这事，叫我说什么好？兔崽子那会儿那个明白劲儿呢，都他娘的哪儿去啦！

我想秦友亮这一晚上一定睡了美美的一觉，虽然他家里让水泡得跟花园口似的。

他不会想到自己惹下了什么祸。

当然，他惹下的祸，半个小时后他就知道了。

苏五一来了，他是被所长派人从兴华里提溜回所里的。那会儿他也没闲着，正在兴华里提醒一家危房户，当心大雨淋塌了房子。

所长的办公室里，坐着分局的两位处长，一位姓廖，一位姓张，就是刚刚被折腾个够的那两位。

"去兴华里给我查查，这事是谁干的！"所长差点冲苏五一吼起来。

这些是苏五一到我家后告诉我的。

第二天一早他就到了我家，身后，跟着秦友亮。

"您说，我该怎么处置他？"苏五一是真急了。那对修长的中指又挑了出来，指着秦友亮的脑袋，就像是指着一个什么东西。

"……"秦友亮倒老实了，铁青着脸，随你怎么说。也不张口。

我说："他肯定不知道这是分局的警车，真知道是警察，打死他也没这胆儿啊！"

"甭说是警察了，不是警察，你也不能这么干！……大雨天的，人家廖处长干什么来了？人家是怕这儿的房子出事，专门提醒我们来啦！你倒好，倒知道孝敬，给人洗上车了……"

也是，这世界上净是误会。

"那怎么着，你们到我这儿来。什么意思？"我问。

"实话跟您说，直到现在，我也没敢跟我们所长说，查着这个人了呢……"苏五一瞅了秦友亮一眼，"……不说，我犯错误。说了，有他好儿吗？他可是有前科的主儿，干这么一档子，不逮进去才他妈怪了！"

我说："逮不逮的我可替你拿不了主意，你说，我能干什么吧。"

"我寻思着，还是算了，饶他一回吧，谁让他还得养他奶奶呢！……不瞒您说，有点私心。他要是进去了，他奶奶不又得摞我身上？人民警察爱人民不是？……可我要是说，在我的管片儿里查不出这帮子人来，也他娘的太栽啦……"

"黑灯瞎火的，查不着也没辙。"我说。

"至少，我也得递份儿检讨……"苏五一说。

"写呗，有什么难的。"

"对您说，不难；对我说，不易。您看，我写了一早上了，就写成了这模样。今儿，就是请您帮助看看来啦。别……别让人看出破绽不是？"

原来这位的检讨都写好了还跟我这儿兜圈子。

不过，他这检讨写得，也实在不敢恭维。

"怎么改改，您给我说说。"

"算啦，有那工夫，我都替你写出来了……"

十分钟，我把那检讨写完了。啪，拍给他。

"怎么样？"

"挺棒。"苏五一说。

《中国作家》1993年第4期